山西省作家协会 / 中共大同市委宣传部 / 大同市文联　编

大 | 同 | 之 | 韵

——全国作家写大同作品集

（下）

山西出版传媒集团
三晋出版社

本书编委会

主　　任：杜学文　王铁梅　王建江
副 主 任：罗向东　徐海滨　樊　菁　张海波
委　　员：杜学文　王铁梅　王建江　罗向东　徐海滨　樊　菁
　　　　　张海波　闫珊珊　侯建臣　任　勇　刘红霞　张永林
　　　　　周智海
执行主编：侯建臣
审　　校：徐海滨　张海波　侯建臣　刘红霞　张永林　于立强
　　　　　石　囡　周智海　贺　英　李　毅　刘晋川　崔莉英

目 录

第四辑　大美山川

389　桑干九章 / 李尔山

419　从土林到千佛岭 / 任勇

429　大同，黄土高原北端的"山水城" / 史峰

440　探岳之旅　再行天路 / 李大光

449　地名背后的历史：五路山 / 宋旭

454　一峪一峰和一岭 / 左左

468　小龙门，大同的象鼻山（外一篇）/ 孤游

474　秋天的时候遇见你 / 李文媛

478　甸顶山的跌宕之行 / 王淑兰

484　美丽营坊沟 / 刘富宏

489　恒山新发现 / 刘红霞

496　紫塞雄关李二口 / 李海亮

503　我与湿地 / 尉峰

514　走，上大泉山去 / 高建英

520　恒山风 / 马道衡

529　神溪，月光泼下来的声响 / 石囡

534　逐梦大泉山 / 李生明

第五辑　美食飘香

565　谈吃 / 王祥夫

579　我的大同味道 / 赵佃玺

585　大同老火锅的江湖记忆 / 贺英

590　苦荞的光芒 / 匪马

594　莜面 / 王庆

598　北纬39度的卷行李 / 张驰

604　忘忧大地黄花香 / 驰文

609　荞麦花开 / 袁秀兰

614　黄糕 / 李中美

619　大同年味儿（外一篇）/ 彭富强

第六辑　乡村风采

629　采凉山下可忘忧 / 刘照华

638　大美浑源 / 郭斌

648　灵丘印象 / 宁志荣

655　乡村系列 / 侯建臣

669　致敬桑干人家
　　　　——云州区吉家庄采风漫笔 / 姚桂桃

673　春行花塔，寻梦桃源 / 英子

677　六棱山下的风 / 西伯郎

689　　黄花公园：心灵深处的诗意田园 / 宋元林
695　　印象浑源（外一章）/ 韩众卫
699　　二十年守望凌云口（外一篇）/ 靳吉禹

第七辑　现代诗章

707　　古城的十缕时光（组诗）/ 黑牙
718　　夜宿云朵驿栈（外三首）/ 子夜
722　　印象大同 / 于立强
726　　九号线的交响曲（组诗）/ 宋彩文
729　　月华池（组诗）/ 刘华煜
739　　丰腴的河，披着火焰上山（组诗）/ 石囡
749　　历史没有远去（外一首）/ 郝志远
756　　大同蓝（外一首）/ 恒山愚人

第四辑

大美山川

桑干九章

李尔山

引 子

如果,儿时,是人生的梦,那么,桑干河就是我梦中的那条龙。日出于扶桑,它是金色,月落于汤谷,它是银色,而又常摇眩成金醉银迷的童话。所以,我从不相信"桑葚熟时,河水会干"。我宁肯相信"桑干"是"白水"的鲜卑语音,如果在月亮升空,羌笛吹起的时候。李太白说,但愿常醉不用醒!

可是,我的梦,到底还是醒了。我不知道,桑葚熟了没有?但河水真的干了。满河床的蒲柳,变成了黍豆,童梦化作了乡愁……有一年,我居然变得很暴躁,狂想着去炸掉那些堵水的土坝。因为,我思念那五百里塞上罡风,九千年云州水月。

曾几何时?黄河之水天上来,竟然流入了桑干的故道,哎呀!大黄河哺育着"小黄河",没想到,"满目荻花夕照明",成了"老夫今秋黄昏颂"!卅年白驹过隙,竟亲睹沧海桑田。不是我在奇谈,而是奇迹在发生。

桑干河边,昨天忽然多了个"冰雪小镇",这小镇的一条路在我的脑际延伸向"海心湾"的一座冰桥。过往年月,这样的时节,我去大同城要步行70里,清晨要顶着顺河吹嘘的朔风,小心谨慎地踏着隆起的冰桥,渡过桑干。而今,我是坐着豪华"巴士",半小时来到这里,所以,他们问我:"啥样儿的桑干人家?"我无法回答!是地龟裂、冰塞川吗?是蒲柳荻花秋瑟瑟吗?是夏水淹陵,浊浪滔天吗?是杨开睡眼柳垂金线雁落旧丘吗?那一片单斜出水的低矮土坯房,那一溜黑压压的"崖打窑",都在这春夏秋冬中,等待香车宝马,红男绿女!我无法考量,被30年优渥惯着的人们的奇怪心志:过着现代化,想着原生态。

这,注定是一篇难写的文章!然而,我很想写。

第一章

桑干九章,命中注定要从"文化"谈起。

当"文化"成为当今时代最时髦话题的时候,"桑干河文化",仍蒙在一帕异常神秘的面纱之中。三年,两年,或者更短,这帕面纱将被掀去……我怀着无比的虔敬期待着。

中国史前史专家、著名考古学家苏秉琦先生,1997年辞世了。早在1982年先生就提出,中华古代文明形成的时空节点是处在一个"丫型通道"之上。"丫"字左上的点代表"河套文化",右上的点代表"红山文化",下面的竖代表"中原文化",这三大文化板块的交汇点应是"桑干河文化"。这就是著名的中华古代文明形成的"三岔口"理论。先生进一步论证:以辽西地区"红山文化—夏家店下层文化"为一方；中原的"仰韶文化（庙底沟类型）—夏商文化"为一方；河套地区"新石器—青铜文化"为另一方。三方汇集，交叉重叠，形成中国文化总根系中一个重要直根系。大同的吉家庄正处于"三岔口"的中心位置，其核心意义无论怎么估计都不会过高。

2019年12月29日的天气分外的暖和，白光皑皑的雪茬子上暖得滤出一层小小的水珠子，吉家庄某个房檐上"叮"的滴下一滴水来。好在这个"冰雪小镇"是在殿山背后的阴坡上，大同文联来这里采风的艺术家们疯玩着，没大没小像一群毛孩子。可是，我无心于此，我的心中此时此刻塞满着苏秉琦的理论，欣喜，兴奋，疑惑，甚至焦灼。

早在20世纪60年代末，我就曾在这地方当过小学教师，我还清楚地知道，在今天的这个冰雪小镇向沟里走大约1公里的地方，村民们耕地时便会常常看到"碗渣"（陶片）。耕地看到碗渣，在当时那是多么稀松平常的事情，无人去在意，更无人去惊怪！1975年春天，我离开了这座大山，此后，在大同县委、大同市委长期从事政策研究工作，正好经历了大同县（今云州区）从大同市搬迁到大同火山中心区西坪村后干部情绪最不稳定的时期。大同火山群，究竟是死火山？还是活火山？一场争论起起伏伏的延续了多年。火山爆发于史前还是史后，成为焦点。因而，各种地质理论、考古理论也破天荒地被"秀才"们搜寻出来，成为"好事者"的谈资。于是吉家庄的"碗渣"便又重回我的视野，后来竟有缘接触到苏先生的理论。然而坦言，那时节，我很浅薄，基本认为苏的理论是一种"假说"，就如同苏联专家说大同火山是"史后火山"一个样儿。那时，人们议论这些与时代生活毫不相干的"科学"，就一个目的：谁也不想把大同县从大同市搬出来。

谁能想到，改革开放能把一切"伟大"都涌向潮头！2018年初，国家文物局批准了为期六年的《山西省大同市桑干河流域新石器时代遗址考古工作方案（2018—2023年）》。由头，自当由然是因为"苏论"和"碗渣"。六年，已经过去了两年，所以我焦虑地说，最多等四年！

自2018年始，桑干河的南岸，马头山、殿山的北麓，吉家庄50年前发现"碗渣"的台地上，一支宏大的联合考古队伍在组建和集结：中国人民大学、山西大学、大同大学、山西省考古研究所和大同市考古研究所的教授、专家、学生开始了寻找中华文明"直根系"的工作，瑞士日内瓦大学、比利时根特大学和台南艺术大学的教授和学生也参与其中。两年过去了，一批重要田野发掘成果已移入院校研究室，多个惊人的消息正走向公开面世的闸口。

吉家庄考古现场

我在雪地里遐想：苏先生论断6000年前的仰韶文化是氏族文化的顶峰，这是一个极其重要的界限性节点，意味着，仰韶文化之后，就是中华文明的"国家"时代了。吉家庄遗址是5000年前到4500年前的新石器时代晚期聚落遗址，属于龙山文化，同时并存仰韶文化晚期遗物。据透露，在人民大学的发掘中，发现了多处壕沟的迹象。预示着极有可能存在城墙或者环壕等巨型设施……这寥寥数语，让我极度兴奋：我国的考古，只见商周，不见有夏，如果一个比禹夏更为古老的文明古国在桑干河畔被发现，那太阳真的就升起在桑干河上了。这是中华文明的曙光。

苏先生认为"农业的出现就是文明的根"。而农业文明的起源要鉴于遗存中石器的专业分化。山西大学考古系和大同市考古研究所的发掘中，出土各种劳动工具200余件，骨匕、骨钩制作精细，还有石刀、石斧、石环、石纺轮、石镞等大量的细石器。这表明新石器时代吉家庄先民不仅从事渔猎和采集，而且已经具有种植和纺织的生产能力。这又是农业文明的灿烂曙光。神农传说5000载，泥足踩踏在桑干，这是何等旷世惊雷般的消息呀！

还有更多！考古遗址学术习惯分为两类（以有无人类遗骸为标志，有人类遗骸的叫"人类文化遗址"；没有人类遗骸的叫"文化遗址"）。在吉家庄，中国人民大学考古系发现了新石器时代的墓葬。墓主人为女性，年纪幼小，墓葬年代为距今5000年至4500年之间。从依据早夭墓主头盖骨画出的复原像看，这位小姑娘，五官端正，颧骨微凸，目光深幽，秀雅可爱。发掘的先生和同学们亲切地称她是"五千岁吉家小姑母"。想着这个可爱的桑干河女儿，带着强大的文化信息，就要"穿越"来到今天，去和我们一起去坐高铁，逛京城，入高校，我可简直都要手之舞之，足之蹈之了。

玩雪的红男绿女的笑声惊扰了我，我忽然想到了一种合情合理的行为注脚。是云州区的王凤瑞书记和市文联的张海波主席请我来做这次 40 年后故地之游的。但是，我此刻思想着，此行的本质，或者尽在于我感知了"夜幕将启兮曙欲天，年在过七时识祖颜"的欣喜和快慰。

冰雪是一种素洁的文化圣奠！无论是对"小姑母"，抑或是为"苏先生"。

第二章

云州区的区委书记王凤瑞在采风座谈会上侃侃而谈，这位在云州已经工作了八个年头的老书记，不仅谙熟云州的山山水水，而且也深知山水之后的文化底蕴。他说，就自然遗产而言，云州有两大宝：一是火，即大同火山群；二是水，就是桑干河。前者是自然地质奇观，后者是自然人文宝藏。科学开发这一火一水，就能让云州名扬四海，广接财源。他甚至给在吉家庄考古的人民大学教授出题目，请他们想一想，如何把考古和扶贫结合起来？

这便是广义上的"桑干河文化"的源头。

精明的王凤瑞，也以对待人大师生的方式待我，他嘱托我写一篇"关于桑干河的传略"，我顺着他的思路，把这火水与灵肉的伟大创造凝练成 12 个字：黑山突，大湖泻；浴水出，文明现（黑山，即是大黑山，大同火山群 32 座火山中，最高大最具代表性的截顶圆锥状火山，海拔 1490 米；大湖，即大同湖，泥河湾期大同盆地古湖泊，地质专家推测其面积约为 4100 平方公里，相当于今鄱阳湖；浴水，中国最早的山川典籍《山海经》对于古桑干水的称谓；文明，依苏秉琦所论，农业是文明之根，见第一章）。

这，算是缘起，以下是桑干河小传。

桑干河，旧作桑乾河。先秦典籍《山海经》中称为浴水，东汉许慎《说文解字》又称其为㶟水，隋唐后始称桑乾。桑干河发源于晋西北的管涔山，上源为源子河与恢河，一般以恢河为正源，两河于山西朔州附近汇合后称桑干河。桑干河在山西境内前后有黄水河、浑河、御河等支流汇入。进入河北壶流河后，于怀来县朱官屯与夹河村之间与发源于内蒙古兴和县的洋河合流，称永定河。

桑干河全长506千米，流域面积2.39万平方千米。主要在山西的忻州、朔州、大同，河北的张家口四个市的范围之内。用准确的地理概念讲，她是大同盆地的"母亲河"。

桑干河孕育了数万年的人类史（从"大湖泻，浴水出"算起），5000年的民族国家史，2400年的建城史（大同市）。她阅尽了高原盆

桑干河

地中的世事沧桑，冰河铁马，悲欢离合。大同，春秋代地，战国三郡，两汉平城，以及为今人耳熟能详的北魏京师，辽金陪都，明清重镇，绝不是桑干文化的背景，而是桑干文化的内涵。

第三章

如同长江黄河的源头有争论，桑干河的源头也有争论。我在桑干河小传中说，"桑干源自管涔山"，是基于一种人们古已有之的认知习惯，说是约定俗成也罢。

三晋灵秀出管涔！歌云："晋西北，黄河边，管涔形如巨蟒盘，离天三尺有雄关"。雄关便是赫赫有名的宁武关、偏头关，与勾注山的雁门关合称"古三关"。管涔分水，南北各出一支，其南为"汾河源"，其北为"恢河伏流"，即是桑干河源。所以，如果说汾河、桑干河是山西的"母亲"，那么，管涔就是山西伟大的"父亲"。

我曾无数次地走进管涔的深山大壑，那里隐伏着与大同火山相对应冰火两重天的第四纪冰川（万年冰洞），有埋藏着千古哑谜的北方崖葬悬棺……我曾采摘过芦芽原始森林中的银盘蘑菇，也曾捕捞过宁武天池的红鳞鲤鱼，当然更少不了去游览古宁武八景之一的"恢河伏流"。

所谓"伏流"，是因河床多为透水性很强的砂砾石，而河床底又是很深的不透水层，每当雨量减少，河水表流量下降，蓄于沙砾层的地下水就会汩汩涌出。特别是暑夏炎炎之时，人家或早或晚，挑桶携锹，走向河滩，你来我往，挑回担担甘泉，也挑回满心喜悦。孩童三五成群，挖砂聚水，嬉戏呼喊，自是一番景观，这就是恢河源。

歌谣："宁武恢河三十五，出山便是九牛口；九牛口，阳方堡，边墙桥上建，水从桥下走。"这歌唱的是恢河流经阳方口堡九孔石桥，桥下走水、桥上承托着长城古隘口的独特奇观。过了九牛口，就是托莲台要塞附近著名的陈家峪了。那位在大同盆地中家喻户晓、妇孺皆知的抗辽老英雄金刀令公杨业被俘死节的地方。令公，一腔热血，气吞山河，自然锁定：恢河就是桑干之源。

其实，按照现代科学的水文调查统计方法，恢河并非是桑干河的正源，当恢河流到朔州附近，与发源于大同左云县的元子河相遇后，便称为桑干河了。而这条元子河才是桑干之正源。我查对过水文资料：源子河河长为 128.3 千米，恢河仅 86 千米；流域面积元子河为 2139.1 平方千米，恢河仅 1263.1 平方千米；标准径流条数，源子河为 12 条，恢河为 8 条。呵，按这数字，若书写正规的水文资料，桑干河之源头，只能是"元子河"。

元子河，也写作源子河，源自大同市左云县杏子堡村，经右玉县、平鲁区，在朔城区汇入桑干河。元子河虽然河道长，流域面积大，自然径流多，但却是一条典型的季节河，汛期，山洪翻滚，不可一世；而在冬、春，却是一条卵石累累的大沙沟。所以，在桑干主源之争上，屡屡败北。

不过，恢河、元子河的长短，只是忻州人和大同人的是非。对于朔州人而言，则是二者兼不认可。朔州家坚持：桑干河水实实在在是来自他们的"神头泉"。

清雍正《朔州志》载："神头山在州东三十五里洪涛山前，上有神婆遗址，下有七泉，即灅水也，与马邑县连界。"这七大泉组名为：神头海、三泉湾、金龙地、七星海、五花泉、莲花池和磨轮湾。尤其中心喷泉拔地而出，磅礴壮观；池边水面涟漪泛泛，碧波潋滟；池岸周遭杨柳依依，翠环绿绕。金龙池，严冬不凝，在明清两代就是著名的风景名胜区，被称为塞外西湖。明朝进士、云南布政使、《芙蓉馆集》

的作者杨一葵曾慕名而来，写下了"披襟兰若水中天""此月临流自爽然"的诗句。朔州著名八景的"龙池夜月""桑干冬暖"说的就是这里。

神头的山，气势磅礴，横亘千里；神头的泉，激扬澎湃，远近驰名；桑干河起始的主要水量也确确实实自于神头。

三家的话都是真实的，争论或许是永远的。我作为桑干河文化的学者，自然非常地乐见此永久不休的公案，但我绝不去当"葫芦僧"，来断"葫芦案"。于我，桑干河上游两河，就像母亲的两个乳房一样，都曾哺育过于我，奶水不够，母亲还要用汤一口粥一口把我拉扯成人，这又或许是那天赐的神泉。

啊，今朝忽写桑干水，不似身来似梦来！

第四章

桑干河流经朔州，一路向北，过山阴、应县，到今怀仁县河头乡的地段突然转向东流。好一派"大河歌罢掉头东"的意境！由此，我们可纵断地理：大同盆地（或云桑干谷地）必是"厂"字形的，河头当为盆地西侧之最低点，而整个盆地向东倾侧，始自河头，河床东切，且行且低，直奔东海。

在古水文学上，河道折转处被称之为"套"，就像黄河始向东流，到内蒙古包头地段，突然向南，因而有著名的"河套"，包头，其实是个"包套"。一样的，河头也不是河之源头，而是桑干河的"河套"。河头还有一解：发源于北岳恒山的浑河，在天峰岭和翠屏山之间，突金龙峡而出，带着玄天北柱的雄风和太乙小洞天的仙气，向西入应县境，再转向北与桑干河结伴平行，在河头乡李家小村大河掉头转身后，扑入"母亲"怀抱。两河平行恰似一个"套"，交汇处便是套子头。

我如此详细地介绍河头，是因为河头就是我的家乡，而且我出生的那个村子——李家小村，就在两河平行套子头的底里。"小村人，没处走，大河小河三面堵，向南步行四十五，上塔登天九丈九。"这是母亲的歌，唱出了家乡人的水土相依：套子中来自两河上游应县木塔方向的桑干灌渠，密如蛛网，土地肥得流油；沿河三面，大树浓荫，蔽日遮天。在桑干河清浑水滋养的"刮金板"上生活着的故乡人，谢天谢地谢佛爷，把归宿寄于上塔登天，既自然而然，又合情合理。从这块刮金板上出发，向东南 20 到 50 里，是恒山余脉的阴坡，大顶山、马头山、殿山，西南东北成列；台地上，下峪口、麻峪口、瓮城口，都有新石器时代遗址分布。桑干河南是罡风、福地、圣水凝结的卧龙穴，说是地灵人杰，毫不夸张！

地灵如是，人杰我赞其谁？

第一个必须是元中书省平章政事赵璧（1220—1276），今李家小村一带人（那时还没有这个村落）。此人曾是元世祖忽必烈的汉语五经师傅，是元初朝廷中官位最高的汉人。

元初，桑干河两岸不像是现在这样的良田村舍，而是近水土村与远坡毡帐互映、胡汉杂处之地。大概是风光太过优美，引得成吉思汗的幕僚契丹族智囊耶律楚材曾在此驻马留居，而且离开时带走了一个被他认为是神童的孩子。这个孩子就是赵璧。赵璧在楚材大师的教导下，终成王佐之才，弱冠之年便入忽必烈潜龙毡帐，傍其左右，翊赞戎机。他曾用蒙古语为忽必烈译讲《大学衍义》，忽必烈一直对他身为汉人而"能为国语深细若此"赞叹不已。赵璧的才名，甚至引起过当时的大汗蒙哥的关注，蒙哥汗召赵璧问治。赵璧则说，请"先诛近侍之尤不善者"（意思是：请先杀掉您身边最不地道的那几个人）。蒙哥闻之不悦。事后忽必烈对他说："秀才，汝浑身是胆邪！吾亦为汝握两手汗也。"忽必烈即大汗位后，以赵璧为燕京宣慰使、中书省平章政事。他是文官还兼军职，为元枢密副使（枢密正史之职定制由太子兼任）。总之，元代赵璧之于忽必烈，犹汉代萧何之于刘邦，其绩其勋，请参阅《元史·赵璧传》。

我只讲一事：至元十一年（1274），元廷举兵伐南宋，以汉人将领史天泽为统帅，赵璧在一个晚上相约史天泽，促膝曰：请辞去帅职，否则将遗臭万年。史天泽不语，含泪离去。同年十一月，20万元军自襄阳发，元将伯颜攻城略地，杀人如麻，见此，史天泽中途诈病返回河北真定，忽必烈闻报甚为惊讶，同时也觉察到了其中隐情。1275年春，忽必烈派太医驰往探视，并赐给药物，史天泽明知是毒药，一口喝下，并请医官转奏："臣大限有终，死不足惜，但愿天兵渡江，慎勿杀掠。"赵璧闻报怆然而泣。这是这位事元宰相名下"我不杀伯仁，伯仁却因我而死"的惨烈故事。

第二个是明万历内阁首辅王家屏（1535—1603），山阴县河阳堡人。王家屏曾是万历皇帝的经筵日讲官。万历十二年（1584），王家屏升任礼部右侍郎。不久，为吏部左侍郎兼东阁大学士，辅助朝政。万历十九年（1591）秋，出任内阁首辅，老成谋国、施政严谨、品格高尚。王家屏最大的政治特点是刚正不阿，重臣当国。万历十四年（1586），王家屏继母去世，他回山阴丁忧，三年后返朝。皇帝擢升他为礼部尚书，兼东阁大学士，但却三个月不得见君一面。为此他上书皇帝，言：入京三月"未获一瞻天表"，甚至愤愤指责："未有朝夕顾问之臣而可三月不面见者也。"在君臣关系上，王家屏认为自己的职责是"疏导密规，防君志未萌之欲；明诤显谏，扶乾纲将坏之枢""其有不从，则强谏力争"。这在当时的制度下是极为难能可贵的。王家屏执阁六年，时间虽短，但给当时朝野留下了深刻的印象。他不贪权武断，"推

王家屏墓

诚秉公，百司事一无所扰"（《明史》）；他恪尽职守，"每议事秉正持法，不亢不随"。可惜的是，王家屏既不逢时，也不遇主，遭遇昏暗腐败的万历帝，他无法成就"尧舜之臣"美梦，最后只好辞官回家，著书立说。

第三个是清协办大学士、典礼院掌院学士、清宣统皇帝经筵侍讲官李殿林（1842—1916），云州大王村人。李殿林同治年间即为内阁学士，光绪二十六年（1900）以兵部侍郎衔，外放广东乡试主考官；又升任吏部左侍郎，放任江苏学政。任内奏请"裁武试，废八股，用策论，改书院，设学堂"，成为革新之干吏。1905年，山西巡抚向英商出卖采矿权，大同阳高籍留日学生李培仁蹈海，李殿林集合在京山西同乡上疏争辩，迫使清政府备款赎矿。宣统初，晋升协办大学士、典礼院掌院学士，摄政王特加优礼，辛亥后，谢职归家，著书立说。

这就是元、明、清桑干河南岸的"三杰"。在他们的身上我们看到桑干河文化的灵魂和人文关怀的本质。这是一种充满着浩然之气的大文化，大文明。这三个人都位极人臣，他们是重臣，良吏，智慧主；但同时又是节臣，直吏，刚烈士。这才是孔夫子所称道的真正的"文质彬彬"！这里包含着知识的正义与尊严，人的道义与价值……

我在梳理他们的简历时，特别注意到了其在职业上的一个共同点：元明清三杰竟然都是"帝王师"。前清年间有老话，"绍兴的师爷湖南的将"，我该玩笑地给它延一延，说：绍兴的师爷湖南的将，大同的先生教皇上。

第五章

桑干河从怀仁县河头乡转弯处东行 30 公里，便又有一条从大同盆地北沿直降而下的支流汇入，交汇处是一个响亮的名字"海心湾"。这条河就是古都大同"一轴双城"的那条轴"御河"。

水文资料载：御河，山西大同市之最大河流，为桑干河一级支流，其又有支流万泉河、圈子河、淤泥河、十里河等。御河源于内蒙古丰镇市，从大同穿城而过，干流全长 155 公里，流域面积 2947.5 平方公里。

当我把笔锋从桑干河南转到桑干河北来的时候，我感到另有一种气氛在我的心胸中蕴集，完全不同的豪迈和亢奋，傲世的奔放，甚至是不可一世的野性或腾腾杀气……弥漫着，充盈着！让人的血脉偾张。这显然全非于李殿林、王家屏、赵璧，甚至于他的老师耶律楚材的那种人格自律和文化自觉了。它是野马般的狂奔，野狼般的嚎叫，随着我的笔，一起涌进了历史的桑干和桑干的历史。

我明白了，这种气势是北方游牧民族特有的气势，"五胡乱华"一个用了上千年的带着贬义的史学概念，或许真切的是从桑干河的一条二级支流开始。今天的十里河，古典中的"武州川"，公元5世纪北魏道武帝拓跋珪带着他的鲜卑族雄师，沿着这条河，从和林格尔，闯入了平城，开启了桑干河北岸一段非常辉煌的历史。不然，谁又敢把这个"武州川"以至"如浑水"，称之为"御河"呢？

30年来，尤其是近10年，关于大同北魏平城时代的文章已经不少了！有史论有专著有小说有散文有诗歌，而我认为其中影响最大的，是学者余秋雨那篇不长也不短的文章，因为他说出了桑干河谷大同盆地中的所有人，多少年来想说但没有说出来的话。

余氏文章的题目是《大唐从哪里走来？》，明白无误地告诉读者，大唐与北魏的内在联系。在余秋雨看来，中国古代史跃起最高的唐代文明，是由发生在北魏平城的那场改革的"助跑"，弹跳而起的。言外之意：没有北魏的"太和之治"，就没有大唐的"贞观之治"。诚然，大唐是延续着大秦、大汉、大隋的中华文化主脉，但是，在魏晋南北朝乱世中一枝独秀的北魏王朝，文明皇太后冯氏及其子孙们大刀阔斧的改革所成就的辉煌业绩，也的确让李世民父子茅塞顿开。北魏改革中的均田制、三长制、颁禄制等方略，因地因时制宜地演化成了大唐的贞观要略，构建着大唐盛世的物质文明与精神文明。

很多人指责余秋雨的粗鄙，我却极度赞赏他的明快。

余氏还有一个观点，就是他那高妙的民族文化融和论。就如同我的《桑干九章》的笔峰从河南转到河北来的感受一个样，余先生也感觉到了北方游牧民族那种摧枯拉朽的气场。每当汉民族的思想僵化到麻木不仁的时候，北方民族的"锉骨之击"就会如期而至。就像元稹的诗："垂死病中惊坐起，暗风吹雨入寒窗。"每当这种史梦惊觉，汉民族都要付出极其沉重的血的代价。北方民族狼一般渴血的残忍，会让汉族的新皇心惊肉跳几十年，甚至上百年，而这样的时段恰恰就是他们励精图治，创造辉煌的时期。然而，北方民族这把锋利的弯刀，一旦深深切入汉文化的肌理，也会渐渐变钝，厚拙起来，甚至文雅起来，狼失去敏锐的感觉，最后找不到自己。从文明皇后到孝文帝的改革无疑是伟大的！孝文走了，沿着御河，跨过桑干，顺着浑河，走进金龙峡，走出飞狐道，义无反顾地走向洛阳，去做他的中原君主的大梦去了。他的梦是和他的高祖拓跋焘饮马长江的大帝梦是不一样的。然而，当长江边上扬州人在"狒狸祠下一片神鸦社鼓（狒狸是拓跋焘的小名）"之时，孝文帝元宏（拓跋氏改汉姓为"元"），以及他的大魏，他的鲜卑，也走没了，永远消失在中华民族的大幕之中。就像桑干河义无反顾地向东流，最后永远消失在大海之中一样。

记录了这一切的御河，今天静如安澜。河面上架起七座雄伟且美观的大桥，承载着御东御西"车如流水马如龙"的盛世繁华。造城市长耿彦波给她的身份升格了：由城东一隅的古渡，升成古都大城的纵轴。彦波市长的意念清晰而明了：他的"双城记"是按照梁思成先生的思路，把古都大同打造成历史名城和现代化新城完美结合的世界级品牌。老耿走了，和孝文帝一样义无反顾的没有再回来。

他或有所不知，他的设计契合的是大同另一个更深的文化思维：同体异质，共存永生：御东，御西；河南，河北；农耕，游牧；文雅，粗犷；古老，现代……不都是这样的哲学在一起了吗？

第六章

在中国讲文化传统，必言纲常秩序，道德文章，诚如以上四章、五章是也。然而也总不免于佛之濡染、道之浸润。因于此种文化结构论，我便常会恍的一觉，仿佛浑河和御河就如同母亲的两条手臂，母亲面向东方，左手里有佛之梵空，那是云冈石窟；右手里有道之太极，那是恒山洞天。

最前沿的宗教文化论认为，由于宗教超地域、超国家、超民族，甚至超人种的特点，越是那些地域间、国家间、民族间、种群间战争与融合频繁交替发生的地方，宗教就愈加活跃持恒和抵牾激烈。因为宗教常常是政治同化人心最为有效的工具。

我想：桑干河流域应该就是这样的地方。

我不知道佛教濡染桑干准确的时间，但我知道，释迦牟尼法驾西来，经过龟兹、敦煌、姑臧（凉州）三个传播中心之后，云冈便是第四。而且此时佛教已经修炼成了南北朝时北方大帝国的国家级意识形态。我同样不知道道教浸润桑干的准确时间，但我知道，张陵的符箓在经过了楼观道、龙虎道、青城道的阶段，在嵩山道士寇谦之的手中也修炼成了这个北方大国的国家意识形态，并在恒山之阴公然升起了"北方天师道"的旗幡。

一个国家中不可能有两个截然对立的国家级意识形态，浑河和御河，界别南北，但它们承载的宗教注定是要打架的。就这样，本土的道教与外来的佛教真正意义上的抵牾和通过政治之手的第一次血腥厮杀在桑干河畔上演了……长河的波涛中，这种抵牾与厮杀可能有过无数个不同性状的阶段性结局，或道或佛，你死我活……但最后之最后，就像御河与浑河最终在桑干河中合流了一样，佛教的释迦牟尼，道教的太上老君，连同代表中国正统道德文章的孔夫子一起到恒山悬空寺的"三教殿"之中去正襟危坐。这三位真正的"大雄"，在那里至少端坐了五六百年（明塑），说明宗教间的妥协，言和，不仅是中国政客、武夫所要的，也是中国百姓所期盼的。桑干河流域的宗教史，不啻为整个中国宗教史之缩影。

所以，现在的人们，谁也没有必要去关注宗教间的抵牾和厮杀，而应当尽情地去欣赏宗教为我们留下的丰厚文化遗产。当诸君把十里河畔武周山石壁上的斧凿声作为一种幻听，把石头佛国5000余尊佛造像作为一种幻觉，你就会感受到1600年前后，沿着古丝绸之路扑面而来的古罗马、古希腊、古波斯、古天竺，唯美的、写实的、抽象的、经典的，抑或是神秘的上古之风和中世之气。瑞典著名的东方文化探险家思文·赫定说过一句话："世界文化体系有四个：中国、印度、罗马和伊斯兰。绝没有第五个。而这四个文化体系的交汇点只有一个，那就是古丝绸之路经过的中国文化区。绝没有第二个。"我说：在这个"中国文化区"中最全面、最丰富、最典型、最高端的代表也只有一个，那就是云冈石窟。

今天双手合十、口念弥陀的信士，可能已经无法揣摩昙曜大师的微茫胸怀。但是，经历了"太武灭法"血与火洗礼的他，知道"马识善人"是怎样的一种政治契合。于是，他义无反顾地把皇帝刻上武周山的石壁，从此桑干河岸，开创了中国佛教的新特色，世界佛教的大不同。聂还贵先生说"云冈是雕刻在石头上的王国"，这是精辟的！

然而，当世界东西方的艺术以佛陀的名义在这里撞击熔冶之时，云冈的灵魂则向一个更加广野的自由之国飞翔，恰如云冈的飞天队伍是由伎乐神和夜叉组成一样。所以，大同云冈石窟研究院的张焯院长在全国各著名高校的讲坛上申言："云冈是东方世界级的佛教圣地，她的思想精深博大，她的艺术绚烂多彩。"这绝不是桑干河人的一语自诩，而是一个历史性的价值判断。

回首，再来领略北岳恒山的风光。恒山是一个让天下英雄折戟而归的地方，据我的统计，历史上曾有24个皇帝因战事到过恒山，有13

个皇帝亲自带兵在这一带打过仗，许多著名的军事将领，如战国时赵国的李牧，秦朝的蒙恬，两汉的周勃、卫青、霍去病、李广，唐朝的尉迟恭、薛仁贵，北宋的杨业、杨延昭，明代的徐达、常遇春等，赫赫威名都与恒山联在一起，所以，恒山承载了过多的搏杀与血泪，同时因此而领受着玄天北柱的宁静香火……

今日我论恒山之道，已不再歌颂战争而在礼赞宁静，这是一个伟大的历史进步！

而且，无论是茅盈18岁弃家委身入恒山，还是张果老会仙府中宴八仙，对于今天的人们的生存意义都已无甚要紧，甚至"太乙总玄洞天"的圣号也早已流入金龙峡的忘川之中。人们或许更爱寻找李白"壮观"崖刻与徐霞客游记中挥洒山河的豪迈精神。

文化学者的使命是要剥开道教神仙的外壳看人类自古至终的大智大慧。老子长佛陀释迦牟尼八岁，比古希腊大哲人苏格拉底早100多年，比耶稣基督早五个世纪，更比伊斯兰先知穆罕默德久远千年。老子是人类最早的用个人智慧构建囊括宇宙万物的理论伟大哲人。他聪明地认为，宇宙之存在，人之存在，都没有一个终极的理性的目的。仅仅循着由无而有，既有而无的规律永无休止、千变万化地运行着，这就是"道"。而指定这个道的，不是一个形而上的神，而是"自然"。尊重自然，可以，让人类获得最大利益。我不得不承认他的高明。

源自恒山，桑干河的一级支流——浑河会告诉你：老子的理论是最古老的，也是最现代的。

第七章

云州人会说：大同盆地桑干河上最美的景致，要数乌龙峡玄武岩河谷风光。而我会接着说：我是乌龙峡的有缘人。

1996年夏，我到大同日报社去当总编辑，还未来得及履新上任，一位摄影记者即来邀我，说"大同县（今云州区）有一条河谷，风光奇特绝美，村庄原生古朴……"我在大同县委工作了五年，在大同市委工作了19年，时间整捆"两打子"，竟然不知有这地方，一好奇，就跟着他去了。

果然不假，我几乎被无与伦比的奇美给惊着了：河谷深切，绿荫如掩；岸立铁壁，斑驳龙麟；水似素练，一泓玉泻……尤其，素湍绿潭间，无数巨石如黑色犍牛，或伏、或卧、或立、或抵、或走、或奔……大则疏而散之，小则聚而挨之，树笼水绕，回清倒影，水既深不知底，石则多不胜计，跟跄一谷，百般奇状。靠岸细草芳芒，蓝花如点，间有黑色小蝶飞来舞去，又觉玲珑幽幻……

我于陶醉间，向水的上游寻去，三五里之遥，一座水泥大坝劈面凌空，等到绕上坝顶，我才恍然明白：这里原来是册田水库，玄武岩峡谷是坝后桑干河的古河床，清澈的溪水是库区的调容水。我虽曾无数次行经大坝，只是不曾领略过这奇异的坝后风光。

到报社上班之后，我曾组织了多篇相关报道，因为"桑干河册田水库坝后"，这个说法啰唆而不雅，便以谷地黑壁如龙，暂称"乌龙峡"。其时正逢旅游勃然而兴的年代，报纸一呼百诺，"乌龙峡"遂约定俗成至今。

三年后，我再访乌龙峡，竟然又一次被惊着了，只是感受和上次完全相反。

坝后水仅一涓细流，且行且绝；水退后的树草灰黄瘦弱，形影相吊；尤其那些黑石，小者消失得无影无踪，大者则被炸成七零八落，所余者不足十之三四；石滩树丛中车辙纵横交错……我忙让记者寻人究间，才知道，北岸上京大高速公路正在热火朝天的兴建，需要大量石料，村民们为了卖钱，乌龙峡就近有材可取，于是就成了"采石场"。

我愤愤然一夜未眠，第二天一早就到市政府拉了分管农业的副市长马福山来册田水库调研。马副市长虽然没有像我因今昔对比反应如此激烈，但看着万千年水运磨成的黑色巨石被炸成一堆碎砾，也十分心疼，当天下午就在水库管委会召开办公会议，以市政府名义发布通告"严禁在册田水库下游桑干河道中采石"，乌龙峡谷方得以半存。

我要说的是：就在那天中午，1999年6月某一天册田水库食堂的饭桌上，我向来乐见其功的中国水利观突然间被一种浓浓的"乡愁"给掩埋了。当时，册田水库的负责人有意无意地在讥笑我：为下游河道里炸

册田水库

石头这样小事兴师问难，那上游全流域的河道都快断流了，桑干河将在地图上被抹去，这样的惊天大事，报纸为什么不去过问呢？他甚至尖刻道：大地因水而有灵，人类逐水而生存，水干人散后，石头有屁用？！

我语塞了，马副市长也无语。

我没有因为阻止了乌龙峡的采石而获得任何快慰和成就感，反而因册田人的一席话而长久揪心。"水干人散"四个字竟然入脑入心并生出一种恐怖感来，像一只无形的手紧紧攥着我的心……

设如册田水库，它建于1958年3月，横截桑干之水，向上回水30多公里，直抵海心湾，水库原本的任务是为下游官厅水库拦沙、防洪和度汛，负有保障首都北京和天津防洪安全的重责。为了保障册田大坝的安全，山西省又根据海委会的决策在上游建有赵家窑、下米庄、薛家营、东榆林、镇子梁、恒山、十里河七座中型水库。然而，这倏忽之间，一切的一切，好像都已经失去了原有定义：40年防洪的初心竟然变成干河缺水待哺的无奈，我们似乎是自己在作弄自己。想到工业的砸锅冶铁、农业的毁林开荒、牧业的毁草载畜，我觉得我们就像金庸笔下武林小说中走火入魔的疯子，心心默默地要挥剑自宫！

我不能对河流责备长短，更不能向大地拷问原因，5000年的桑干文化自有她的规律。或许流经黄土高原的所有河流都天生有造福上游而贻害下游那种无法逃避的宿命，是一个可以自我安慰的理由：如民国二十八年（1939）八月，桑干河流域十日暴雨，北京天津遭遇百年之汛，当洪水汇于九河下稍七十二沽时，天津陈塘庄大埝便轰然崩决，海河以南地区顿成泽国。于是，"人或为鱼鳖"成了沽上人家对桑干河的夙世隐恨。下游人唯一的希望是在上游拦河筑坝。这，真是个理由。保卫北京是这个理由上更大的理由！

但是，坝，在生态意义上绝不是河流颈上美丽的项圈，而是在保障下游安全神圣定义之下不得已而为之的绞索：一座大坝筑成，必得上游数座中坝来保障；数座中坝又得更上游数十座小坝来保护；小坝之上还有小小坝，按几何级数增长。这样一层一层堵上去，下游的危机是解除了，北京安全了，天津人坦然了，但珍贵的水资源却在一级一级成千上万的人造湖泊中渗掉了、蒸干了。最终，巨大的甚至是带根本性的生态危机形成了。

我们从来都不缺乏为人民办好事的初衷，但，就像炸掉乌龙峡的石头去修京大路一样，我们常常都在做顾此失彼的蠢事，而且，从无纠错机制且永远难得说清谁之过？

2009年立秋前我回河头给母亲上坟。母亲的坟就在桑干河边，那时母亲坟边的母亲河已经整整干了10年了，望着快分辨不清岸界长满黍豆的河床，我很茫然，甚至很无助，在亡亲般的苦思中我忽然想到了"河殇"这个词。大数据显示，在祖国的华北，于黄土高原上发源的河流，绝大部分都已经断流，我们不得不花数万亿的代价去从长江调水，然而，长江之水能洗掉这个"殇"字吗？再说，难道长江是无限的吗？

第八章

有一年，我注意了一位北京市民写的一条消息：

《卢沟谣》唱道："永定河，出西山，碧水环绕北京湾。"卢沟桥下的永定河，被称为北京的母亲河。它发源于山西的桑干河和内蒙古的洋河，流经内蒙古、山西、河北、北京、天津五个省区市。从20世纪80年代起，永定河长期断流。卢沟桥下只剩茫茫河滩。10年前，北京启动永定河治理工程，在干枯的河床上，建造了五座串联的湖泊（其中包括卢沟桥两侧的宛平湖和晓月湖）。水源依靠人工注入的再生水。工程还包括一条水循环管线。上游湖水流到下游后，又被水泵提回上游，再流下来，周而复始。2010年，卢沟桥下重现绿水，但那已不是自然的永定河。3月，卢沟桥南侧的宛平湖已经注水，但由于供水不足，北侧，仅一道橡胶坝之隔的晓月湖只能暂时干涸着。一桥分两季的奇景由此而生。6月，再去卢沟桥时，桥两侧湖面都已水波荡漾。新增的湖水来自永定河上游水库近期的放水。格外引人注目的是，今年永定河引入了流域以外的黄河水。市民盛赞："引黄入京是历史性的。"

这则消息写得很干净很完整，来龙去脉清楚，关注点突出。让人一看就明白，永定河中重现"卢沟晓月"的倒影，北京市上上下下，是何等喜悦。

当然，对我这个近30年浸在桑干断流乡愁中的老人而言，能够再睹母亲河涅槃重生，其兴其乐，自然不会逊于重见卢沟晓月的北京人。其实，"引黄援京"（这是我的提法），早在2017年就开始了。2018年清明我回河头给母亲扫墓时，特意跑到河边去看水，河虽然已非昔日之河，只是一条不到10米宽的渠，但看着满渠清晃晃的水又从生我长我的村边穿过，我的心情无比激动。

一位我不认识的本村农民正张罗着要安一部小抽水机抽水浇地，一辆自怀仁方向而来的吉普车在河边突然停下，车上跳下两个穿制服的人，对农民呵斥着："谁让你抽水的？你知不知道这是给北京输送的水！"且说且动手，穿制服的人把抽水机抬上车，车子呼的一声开走了，农民急得直跺脚，始终未敢回一句言，像个哑巴。这突然发生的意外一幕，让我的心剧烈一抖。

我理智地知道执法人是对的，这点远自黄河而来又要送到遥远的

永定河流域图

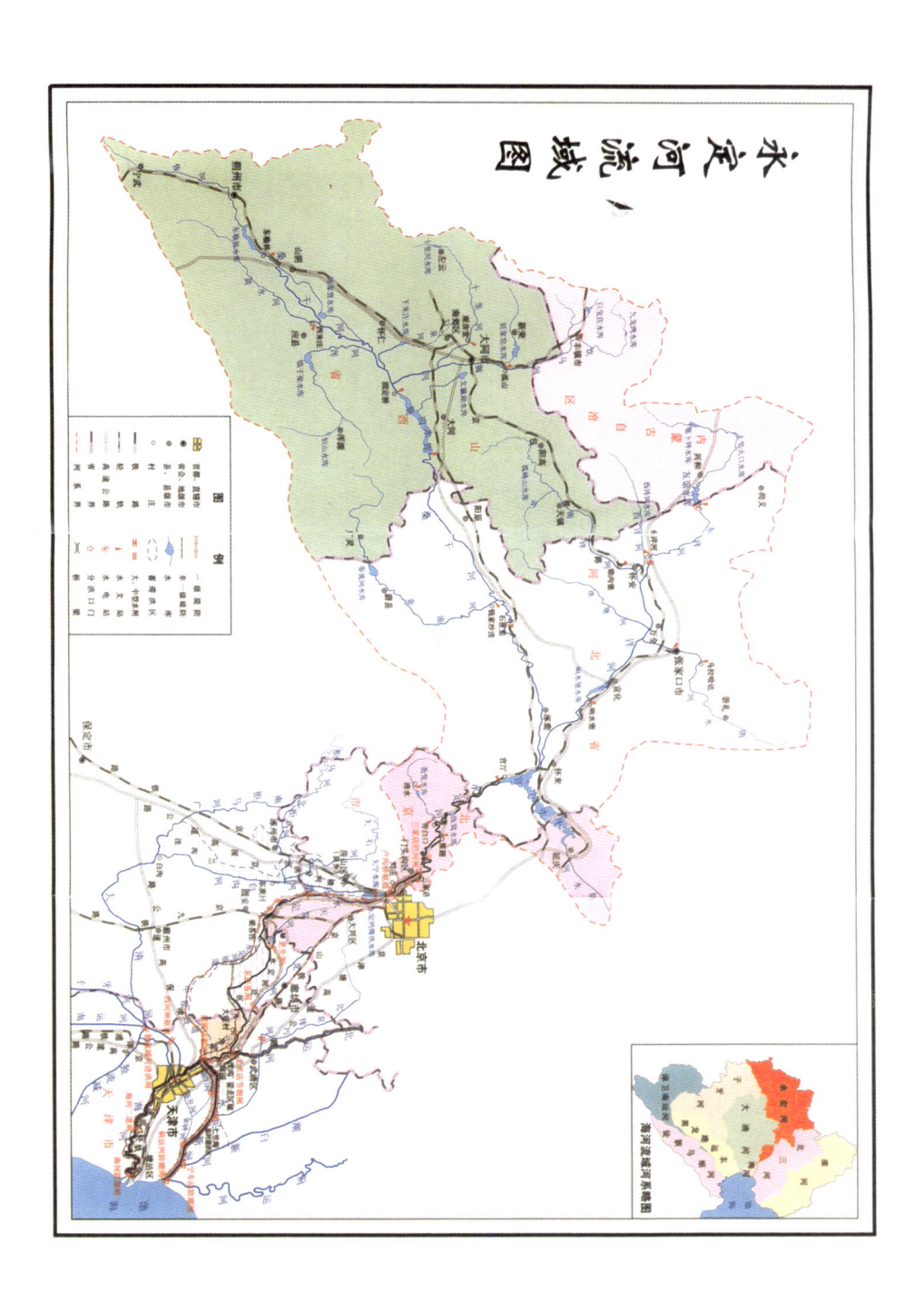

北京去的水，沿途几千里，人口数百万，若管护不严，莫说是抽水机，就是瓢勺桶提，也能把它舀干。但我在感情上无论如何都过不去。桑干河人不可以"喝"桑干水，这说明这河里流的再也不是自己母亲的乳汁了，而是自天而降的"圣水"！

我说这样话，可能是因为受到刺激，变得有点矫情，但坦坦率率地讲又有哪个山西人不知道这点黄河水的金贵呢？

我们谁都不会忘记，1993年山西省委省政府，提出的"把水引进来，把路通出去"的10字大政。特别是"把水引进来"，山西人民节衣缩食，每年几乎拿出全省财力的三分之一，用了10年时间圆了自己的引黄梦。黄河上游山西北段万家寨水库总库容为8.96亿立方米，每年向内蒙古供水2亿立方米，向山西供水12亿立方米，其中北干线到大同市赵家窑小水库，为同朔两市供水5.6亿立方米；南干线到太原呼延净水厂，为太原市供水6.4亿立方米。

此时此刻，我清楚地知道，自2017年春天始，北干线又肩负起了为北京输水的任务。而且这"圣水"是谁也不能碰的。

想到这些，我的心中突然升起了一点点叛逆，甚至觉得的北京人有点不够礼貌。黄河水输送北京，他们应该首先感谢山西人民的无私奉献。当年，首都工业化、现代化需要能源，山西送去的是煤与电，而今首都需要都市化、生态化，我们又送来了最珍贵的水。如果说当年输电送煤是因为我们本身就是能源大省的话，那么，今天我们输水，却是在自己也极度缺水的情况下。说得悲怆一点，我们是"挖却心头肉"，来为首都"医得眼前疮"。作为北京人，无论是市民，还是市长，都应知道盐从哪里咸，醋从哪是酸！

我认真研读过这次黄河水输送北京的政策依据，即《永定河综合治理与生态修复总体方案》。《方案》的总体目标是：要把永定河（包含桑干河与洋河）恢复成为"流动的河、绿色的河、清洁的河、安全的河"（"四河目标"），但我拜读了这份厚厚35页长达数万字的文件后，只能表示谨慎乐观。

《方案》初步匡算，总投资为369.8亿元。在桑干河、洋河、永定河直到海河安排重点建设项目共78个。我详细分析这些项目：上游90%都是节水项目，包括农业用水、工业用水、城市居民生活用水，还有退灌。而下游80%以上是综合治理项目，包括生态修复、湿地保护、防洪排险，甚至景观建设。这就等于是说，上游必须千方百计地节约每一点水，来保障下游的正常使用。对于这样的项目安排，我似乎觉着有点因果倒置。着眼于动听的"流动的河、绿色的河、清洁的河、安全的河"的大目标，应该是上游搞综合治理，下游搞厉行节水才对！只有上游强化治理，彻底清除流域顶端的废坝、多余坝，搞好小流域的水土保持，坚持退耕还林还草，沿河植树造林，使水畅其流，库有所蓄，而在下游厉行节约用水，尽量减轻上游压力，以腾出水资源来修复生态。才能使母亲河重获新生。

可惜，我的看法与《方案》主旨相左，我基本认为这个方案无多新意，所谓新：就是调用山西引出的黄河水，来解北京的燃眉急。

看起来，母亲河的涅槃重生尚有非常艰难的路要走。长空当浩叹，艰难子孙随！

第九章

《九章》的最后宿命般地回到"何似桑干人家？"的起始命题中来。

市文联的张海波主席告诉我：尘封的故迹，或许应数册田水库回水区北岸上的"东、西沙窝"，贫穷在那里珍藏了原汁原味的过往。

2020年小寒节令的一场大雪，仿佛为我的吉家庄冰雪小镇之奠做了首尾呼应的铺排。雪后，我走进了"沙窝"。

西沙窝、东沙窝、于家寨，桑干河北岸大同火山熔岩流南泻扇面上的三个毗邻小村落，在40年前我多次来过，那时云州同样贫穷，一色的破败，我并未觉察过它们的特别。而今，当周围的城镇化、现代化如幻灯一般推满红尘大幕的时候，这里的个性，居然显得那样的朴厚，凝重与静寂。残老的幡然成了绝尘的高古。清一色的乌黑的石头墙、石头房、石头窑……挨挨挤挤；石头埂、石头堰、石头巷……累累盘盘；在白雪的映衬下显得那样突兀，依然残存着当年"独角"的霸气。高大的白杨此刻如扫天的大帚，立于墨石与白水之间。由于黄河的跨流域哺济，桑干河只有在此时此地，才向我展示了我儿时记忆中的泓阔与浩荡："雪满野，冰塞川，十丈白杨顶着天。"

除了于家寨，东、西沙窝，绝大多数的人家都已人去屋空，但细细的流泉依旧从玄武岩的缝隙中涌出，在无人践踏过的雪地上划出黑蛇扭动的行踪，一只小黑狗看着我惊奇地叫了几声，旋又从一个老旧的戏台后狂奔而去……这里，已经基本没有桑干人家、火山人家，但水与火相辅相成的亘古悖论，依旧演绎得淋漓尽致。桑干人家、火山人家的乡愁依旧浓烈地从山石、林泉、村落的孑遗之中传递到我的心中。

我相信这里存在着无可估量的旅游美学价值。

我的思维又迅即跳回到了"桑干河涅槃重生"这个严肃而神圣的话题上。

"黄河补水桑干，不让上游人使用"让我的心有点哽，但在此地的此时，我已强烈预感到了这一举措修复生态的巨大能量，册田水库回水接近了它的设计水位，让两岸人的精神头又陡然的激灵起来了。

云州区已然明确悟到了这是个千载难逢的契机，2018、2019两年,他们修通了桑干河北岸的高等级滨河公路,从京大高速接口处到达河边也就 10 多分钟。2020 年他们又列新项目,计划再将南岸公路修通。其时,海心湾之下,从固定桥到册田坝之间 40 公里的河道(其中库区水面上溯 30 公里),将实现高等级公路环闭。火山拥着大湖,大湖携着长河,黑山白水的桑干绝景又会重现,而且更加美好。

送我到"沙窝"来的小友,说他已将西沙窝全村人去屋空的所有旧房、破房置换出来,他要在这里打造一处"外貌土得掉渣,内里温暖如家"的火山桑干人家集群,留住一片乡愁,开拓一方胜境。我从他自信的神态中看到了桑干河人的新自觉。

啊,人的精神上的自觉,是桑干河必然涅槃重生的真正理由!

须知,涅槃不是死亡的代名词!凤凰涅槃的典故是讲,老凤会积香木而自焚,在烈焰的飞腾中,一只新生的凤凰会凌空而起。桑干河是不死的,真正意义上的"河殇"或许并不存在。桑干河,她在大同火山喷发,大同湖退水时诞生,数十万年后她或许会行将老去,但在她的无穷匮的优秀子孙火一样愿力的托举下,一定会获得新生。

天愿如此,我愿亦如之!

尾　声

在吉家庄新石器时代晚期遗址的出土中有一只酒器——磨光的黑陶烧制成三足的鼓腹。其实,我们谁也不知道这个酒器叫什么名字,考古学家们借用青铜时代,酒器铭文"斝",暂为之定名为:陶斝。这只陶斝在吉家庄成吨的陶片中闪亮面世,象征着一个时代的高度繁荣。

我的老乡党中国黑陶大师张福荣回来了,他在吉家庄的一座旧粮库中开了一间工作室。他是中国黑陶人,家乡出了黑陶国宝,他必须

三足的鼓腹

回来，这是他的缘分。吉家窑肩负着复兴桑干河陶业的使命，这是他的责任。

我看到成千上万只"陶斝"从张福荣的柴窑中出来，闪着黝黑的玄武之光，这是又一炬桑干河的涅槃之火。

我想，新的北京人的迁徙之旅或许已经开始：从卢沟出发，走向怀来，残月在杨柳岸边落下，太阳从桑干河上升起。从泥河湾，到海星湾，别过了蒲柳人家又走进火山村落。从新生的大同湖，向恒山，向云冈，入管涔，登芦芽，背负青天朝下看，那是一片凤凰城郭！

啊，让陶斝斟满美酒，一醉方休吧！

从土林到千佛岭

任勇

有些外地的朋友来大同，除去看云冈大佛和悬空寺，再就是在古城里看看，然后就不知道大同还有什么可去的地方了。于是我建议他们去看长城，去看火山。偶尔遇到对大同特有感觉，想对大同有深度了解的朋友，我还推荐他们去看土林，去看千佛岭。记得有一次我带着西安的一拨朋友，他们看完土林和千佛岭之后，在饭桌上，酒过三巡后，大家畅所欲言，居然有朋友举杯站起来，说："我要敬大同一杯酒，大同太了不起了，我在大同玩了四天，满满的收获。可是给我的感觉，即使我再玩四天，甚至两个四天，都会有新鲜感。"

于是，我也站了起来，端起酒杯："这杯酒，我陪你。下次你再来，最好请半个月的假，带着你的朋友和家人，我为你设计几条线路，给你当向导。"

然后一饮而尽，那叫一个爽。

这是大约十年前的事儿，今天想起来，如昨日一般。当时我给朋友们讲，土林与千佛岭，一个是自然风景，一个是历史沉淀，不是一个概念。从地理位置讲，它俩属于一个方向，都在大同东南，近的是土林，远的是千佛岭。从历史角度讲，千佛岭是几千年的事儿，土林那是几百万年的事儿。如果从我个人与它们的关系说，我认识千佛岭比较早，那是上个世纪末，而触摸土林很晚，直到现在对土林的感悟也是很浮浅。

  花开两朵，各表一枝，先说土林。

  十几年前，在报纸上看到一组土林的照片，非常壮观。看文字说明，这土林居然就在大同，就在身边，让我这个地道的大同人一时很茫然。于是在一段时间里，我向许多朋友打听土林的具体位置，可他们对土林的了解，并不比我多，有的甚至还是第一次听说呢。就这样，事情一多，就把寻找土林的事搁置脑后了。

  2006年，我调大同县工作，偶尔会与人们说起土林。我猜想这土林可能就在大同县的地界上，正好遇到大同县摄影家协会的主席。这位老弟说："你可是问对人了！"土林的事，他是太清楚不过了。那天，从土林的话题开头，我俩聊了很长时间，很开心，也很投机。

  第一次土林之行，恰好偶遇一个非常好的天气。我说的好天气，不是说晴朗，万里无云，只有碧蓝碧蓝的天。这样的天气，对风光摄影来讲，不一定就是好事。那天的空气质量好，能见度高，我往外一看就感觉非常好。于是就在电话里约那位老弟，由他带路，同行还有其他几个朋友。我们是下午五点到达土林的。

  土林，在大同县杜庄。杜庄在去浑源的路上。

  汽车到达杜庄，到达土林，就在土林的眼皮下，我们却依然看不见它。神秘的土林不知藏在何处。难怪不少人找土林，却每每与土林擦肩而过呢。这位老弟说，"跟我来吧！"我们一行七人跟着他上到一个高坡，往西走。眼前的坡地上，长满了杂草，个别的地方，有农民种下的杂粮。再往前行，土林出现了。大家都瞪大眼睛，为眼前的景象而惊叹。真的很棒呀，土林！原来土林与我们不在一个视平线，它深深地镶嵌在前方的脚下。

看土林，选最好的视点，要下到土林身边，与土林零距离，由下往上取仰视角度，才能彰显土林的特色。是的，不是亲眼所见，没人会相信在大同，会有这样一块神秘而壮观的土地。发挥我的想象力，我猜想这可能是一处魔鬼城，这可能是远古人生活过，留给现代人的一处遗址，亦可能是外星人光顾地球的佐证。

然而，土林究竟是怎么来的？没人能够告诉我准确的答案。我们站在土林脚下，被河水冲刷过的地面上往上看，土林的顶端，与我们来时的高坡是连接一体的，一样生长着杂草。它就像一块巨大的蛋糕，用刀子切成大大小小的块，有的被上帝吃掉，有的送给八路神仙，而留给后人的就是现在这些还没有被"吃掉"的，被岁月打磨过的形态各异的"蛋糕"。有的像远古的城堡，有的像视死如归的将军，有的像整装待发的士兵，有的像插在土地上的大刀，有的像东海龙王的定海神针，有的像沉思对弈的仙者，有的像挡住齐天大圣去路的如来五指，这就是土林。只是历史的沧桑，使土林永远地失去了蛋糕的滋味，应该残留着奶油的地方都滋生着无名的野草，唯一让人能够觉到的浪漫，是野草里偶尔会开放着一些很小很小的白色、黄色的小花。

大自然的这件艺术品，让人不由得展开了畅想的翅膀，在无限的时间长度面前，山河也是脆弱的，更何况是人。在土林面前，我们平日里那一点点被自己有意放大的人生苦短真的是微不足道。

此时，浓丽肥硕的云朵，被夏季的风拉成一片一片的、一道一道的，在深邃的蓝天衬托下，土林蒙上了一种更厚重、更悲凉的色彩。很快，太阳已经到了西山头，西面的天空一片血红，如同火烧的一样，

大同土林·高原擎柱

土林的土柱、土台、土崖全部笼罩在这种神奇的光晕下。机会难得，我们一行人纷纷选择角度，支起三脚架，安装镜头，按动快门，要把土林最好的感觉带回去。拍照的同伴们，停止了喧哗，屏住呼吸，只有咔嚓咔嚓的声音，在耳边不断地响起。

那次从土林回来后，关于土林的话题常常挂在嘴边。我常与有关

人士，尤其是从事地质工作的同志，还有杜庄乡的朋友，打听土林的事。杜庄本地人说，小时候老从那里走，也没觉得它怎么样，现在看你们拍的照片，哇，的确了不得。过去没人叫土林，都叫它石板沟。原来石板沟里有条河从中间流过，现在只有接连下几天雨，才会有河流的感觉。至于那些土疙瘩，为什么能够长期屹立，没有被冲垮，主要是那形成土林的土质不一样，当地人叫白脑土。说法不一样，但都说得很有道理。我的确亲手摸过土林身上发白的土，像鱼鳞一样的土壳，一缕一缕的，表面上光滑而硬朗，难怪多少年来的雨水和河水，甚至是洪水，从它身上冲过，漫过，流过，都没能把它带走。只是留下了累累伤痕。也正是这些伤痕，才更暴露了它的伟大、坚强，还有那独一无二的至尊。

地质部门的朋友，向我介绍土林的秘密，致力于大同土林文旅开发的一位朋友，也向我补充和证实了一种说法。土林原来是一种土状堆积物塑造，经历长时期地质变化和风雨打磨形成的。像这样成群的柱状地形，目前我国成规模的有三处，一处在云南叫元谋土林，一处在西藏叫阿里扎达土林，第三处就是我们大同土林。这三处土林都是万分珍贵的地质奇观，是不可再生的资源。

　　据考证，十几万年前，乃至200万年前，大同杜庄附近曾是一个很大的湖泊，夹于南部恒山与北部熊耳山间。后来，地壳运动致使这一区域的地形大面积抬升，古湖消失，形成了我们如今看到的起伏不平的冲积平原。杜庄土林区，正好处于桑干河高低两级阶地交接地带的陡坡下方，东西两侧由于御河与坊城河的侵蚀构造运动较为活跃，地表水流冲刷较强，沟壑纵横，土层风化破碎，有较多盐碱析出。在这样特殊的地质背景下，地面的细沟在水和风长期作用下，向纵深垂直下切，两边出现侵蚀现象，并有土块崩落。日复一日，年复一年，土层就这样不断被侵蚀、剥蚀，细小的沟慢慢扩展，直至形成今天的宽沟，宽沟边缘又形成了高数米至十几米的成群的数百土柱或土壁，这就是我们现在看到的土林。引用中科院地质学家闵隆瑞教授的话说，大同土林属于第四系"泥河湾组地层"，上下部颜色发红棕、黄棕，代表古湖水浅时期的沉积物；中部为灰绿色夹鲜黄色条带，含腹足类螺化石，代表古湖水较深时期的沉积物。土柱、土壁由沙土和黏质土交互组成，内含较多钙质、铁质等化学元素，故地质坚硬。特别是顶部沙土层，似一顶帽子戴在土柱、土壁上，遮风挡雨，保护着土林不崩塌。

　　土林让我激动，它数次出现在我的梦境，我岂能放过它。以后若干年内，我多次探访土林，土林也多成为我参加影展的主角。一是朋友们在我鼓动下，要去一睹土林之壮观，我要陪同；二是我期望不同的季节，不同的光线，不同的气候，土林会给我的镜头留下不同的纪录。更重要的是，土林对于我，还是新朋友，我要对土林有更深刻的了解和感悟。那年初春，一场大雪飘然而至，大雪给我的一个提示，赶去看土林，看看地上一层雪，头上一层雪，这种色彩下，土林的肌体纹理，又会是什么样子呢？

我去了，土林没让我失望。

千佛岭，在浑源县南，由县城去往汤头温泉的半路上。

这些年到过浑源的人越来越多了，因为浑源有道教圣地北岳恒山，有号称世界建筑精品，北魏孝文帝迁都洛阳之后，建起的悬空寺。但是知道浑源有千佛岭的却真的不多。

千佛岭在浑源城南偏西25公里处。由于山连着山、谷挨着谷，汽车又不能走，游一趟千佛岭怎么也得多半天的时间。我是浑源少数几个对千佛岭感兴趣，并且去过多次的人其中之一。千佛岭因千佛洞和千佛宝塔而得名，当地人都说这洞、这塔很古老，而且有"先有千佛洞，后有五台山"的说法。然而现在的古洞和古塔保存得很不好，展现给人们的，只是一种苍老、悲壮和无奈。20世纪末，我第一次参拜千佛岭，是怀着十分虔诚的心情去的。守候在千佛洞的是一位70多岁的出家人，他总是为每一个游人做这做那，不厌其烦地回答人们的各种问题，给人们倒上热水，腾出土炕和木凳来让人们坐。是的，他很兴奋，这么多年没人问津的地儿，现在来人了，就像失散多年的孤子，见到了故人一样。他为千佛洞兴奋，也为自己的追求得到人们的认可而兴奋。

那位僧人指点江山，为游人介绍。千佛岭在龙嘴村西南，出家人烧香拜佛之地有上寺、下寺和后寺，千佛岭之上有巨大磐石。他指着仿木砖塔说："这座塔有20多尺高，磐石上'千佛宝塔'四个字，是我每天要凝视许久的，贫僧不研究书法，贫僧觉得这四个字就是千佛岭的魂，有温度，闪光，会说话。"

他抬头遥指远处的几座山峰，它们分别是孙膑寨和庞涓岭，还有一处天然的北风洞。一听孙膑和庞涓，懂历史的人立刻兴趣来了。僧人却摇头说，他们的故事，众说纷纭，贫僧不敢胡言。但是贫僧相信，这些绝非空穴来风,需要高人来解答。他带着大家在三个石窟洞里观赏三座大佛和上千的小石佛,石佛大都在岁月侵蚀下,变得模糊不清。

每次离开千佛洞,我总是几次回头瞻仰那不倒的宝塔和诲人不倦的出家人。

对于初访者来说,让人流连忘返的必然是千佛岭绝美的自然景观。从公路边龙嘴出发,向西,吉普车可以开到黑狗背上去。半路上可以看到一处瀑布,叫岗涯口瀑,平时就很可观,到了夏季水流更急,还没到跟前就能听到它的吼叫,感觉到它的湿润。有风的时候,偶尔会出现管乐般鸣叫,雨后出太阳时,往往在山涧搭上一道彩虹。黑狗背,乍一听有些俗,细一看,黑黑的花岗岩石上,妥妥地呈现出瀑布,和一幅幅美景,倒觉得没有比它更接地气的昵称了。黑狗背,就等于是

千佛岭

千佛岭景区的窗口。站在黑狗背上，一眼望去，山峦连绵，绿树叠翠，参差不齐，状态万千，无限景色尽收眼底。每次到时，我的心情非常的开朗，非常的自豪。人的肉眼能看到这么广博的美景，能收容这么多的勃勃生机，我们真应该感谢佛祖的慈悲和包容！

吉普车原路返回，游人开始在如画的景物中迂回穿行。自然这种穿行是兴致勃勃的，免不了要太多地按动快门，一展歌喉，抑或仰天长啸，来释放盎然的激情。春天三四月，先是满沟的山桃花开放，接着是丁香花开遍，我们从花的"长廊"里走过，不为其陶醉才怪了呢。夏季来临，各种乔木和灌木用无数的叶子把骄阳与游人隔了开，让人能尽情地听鸟的交谈和流水的歌。到了秋风为树叶着色的时节，这里的色彩是最丰富、最饱满的，嫩黄的、橙色的、栗子色的、血红的，染得一层一层，一团一团，一片一片，让你一点也不为消耗的体力和渗出的汗水而抱怨。当然从黑狗背沿山路迂回荡漾下来，回到龙嘴，怎么也得两三个钟点，说累也真够累的。可惜我没有在冬天登过千佛岭，想象中千佛岭披上素装后，一定又多了百分神秘、十分凝重吧！

其实，这只是观景游玩而已，如果来千佛岭是展开历史研究，或者是传统文化，或者是儒释道宗教，或者是兵法谋略，那也绝不会让人失望。千佛岭有名的孙膑寨、庞涓岭两座山峰的文化就足够你考证一阵子了。公元前320年鬼谷子告别江湖，放手西去，他的两位门生孙膑与庞涓纷争之戏，一直上演到何时？他俩的对弈与千佛岭究竟有何瓜葛？难道是千佛岭的风光迷住了他们，使得他俩在此各自为政，血雨腥风也忘不了风花雪月？也可能是，孙膑和庞涓的后人，或者是追随者，他们为了纪念的先人、师祖，为了踏着他俩的兵法之路，继续前行，而人为地在千佛岭再次布阵，重新上演历史一幕？何况到今天为止，千佛岭还没有开发出来，究竟它能给人们展现多少文化、多少内涵，还不得而知。据说，曾有一家公司投巨资开发千佛岭。奠基仪式已经举行，听说那天的红旗飘满了山坡，农民兄弟们露出了笑容，他们已经看到了富裕的日子在向他们招手。

我不禁在想，千佛岭真正开发以后，还是那么神秘而美丽吗？

去年，作家协会有一个策划，主题叫作"半月大同"。这个策划，最初出自那次酒局，那位西安朋友大发感慨的酒局。既然我发出邀约，下次他再来大同，要准备半个月的假期，那么就要兑现这个承诺。来大同半个月，应该如何安排行程？平城区、云冈区和新荣区一条线，浑源、广灵和灵丘三个县一条线，左云、阳高、天镇、云州三县一区一条线，这样安排合适吗？还是历史风云、三教兴衰、黄土地貌、农家风情、红色旅游分别体验，我一下子吃不准。总之，感觉故乡大同有太多的风情、风貌可以规划，可以供游人选择，可以请文旅界高人谋划，由此打造"触摸大同半月之旅"的理念。由于是作家所为，那就不能只是一种理念，必须靠一篇篇真情体验的游记来说话，累积下来估计会有130篇游记出笼，浩浩荡荡排列在大同这片神奇的土地上，就像无数只手，召唤着五湖四海的朋友。

当然，土林和千佛岭也少不了，一定会镶嵌在这幅蓝图之中。

大同，黄土高原北端的"山水城"

史峰

倘徉在浓郁葱茏的武周山川，在云冈大佛前再现的"山堂水殿、烟寺相望"中倾听松涛烟雨；伫立在孤山之巅"赵家窑水库"的大坝上，放眼眺望两山间的"高山平湖"里映照着的白云蓝天；点亮御河岸边楼房林立的一室明灯，居住在生态公园附近的居民，浸享着绿草如茵、花团锦簇、水清气爽的人间仙境中进入梦乡……

是的，如今的雁门关外大同盆地，尽管仍有塞北的粗犷和苍茫，但已呈现出林海苍莽、花草丰茂、生态良好的壮美景象。古都大同，更是山峦葱郁、碧水环绕、空气清新，成为黄土高原北端上的"清凉都""山水城"。

群峰环护　山峦屏障

自从浩瀚的"大同湖"消失得无影无踪，四面绵延起伏的山峦，便成了大同盆地生生不息的宝贵资源和天然屏障。

大同縣
渾源
應州
山陰
懷仁
陽高
天鎮
豐鎮
廣靈
靈邱
雁門關
繁峙縣界
懷安縣界
廣昌縣界
張家口界
平型關
桑乾河
渾河
壺流河

府境山川圖

大同地处"南下阴山，东来燕山，北上吕梁、太行，北方四大山脉的交叉通道"。四大名山在大同盆地边缘携手耸峙、相依相望，七峰山、采凉山、六凌山都是它们余脉土生土长的名字。"山环采掠，水抱桑干"的整个大同盆地，像一个积能聚气面对天宇的条形平底大盆，就是这个大盆成为汉民族与北方多个民族融合的大熔炉。在这个大盆熔炉上，山在盆缘耸立环抱，水在盆中逶迤汇通，人在盆里融合共生，成为中华民族大融合的典范。

驻足在雷公山、采凉山极目远眺，西北东三面峰峦叠嶂、秀峰层集、绵延起伏、气势磅礴。形成环护大同城半圆形的天然屏障。南面则是广袤宽阔，沃野田畴，一马平川；直到桑干河以南，远远地隐现出北岳恒山及余脉。像如来佛一具屈指的手掌，护佑着居在中心的大同黎民百姓，阻挡西北方向的狂风寒流，迎纳着南方的阳光和暖湿气流。

西南群山属阴山洪涛山脉，起始于左云县南山，禅房山、七峰山、西岩寺山等，从西南向西北绵延。南面的禅房山与怀仁界内的锦屏山、清凉山接壤，最高处丈人峰的山坡阳面，矗立着七级浮屠、六角砖塔的辽代建筑；七峰山因有笔峰、太史峰、剑峰、鳌峰、白云峰、玉女峰、摩天峰七峰排列耸立而得名；崖畔建有"西岩寺"的西岩寺山，离城最近，如天气晴朗，沿迎宾街往西看，仿佛就在眼前。

城西北"雷公山距城15里、叠峰数重，郡城之祖山也"。雷公山北连雷音山，建有"雷音寺"。雷音寺，是古代平城百姓求神祈雨的地方。雷公山南是阳合坡和自然风景区武周山。著名的云冈石窟就开凿于武周山崖。正如郦道元《水经注》中对云冈胜景和环境的描述："凿石开山，因岩结构，真容巨状，世法所稀，山堂水殿，烟寺相望，林渊锦境，缀目新眺。"

北魏永固陵修建在城正北的方山，北面与寺儿山相连，南面是

"古城之靠背"的孤山、野狐岭。每逢春夏时节，北连"边墙五堡"的方山永固陵区，烟雨迷蒙，气势磅礴，煞是壮观，因此，"魏陵烟雨"是古代"云中八景"之首。方山山脉形态像一只巨大的猛虎伏卧在通往草原大漠道路的中间，与蜿蜒起伏的长城连接着边界山峰、城堡与烽燧。它们携手相守，镶嵌在大同盆地的盆沿上，千百年来镇守着古城的安宁，颂扬着从民族纷争到融合共生的历史长歌。

素以山峰峭拔、高寒异常、冬夏积雪而著称的采凉山，位于城东北方向，又名纥真山，"乃县治之镇山也，脉从塞外红梁山发来"。"采凉积雪"也是明清"云中八景"之一。唐昭宗有"屹干山头冻死雀，何不飞去生处乐"，有"马嘶踏遍银山顶，鸟倦惊飞玉树枝"的咏叹。采凉山是大同城周边最高的山，顶峰海拔高达 2144 米。采凉山西部、南北走向的山崖叫红石崖。明代建筑太玄观（原名宏恩寺），坐东面西，悬挂在山崖绝壁上，俯瞰着大同全城，堪称大同的"第二悬空寺"。

采凉山西南为马铺山，又名小白登山，"距城十五里，高一里，盘踞三十五里，上有白登台，以阳高县南有白登山，故此加小也"。踏上被苍茫松林包围的"白登之战"古战场，耳边仿佛响起当年汉高祖刘邦被匈奴围困的战马嘶鸣。那历史的尘埃沿着采凉山南缘的浓浓绿意，依次向东聚稼山及金山、牌楼山、昊天山等火山群一直蔓延伸展。高高隆起的昊天山口上建有昊天寺，民间流传"昊天寺，离天二指半，燕雀难飞过"的说法，可谓高大雄伟，沉静肃穆。

横亘在大同盆地最南面是北岳恒山及支脉。发于雁门山，东部六棱山"奇峰秀峙，木列千章，叠嶂峻嶒，冈分六道"。最高峰黄羊尖，海拔 2420 米，是大同市第一高峰，号称"大同屋脊"。黄羊尖顶部有巨大而平坦的高山草甸，面积是河北大海陀草甸的数倍。山脉中部，横卧着马头山、殿山、小泉华山和马鞍山绵延而成的"大同睡佛"。站在远处看：长达十几公里的睡佛，轮廓清晰、神态逼真，自然天成，像是一座巨大的天然照壁，祥光返照，静谧安然。

曲水环绕　河润泽及

《易经》："一生水，水生万物"；县志载："三晋之地山高水也高"。水自山中来，有山必有水。河流又是城市的血脉和灵魂。水的重要性不言而喻。大同境内山峦重叠，沟壑交错，河流纵横。御河、十里河、口泉河等大小20多条河流与水库、湖泊、泉水星罗棋布，这些或明或暗的水系网络联通汇集，运行流动在山间田野，使大同地区成了高原上的一座"水城"。宛若镶嵌在黄土高原上北端的一颗璀璨明珠。

御河古称玉河、如浑水，系桑干河支流，发源于内蒙古丰镇西北，由城北镇羌堡口入境，上游俗称饮马河，一路弯转曲绕南下，西面涓（圈）子河、淤泥河、十里河，东面万泉河等支流注入，在利仁皂西汇入桑干河。全长百余里，是大同的母亲河。

现在的御河，上游深山峡谷中，建起赵家窑水库和孤山水库，是大同重要的城市饮用水源，并起着防洪调蓄、农业灌溉等作用。中游城区段，横架着风格迥异、造型独特的七座大桥，连通着日新月异、生机勃勃的"一轴双城"；桥下几条白色的橡皮坝，像柔情的臂膀搂抱着几块明镜似的湖面，楼房倒映，静谧恬雅，水汽清爽，沁人心肺。

十里河，又名武周川，发源于左云县境内龙泉山，一路由西北向东南而下，经云冈石窟、佛字湾，在十里店南流，向东过东、西河到冯庄，大转小弯，曲曲折折汇入御河。因河水出小站沟口，流经十里店村，河水离城最近仅十里多，所以得名。

风水格局，即东方传统环境科学，讲究开闭，来处水口宜大，去时水口宜小。御河敞开胸怀、聚内蒙古高原南部之水从城北南流，十里河由西北向东南蜿蜒而来，在艾庄村西相汇。两河呈"金城环抱"之势，像一个巨人伸开的双臂，将古城这颗珍贵的头颅托拥环抱。

城西南方向的河水除十里河外，还有十里河支河甘河，口泉河和于家园河水系，分别由北向南注入桑干河。

"谁言西北少平湖，偏有文莺入画图。十里风光开胜境，一泓烟景是名区"。古人美誉不绝的文瀛湖，也曾经历过干涸和荒芜。伴随着大同市"一河三库一湖"地表水系建造提升工程，文瀛湖在人们惊艳的目光里变大变美：森林、湿地、鸟岛花红柳绿，古堡、栈道、广场亭台楼榭，湖面碧波浩渺，鸟飞鱼跃动物嬉戏……成为市民休闲、游乐、健身的圣地。

深秋的桑干河湿地公园，山坡岸野上已是层林尽染，色彩斑斓，绿与黄正在激烈地纠缠；宽阔的河床上，牙白色、鹅毛状的芦苇花，一望无际，随风飘荡，仿佛讲述着远古时河水的汹涌、肆意、干渴或激情澎湃；白天鹅、黑鹳、海雕、遗鸥、苍鹭、绿头鸭等野生珍稀鸟类嬉戏飞旋，栖息繁衍；清澈见底的河水，或欢跳，或舒缓，或婉转，或直意，一路向东奔去……

占永定河全长三分之二、首都重要水源的桑干河上，随着一声"开闸"的指令，朔州引黄干线和册田水库之水滚滚而涌，全长850公里、断流近30年的永定河，在某一年全线通水畅流。"滔滔灞水"穿平野、绕山岗、跃峡谷，又在京郊永定故道上和人们的惊喜期盼中高调亮相，像清澈、淳厚、激昂的山西信天游，在久违的幽云大地上唱响。

相信，大河再奔涌，沿途山更青、地更绿、景更美。峥嵘太行深山，流泉飞瀑；广袤朔北原野，长河落日；浩浩大同盆地，河润泽及。

绿色葱茏　生机勃发

我国北方地区防风固沙，改善生态环境，国家的"三北防护林"工程，是重要的基础，可谓丰功卓著。从1979年开始启动的"三北防护林"工程建设，是同我国改革开放一起实施的重大生态工程，是生态文明建设的一个重要标志性工程。工程建设取得巨大生态、经济、社会效益，成为全球生态治理的成功典范。

而地处塞北的大同地区，除了完成"三北防护"任务，还全面开展了生态修复和自然环境提升的工程。

杀虎口，古称参合口，地处晋蒙两省交界处，既是历代军事重地，也是关内流民背井离乡，外出谋生"走西口"的西口。是毛乌素沙漠的天然风口地带。面对风沙茫茫、山川贫瘠的不毛之地，从新中国成立开始，右玉人民艰苦奋斗，坚持不懈地种草植树，使昔日"十山九秃头，黄沙遍地流，十里不见人，百里不见树"的恶劣环境，变成今日的"塞上绿洲"，铸就了珍贵的"右玉精神"。这种精神是雁门关外同朔地区人民战天斗地、改变生态环境共同铸就的精神标杆。

"这几年，确实没少栽树！""大同人会植树了！"走到哪里都能听到这样的话。树上挂着白色的"输液瓶"也成了这座城市独有的风景。

雷公山，是横挡在城西北风口上的山脉。从六七十年代就开始了防风固沙的植树和绿化。现已成为林海浩瀚、荆棘丛生、风电林立的生态屏障。

百里之长的武周山川，拆除违章建筑，改道拓宽道路，植树造林，绿化美化，筑坝蓄水，彻底改变了云冈峪的脏乱差面貌，擦亮了"云冈石窟"这座世界文化遗产的名片。

从整个北部绵延起伏的百里长城，到广阔的火山群森林公园，从

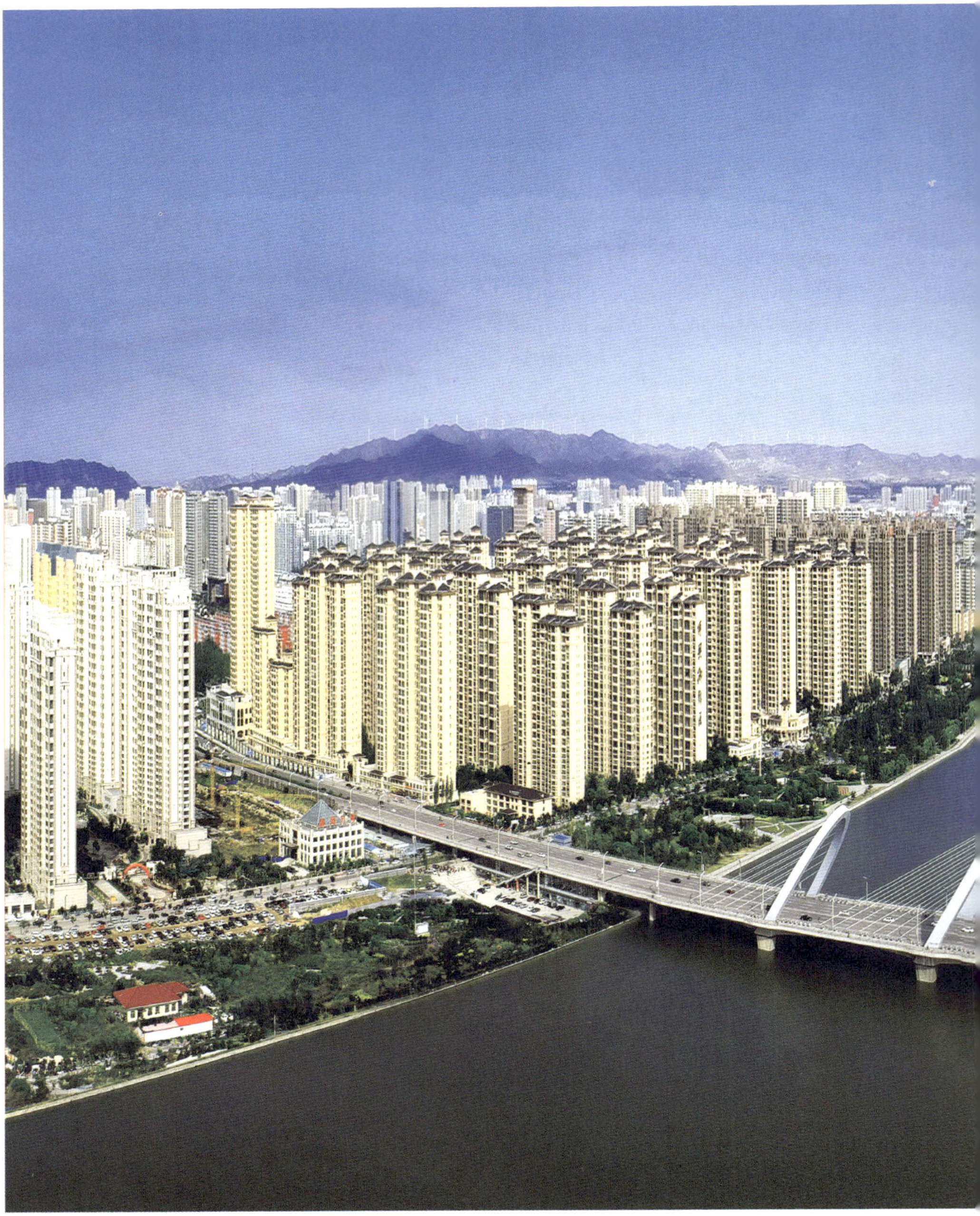

山水大同

巍巍的采凉山、大泉山到南面的恒山山脉……森林绿簇跨山越岭、绵延不断，山上沟坡，平川田野，到处是乔、灌、草植物相结合，林带、林网、片林相连接，多种树木花草合理配置，农、林、牧协调发展的防护林、经济林和美丽的生态景观，铸成了横亘在黄土高原东北部、梯阶式的、隔离网状的绿色长城，是我国"三北防护林"工程"大长城"中的"小长城"。

城市里，更弥漫着浓浓的花海绿意。"绿网、绿带、绿廊、绿岛、绿链……称之为城市绿肺"的生态公园、亲水公园、口袋公园、小区生态景观比比皆是；边角地、废弃地、消极空间，见缝插"花"、处处增绿；城内外绿随路延、景随季变；分车绿带，路行绿廊布局合理；乔灌木和花灌木融合搭配，生态景观造型层次丰富，色彩斑斓，和谐美观。

天蓝水清　共此一色

"雁门关外野人家，不养桑蚕不种麻。百里并无梨枣树，三春那得桃杏花。六月雨过山头雪，狂风遍地起黄沙。说与江南人不信，早穿皮袄午穿纱。"一首《关外吟古诗》，在大同地区可谓家喻户晓。"一年一场风，从春刮到冬"民间谚语，更是远古雁门关外恶劣的气候条件真实写照。经常处于战争和纷乱状态的区域，生产力低下、生态环境恶劣可见一斑。况且，大同地区又地处蒙古几个沙漠和西伯利亚冷空气南进的风口，年降水量 400 毫米左右，且无霜期短……

"白天和晚上一个样，麻雀和乌鸦一个样，鼻孔和烟囱一个样""晴天满身土，雨天一身泥"……新中国成立后，作为我国重要的煤化工基地，有着"煤都"之称的大同，为国家经济建设和社会发展做出了巨大的贡献。那绵延起伏的群山中，埋藏着滚滚流淌的"黑金"，铁路、公路像几条河流，源源不断地将温暖载送到各地城市乡间，点亮了万家的灯火。也成就了一座城市肥腴的名片。一段时期，掠夺性的开采，文化名城逐渐沦陷。煤都，更成了霾都。水脉流干，地下水位急骤下降，在矿区、城区，形成几大漏斗；地面塌陷，尘土飞扬，生态环境恶劣，比古代又增添了危害更大的工业污染。

经过艰难的觉醒，城市发展重新定位。绿色发展、可持续发展、全面践行"绿水青山就是金山银山"的发展理念，成为大同市转型发展组歌的主题曲。虽然步履艰难，但一代接一代的大同人，坚持不懈，久久为功，为之努力拼搏和勇于奉献。

一波波城市建设和更新，一根根黑烟囱逐渐倒下，一处处矿山披上了绿装和喷淋，一股股从污水处理厂流出的清水，一条条河道重现了河畅水清岸绿的生机，一座座水库、灌区灌站、水上乐园，碧波荡漾、清盈欢畅、吐故纳新。

就这样，以刮骨疗伤、壮士断腕勇气，山、水、气、土、城生态环境治理、空气质量提升的大决战，一场接一场……速度惊人，成效斐然。

大同市空气质量全省八连冠，"全国美丽山水城""全国十佳生态文明城市"等称号接踵而来。

地绿了！水清了！空气清新了！

那蓝圪盈盈的"大同蓝"，成为大同的一张亮丽的名片。

探岳之旅 再行天路

李大光

15 年前，驾车穿越了青藏线上的天路。在海拔 4700 米以上的云端路上过昆仑山、穿可可西里、跨楚玛尔河、越唐古拉山，一路驶去，艰险万重，刻骨铭心，犹如昨天的事。

五年前，有了第二条天路，这就是张北的草原天路。一经听说，便驾车去行，一探究竟。那是横亘在锡林郭勒草原南缘的一条草原之路，其平均海拔在1400米上下，最高的桦皮岭是2100米。

两条天路，一条在青藏高原，一条在黄土高原，一条在我国阶梯地势的第三级，一条在这个地势下边的第一级。

去年伊始，听说家门口的浑源也出现了一条天路。惊奇之余，未行先思。那是一条怎样的路，为什么敢叫天路？这是所知的第三条天路。

浑源县为了进一步发展，曾组织并邀请专家开会，主题是研究旅游问题。会上曾提出北岳恒山北线游和南线游，变北岳景区游为恒山全域深度大旅游的建议，目的是留住游人，扩大影响，促进发展。

看来，浑源早有动作，否则绝不可能在会后就忽如一夜变出个天路来。既然有这样的眼光、这样的思路，天路就不是拍脑袋而成的，它一定是智慧与大自然的杰作。

天气多雨，却按捺不住向往之心，选择七月即将结束的一天去探探此路。这天，天空并没有完全放晴，时而有雨，时而日出，不稳定的气候，会增加行路的不确定性和记忆感，决定驾车再行天路。

车从浑源盆地北端的二岭山口一探出头来，便看见盆地对面几十年来一次次看到的再熟悉不过的北岳恒山。不一样的是这次把视点指向了恒山主峰天峰岭右侧深处的龙山。因为天路就在那里，天路就从龙山经过。此时的龙山已被笼罩在深灰色的雨雾之中，面对那座山，陌生感陡然而生。

天路北起点是北岳恒山脚下的东防城乡，距离县城仅3公里，海拔1100米。南行不远经过古墓成群的李峪村便开始行走山路。说到李峪，村庄不大，却名声不小。有着上海博物馆镇馆之宝之称的东周时代的"牺尊"这一古代温酒礼器，是于1923年在李峪村的赵国古墓出土的。围绕着这个珍贵文物制造、来历、出土,特别是它为什么最后落户上海博物馆,衍生出恰如行走天路般的故事,耐人寻味,为行走现今北岳天路铺添了历史穿越感。

  车过李峪,映入眼帘的是明长城。长城烽燧在这里密集排列,好像拱卫着北岳、守护着天路。长城紧挨落子洼村,人们通常称此处长城叫落子洼长城。关于落子洼一名的来历,传说杨家将镇守边关之时,佘太君率"十二寡妇"征西,穆桂英为先锋大破洪州(今浑源县)智取了葫芦峪(今恒山山口)。穆桂英大战韩昌,因身怀有孕,战胜韩昌后在此点兵生子,把附近的这个村取名为落子洼。现在,"乌海"高速公路从落子洼山底通过,由于长城地势很高,又直对公路,行车的人们都能看到它险峻的身影,也为长城旁边的天路增添边塞历史的神奇。

  刚刚回味曲折的历史,难行的路段下马威似的迎面而来。土石路面坡陡弯急,绕过几座山岭,已是海拔 1800 多米。果真是应了山中气候特点,云雨接踵而来,前面的路很快被云雨虚化,湿冷空气阵阵袭入车窗,使人倍感夏季少有的凉意,而汽车发动机降温风扇却不停地吼叫着,驱赶着越野车爬过一个个陡坡。在一个山岭弯处,看见天路又伸进浓雾漫漫的密林。不一会儿,车在咆哮中钻入雾气弥漫的密林,把林中的宁静彻底打破。

  这是恒山的森林,幽深的浓雾里全是粗过碗口的松树,由于树与树间距小,树干和树冠在云雾中显得很高很高,林间又长满齐腰的多种灌草,所以森林里湿度很高,产生了浓浓雾气,这些雾气生成了绵绵细雨,天路此时一片幽暗。车在行,林在移,雾在飘,忽林忽雾。陡的路,急的弯,正在用力爬行的车突然发生摆动,不由心情一紧,这是车轮在打滑。停下车细看路,沙土路面上已经被细细的湿泥覆盖,往前观察,看见林边的湿土和石块儿坍塌下来散落在路上,看来,路

龙山

况有些复杂了。细听，山间没有任何声响，更没有马达声，心虚之下，决定返航。艰难地掉转车头，逃跑似的一路下岭。几个弯过，雾散日出，豁然开朗。再停车回看，山是山，路是路，天路指向的森林仍在云雾中。这哪里有穿越天路的胆量和气魄，真是丢人，好不笑话。当年走青藏天路也不曾有退却。心诚勇气增，再掉车头继续前行！

  中午时分，上到龙山。龙山，海拔2267米，比北岳主峰天峰岭高出61米。峰顶突兀，顶尖有自动化森林观察塔；顶的南坡，庙宇成群，在快速流动的云雾里显得神秘；顶的四周，群山环绕，高山森林，时隐时现，好不壮观，大有一览众山小的感觉。龙山起伏而高大，又有龙音龙意，难怪浑源人很是崇拜，一说起北岳便提及龙山。龙山有名却神秘，说龙山、道龙山的人多，来到龙山的人其实不多，是崇敬的原因，还是原先没有天路的原因，亦不必说清。

  沿着唯一的天路继续前行。这一段路仍是沙土路，下坡多，急弯多，森林更多。下到一个很长很宽的森林谷底，但见山泉溪流，木亭座座。这定是县里开发天路旅游而专门设立的中途休息点。说实话，这里谷幽林静，金黄色的油菜花和深绿色的松林组合在一起，色调饱和，相互映衬，浸润心境，委实难觅。木亭下微风和煦，清凉宜人，或观景或听泉，便是用餐的好地方。

  前半程的天路过山穿林，沿途村庄很少。只有快出了林海才有了两三个小村落。在到达天路与郝（郝家湾）凌（凌云口）县道交汇点才有了一个叫破兑臼的较大村庄。这个村名确实古怪，一定有它自己的历史故事。在乡镇机构撤并改革前，这里曾是林场乡驻地，当初的这个乡名才是名副其实的。破兑臼村已经随着新农村建设和旅游事业的发展焕然一新，整齐有序而颜色独特的新房舍在不规则的大山谷中极为醒目，说明村民们已经过上了富裕生活。破兑臼是天路南北两段的中间点，它有点像张北草原天路上的野狐岭，也很像青藏天路上的长江源，它们都有着在漫漫长路上休息和补给的功能作用。不同的是它们的海拔高度：野狐岭 1300 米，长江源 4600 米，而破兑臼的高度是 1700 米，在它们两者之间。

风光最美之处，自然是天路要经过的地方。离开破兑臼，车一头扎进了天路南段的山谷。路缓缓向上延伸，路况弯道不多，新铺装的柏油路面上划了鲜黄色的交通标线，这是天路最好的一段。路好人心情就好，路好人兴致就高。车行没几里山谷豁然敞开宽阔的胸襟，似乎急切地要把自己全部的美淋漓尽致地展现给远道而来的朋友。是的，这里隐秘了多少年了，这里何尝不是积淀太多太多！

第一道风景便是满坡的北岳黄芪。时值正夏，黄芪长势正旺，嫩绿色的叶子密密地覆盖在山坡上，犹如一块块巨大的绿毯随坡就势把全部山坡装扮，凸的悠，凹的韵，千顷万亩动律有致，似乎山谷在平静地呼吸。黄芪，自不必多说，名贵中药，有祛湿补气之功效，天南地北当属北岳的最好，因而有正北芪之大名。黄芪产值是这里人们的主要收入来源。

排在眼前的第二道风景就是涂抹在宽阔山间中的片片油菜花。金黄色的油菜花摇曳着婀娜的身姿欢迎客人，花蕊含着微笑好像吟诵自身的美貌。偌大的山间油菜花田地像是被美术师精心描绘安排，或悠长的条状，或端庄的四边形，呈现一派疏密有致的塞上田园风光。爱旅游的人大都知道，天下不乏油菜花之地，如青海门源一望无际巨大面积的油菜花，还有陕西汉中的乡间灵秀的油菜花。相比之下，门源油菜花缺少了疏密感，汉中油菜花人文气又太浓，而北岳天路旁的这片油菜花正是取舍了它们二者的不足，以自己自然杰作的风韵，别致地展现出来。

看不够的景，说不完的美，不觉中来到一个很小的岔路口，人字形的路分别通向两个小山村。暂时离开天路先去看看右边的山村。不足二里远的这个小村隐藏在油菜花的深处，村旁松木树干搭建起来的篱笆别有情趣透出浓浓原始味道。篱笆前几个上了年纪老人正在闲聊，上前去打问方知村名叫西葫芦头。村里有20多户人家，房舍不错。老人们很健谈："西葫芦头上头的那个村是东葫芦头，你们到这儿玩就到上面的城墙看看，那是老古年留下的，没人动。"话音刚落，心头一惊，这里还有长城？顺着老人手指方向，山谷上方云雾下果然有了烽燧。凝住眼神向上望去，心里估量着它的年代和走向，而此时，它在宁静和虚幻中显得那样深邃。

回到天路，爬上东葫芦头再细细打听，果然村东南的岭上竟是明长城与赵长城的交汇点，同时也是赵长城的端点。惊叹之余，忽然想起，在这条天路的西南还有北齐长城。500多年的，1500多年的，还有近2500年的，此处分明是长城的博物馆呀！神秘的北岳，你到底还有多少宝贝啊！这天路，请你快快撩开一层层神秘的面纱。

路好显得短，景美不觉多。眼里刚收起美景，天路顺势爬上2000多米的又一座大山，再次进入白色的大雾之中，四周的景物全然消失。不足十来米的能见度，让车只能慢慢爬行，悠悠中自然又回想刚才路过的那一幕幕美好的景色。

不觉中风来云动，气温陡下，估计是到了山口。没多时，乱云飞渡，云比车快。此地海拔2100米。生怕有雨，赶紧越过。云雾之下，一条"之"字形路直探前方狭窄的深谷。路窄得出奇，只能单车通行，弯道处必须慢慢挪动才能过去。来来回回，反反复复，层层剥离，好不容易才下到谷底。昏暗中看见已经迁走的村落静静地残落在悬坡上，想象过去这里一定会是鸡鸣犬叫，话有回声，炊烟袅袅。只不过为了真正脱离贫困才不得不迁出大山，脱离这满是石头的世界。

　　石头不长庄稼，却能出现奇景。前头一块巨大的山石竖立在必经之路上，这块儿巨石高得顶部隐入云雾之中，看见的部分也足有 10 多丈高。巨石超大，却是通体完整，高与宽相当，色如奶白，极为醒目，就像西岳华山的石调。巨石中央有几道水瀑痕迹，年长日久，痕迹已呈墨绿色，与石的基色反差极大。山石脚下有河流经过，弯弯曲曲流向山外。这条在这里不算起眼的河流叫唐河，唐河流经晋冀，注入白洋淀，是白洋淀唯一源头之河，地理概念上亦有唐河流域一说。而巨石下的唐河是唐河之源了。

　　水与石为自然之灵，天路到此果真就到了奇石的世界，潆水的天堂。千佛岭，林丰石密水流急，它早已是浑源的旅游景区了；刁王沟，石奇石怪水潺潺，它还是自驾游的必选之地。天路一路走来，自然美景不断，险峻之处很多，沿途村庄焕然一新，大山里的人待人热情，这里可去可赏的地方数不胜数，传说的故事很多很多。

　　天路从山谷出来，终点就是王庄古堡。百余公里的路仓促之中走了整整一天。傍晚时分，在平型关上了高速，一路轻车，北上回返，没多一会儿天渐渐黑了下来，两侧的大山在车窗外慢慢隐去，不由得再次回想今天走过的路。

　　这条路之所以叫天路，它的确有了高度。虽不及青藏天路之高，但要比张北的草原天路高出不少。

　　这条路之所以叫天路，是因为它有了很高的行驶难度，这个难度远超草原天路，也不亚于青藏天路。它是三条路中最窄的路，是三条路相对弯道最多的路，同时也是三条路绝对高差最大的路。青藏天路的高差不过 600 米，这条天路的高差达到了 900 米。青藏天路是因为绝对平均高度高（都在 4600 米以上），空气稀薄，人难以适应而难逾越。

这条路之所以叫天路，还因为它具有更丰富，更具有人文探寻吸引力的原因。北岳文化是中国五岳文化的重要组成部分，有其独特的内涵；中华民族现留存最古老的赵长城、具有属地历史沿革和特点的北齐长城，以及富有边塞地域军事文化的明长城都是这条天路最伟大的相遇。相比之下，其余的两条天路就略有逊色。天峰岭、千峰岭、翠屏峰、龙山、穆桂英山都是北岳恒山里的山峰，而天路全部串联起它们，真可谓是名副其实的探岳之旅。

想此情形，脑海中慢慢浮现出一幕奇景：这条天路在起伏中化作了天龙舞于北岳恒山，龙山之首饮浑水，龙尾摆唐河，松涛似龙吟，奇石是龙珠，北岳在舞动，浑源更在舞动。

天路，你是自然的天路，更是人文的天路。

地名背后的历史：五路山

宋旭

五路山，位于山西省左云县北部，属阴山山脉。北靠长城，与内蒙古凉城相接，其西北支的浮石山与右玉洪家山相连。山体绵亘回还，支脉众多，峰起峦叠，主峰黑龙王山海拔 2013 米，为左云县境内最高峰。山上水源充足，林草丰茂，一派空中草原风光。有北魏皇家陵寝（疑似）、摩天岭长城、红砂岩口古栈道、八台子大单巴天主教堂、镇

五路山红砂岩口

宁空心箭楼、万年藏兵洞（第四纪冰川遗迹，可藏上万兵马）、浮石山古崖居等众多名胜古迹。近年来，依照国家退耕还林政策，原属陈家窑乡的18个自然村全部移民，并入到邻近的三屯乡。五路山方圆160多平方千米范围内，成为规划建设中的"五路山生态旅游区"。

关于"五路山"，左云本地人的传说是古代上山有五条路，故名"五路山"。还有一说是与本地自古以来的"五路财神"有关。综合各种史料，老宋认为，"五路山"之名，与蒙古土默特十二部之兀鲁特部有关。

兀鲁特，满译本作"Urut"，早期作"Uruud"。即《史集》中的"art"，《亲征录》作兀鲁吾，《辍耕录》作兀鲁兀，《元史》作兀鲁兀、兀鲁吾、兀鲁，《蒙古秘史》作鲁兀惕。明清两代文献记作兀鲁、五路、乌鲁特、吴鲁忒、额罗郭特（urugut），是蒙古高原一个古老的部族，原为贝加尔湖畔林木中生活的秃马惕之一部。1207年，成吉思汗派其长子术赤收复了林木中百姓，并令部将豁儿赤统领秃马惕部。后来，豁儿赤因到秃马惕强索美女而被当地人抓获。1217年，博尔忽奉命征讨林中百姓秃马惕部，途中中伏兵袭击身亡。成吉思汗赐予其妻秃马惕部民百户，以示抚恤。由于蒙古帝国的需要，一些秃马惕人参加了征服欧亚大陆的西征和对金朝的战争。另一些秃马惕人逐渐迁徙离开了贝加尔湖地区，进入阿尔泰及周边草原地带经营畜牧业。其中部分秃马惕勇士被派往阿尔泰山的12个关口驻防。明初，这些秃马惕人陆续迁牧，来到了现在的内蒙古阴山前后和土默川地区，分成十二鄂托克驻牧，史称十二土默特。兀鲁部就是"十二土默特"之一。

明统一中原后，北元退至长城沿线以北，仍保留有强大的军事实力。但在长达一个世纪内，各部离叛，汗庭难以统辖。到1506年，达延汗（孛儿只斤·巴图孟克，成吉思汗第十五世孙，亦称察哈尔蒙古达延可汗，察哈尔氏鼻祖）征服亦思马因、火筛、亦卜剌，统一了漠南蒙古。在稳固了统治权以后，达延汗分封诸子，建左右两翼六个万户——左翼三万户为察哈尔部万户、兀良哈部万户和喀尔喀部万户；右翼三万户为鄂尔多斯部万户、土默特部万户和永谢布部（哈喇慎、阿苏特）万户。左翼三万户由达延汗自己直接统辖，大汗驻帐于察哈尔部万户；右翼三个万户由济农代表大汗行使管辖权。1542年，麦力艮济农死后，土默特成为右翼三万户的中心。俺答汗（1507—1582，达延汗之孙，蒙古右翼土默特万户的首领）成为右翼三万户事实上的首领，控制范围东起宣化、大同以北，西至河套，北抵戈壁沙漠，南临长城。明隆庆四年（1570），俺答汗的嫡孙把汉那吉因为家庭矛盾激化而投奔明朝。以此为契机，俺答汗与明朝谈判并达成协议，开放马市，与明朝走向合作。俺答汗也被明隆庆帝封为"顺义王"。明蒙之间建立了长达70年的和平贸易关系。其间，俺答汗长子辛爱黄台吉（僧格汗）与其父在政见上有矛盾，自带其子孙部下在宣府边外驻牧。

1582年，俺答汗去世，辛爱黄台吉返回大板升，收继三娘子（1550—1612，1570年成为俺答汗王妃）为妻，袭王封，并更名为乞庆哈（彻辰汗）。根据文献记载，明代中后期，蒙古本部有两部分"Urulud"人，一部分是土蛮（即土默特）万户的属部，归辛爱的次子那木儿台吉统领，另一部分是察哈尔万户的属部，归答言汗第十子格列孛罗之子龙台吉统领。其中统领兀鲁部的那木儿台吉又被称作"五路台吉"。

在16世纪蒙古各部中，"五路台吉"是一位相当有影响力的台吉。据《三云筹俎考·封贡考》："五路黄台吉，即那木儿台吉，故。先授指挥金事，后升龙虎将军。在大同天成边正北五克儿菊儿克（汉意'牛心山'）一带住牧。卜酋婚封，本酋颇效劳力。新平口互市。子四：敖卜言台吉、聂库台吉、虎喇哈气台吉、忽同台吉。敖卜言台吉，五路故，代领其众。"其中的"卜酋婚封，本酋颇效劳力"一语，指的是卜什图与三娘子成婚并获明朝袭封"顺义王"一事。

  前文提到，俺答汗之后，其长子辛爱黄台吉继承了父亲的汗号、王位和权力，也将父亲的宠妃三娘子（即钟金夫人）纳为自己的妻子。辛爱黄台吉的文韬武略不在乃父之下，但即位时的他已经年逾六旬，疾病缠身，对许多重大政务力不从心，难以驾驭政局。三娘子乘机操纵了土默特万户的实权。1586年，辛爱黄台吉逝世，其长子扯力克嗣汗位，同时，自封为第三代顺义王。而三娘子却将彻辰汗用以调兵遣将的兵符及顺义王同明廷进行互市贸易的专用印章掌握在自己手中，想要交给自己与俺答汗所生的儿子布塔施里。扯力克遂发兵讨伐三娘子。关键时刻，大明朝廷正式册封扯力克为"顺义王"，迫使钟金夫人把兵符和印章交给扯力克掌管，并按照蒙古人习俗，再次把自己嫁给俺答汗之孙、辛爱黄台吉之子扯力克。同时，明朝又封三娘子为"忠顺夫人"，要她协同扯力克主持、监督蒙古右翼和明朝的互市贸易活动。1607年，扯力克逝世。其长子晃兔台吉在此之前已先故去。长孙卜什图当时驻牧于青海，听闻祖父死讯，急忙从青海返回土默特，准备即汗位和顺义王位。权力更替之际，三娘子再次挺身而出，出面支持自己的孙子，布塔施里之子素囊台吉发难，起兵争夺土默特万户最高统治权。就是在这个时候，扯力克之弟五路黄台吉于1611年纠合右翼三万户73名台吉，在土默特会集，坚决支持卜什图。慑于五路台吉的军事威胁，三娘子被迫做出让步，与卜什图成婚，并将兵符和顺义王印交与卜什图。不久，三娘子撒手人间。1613年，卜什图正式即彻辰汗位，明廷亦承认他为第四代"顺义王"。但素囊台吉仍然不服管辖，屡屡挑衅滋事，土默特万户进入动荡不安时期。

  对于这一事件，明人陈子龙等选编的《皇明经世文编》亦有记载：

"自丁未四月间虏王扯力克物故以后，虏情反复变幻，王封六年不成，今春五路台吉为顺义雄部纠合七十三台吉，大集夷兵，以与素酋为难。素酋与忠顺，亦大修战具，以与五路为敌。此诚封疆危急之秋，应之稍不当机，则呼吸之间，安危之埶。"

进入17世纪后，整个东亚地区风云突变，兴起于白山黑水的爱新觉罗氏、统治中原达200余年的朱明王朝、被逐入蒙古高原的蒙古各部相互角逐，而蒙古高原的各部落之间亦相互攻伐。土默特部亦因内部纷争激烈而趋分裂，一部分留住大同边外丰州滩一带，一部分东迁至辽东地区，故有东、西土默特之称。

1627年，北元汗廷最后一任大汗林丹汗因为与后金汗国的战争屡屡失败，不得已西迁，兵锋直指土默特在内的右翼三万户。1628年，林丹汗西进，入土默特，败喀喇沁，兵及大同、宣府，明总督王象乾联络顺义王卜什图、永邵卜等与林丹汗战。就是在这次蒙古部落内部相侵的战争中，统领兀鲁特部的五路台吉虽已年迈，仍率领其所属部下数千众，加入抵抗"插酋"（即林丹汗所率之察哈尔部）的战阵之中。1628年3月，五路台吉阵亡，余部散逃边内。

关于五路台吉阵亡之地及其余部散逃边内之去向，史书上没有明确记载。但考虑到林丹汗与土默特的战斗主要发生在大同边外，其余众最有可能进入阴山余脉的五路山中。据相关姓氏方面的文献记载，明末清初，蒙古兀鲁部易汉姓曰"吴"。而五路山周边的左云、右玉、新荣区以及内蒙古凉城一带，正是吴姓相对集中的地区之一。

所以，"五路山"，不是自古有五条路上得山来而名"五路山"，也不会是因"五路财神"而名"五路山"。"五路山"，应该就是进入大山里的兀鲁特余部，以其部族之名而名之曰"五路山"。

一峪一峰和一岭

左左

白羊行

  上白羊像一个被世界遗弃的老妪，静静地躺在白羊峪的出口旁，显得很无辜。我们的到达，给这个小小的村落带来些新的气息，搅乱了对这个村庄来说固有的平静。一群妇女老人坐在街道两旁做着手中活儿，她们的身旁是几个玩耍的儿童，脸上淳朴的表情像未受世俗浸染的一面湖水，还有几只悠闲自在的母鸡在那里旁若无人地觅着食物。在门口朝我们"汪汪"叫着的是一只狗，显得很凶的样子，主人朝它"嘿"了一声，那狗便有点不情愿地扭头走回了院子。让我们觉得这个村庄唯一有点活气的地方，是在那个古老的戏台旁正在玩牌的几个年轻人，他们全然不顾我们的到来，玩得正是劲头，时不时发出一阵爽朗的笑声。

  和这个村子形成鲜明对比的，是村子背后那郁郁葱葱的大山，在夏日阳光的照射下，显得更加苍翠。在沟口下了车，便有一股草木的清香迎面扑来，直入心脾，一种久违的感觉，让人精神大振。顺着沟口一直往里走，一条不大的河流哗哗地流淌着，这让我想起一个词语——"欢快"，是的，应该用欢快来形容它。这条河，不大，清澈见底，多少年了，它就这样欢快地流淌着，这倒让我想起家乡的那条小河来，它们不是寂寞的，它们不因孤单而显得孤寂，它们永远是那么快乐，哗哗地流淌着，快乐地奔向遥远的未知。在这条欢快的小河两旁，是无数银灰色的石头，在阳光的照耀下，它们发着耀眼的白光，以不同的姿势静静地闲散地或躺着或卧着或站着或爬着，形成了白羊峪的一大特色，这也许就是"白羊峪"的由来吧。那些白色的石头活像一只只白羊，沐浴在这个不算炎热的夏天的阳光下，这时刚好有一群羊从我们的前边经过，那些白色的羊群和那些白色的石头是如此的不可分辨，令人好生惊叹。

白羊峪

其实这白羊峪也并没有特别出奇的地方，她和其他山峰一样，很普通，很平常，像一个未经打扮的村姑，她远没有五岳的雄伟，也没有华山、黄山的秀丽，更没有什么寺庙和香炉，现在没有以前也未曾有过，这倒显示出她的纯真、天然，显示出她的原汁原味，她的返璞归真，这就是她最大的特色。在我看来，白羊峪也是半阴半阳，在我们的左边是一个草木繁茂富有柔美气息的少女，而在她的对面却是一个阳性十足的肌肉和筋骨突显的壮年男子，大自然就是这么的不可思议，如果你仔细观察就会发现这其中的奥妙。两个中年男子在一块开阔地聊着天，他们的身后是几十头骡子，都长得黝黑发亮。经过询问得知，他们是上白羊的，现在不是农忙季节，村子里的牲口要集中起来轮流去放，每家至少半个月轮一次，这一天刚好轮到他们。从早晨到晚上七点左右，整整一天，就在这山沟里，中午自带干粮。说着，他们点燃了一堆干柴，把一个烧得发黑、看不出颜色的缸子放在了火上，煮起了方便面。在这山野之地吃一顿野炊，绝对是一种美事，这让我觉得，这里的人们好像还生活在古老的年代，根本不顾及世界上每天发生的事情。他们是这样悠闲自在地生活着，两个年轻人在那条河流边喝起了酒，那样的陶醉，忘乎其山水之间焉，像是两个眷恋山水的诗人在那里对饮，这好像只有在古诗词中才能体会到的意境，就发生在我们的眼前。年轻漂亮的赵姑娘，分不清哪些是骡子哪些是马，只是觉得很可爱，很新奇，便坐在一块白色的巨石上，和身后的骡子留了个影，她的笑容竟也是那样的自然，和那正抬起头看她的骡子很是默契，引得人们好一阵笑。

草木茂盛的那面山坡，山上大多是一些白桦，还有其他的一些灌木，好像是松树少了一些，红艳艳的山丹丹花就开在脚下。夏日的白羊峪是清凉的，虽然头顶有烈日高照，但是吹过山野的风还是让人们感到了这沟里的凉爽，山上没有太过奇特的石头和悬崖，有的是一些普普通通的植物和平平常常的风景，不过让人眼睛一亮的是那一股从山眼里流出的泉水，那样的清澈，那样的清凉，喝一口，真有点凉到骨髓里的感觉。大家纷纷上前把空瓶子一个个灌得满满的，细细品尝，有点甜。掬起一捧水洗一把脸，还真是让大脑冷静了许多，或许还降了不少温。越往山顶，树木越是繁茂起来，也高大起来，最后是人被树木严严实实地包裹在其中了，有不知名的鸟从脚下忽地飞起，让你有种差点踩住的感觉。林中气息更加凉爽，崎崎岖岖的山路，林林总总的石头，密密麻麻的野草，枝枝蔓蔓的树木，叫不上名来的野花，一簇一簇的。山丹丹独自在那里开着，有一种不争艳的感觉，但却是那么的抢眼，有蓝色的，有紫色的，有黄色的，有白色的，竟然也有黑色的花，有不红不紫的，有既黄又红的，还有又粉又黄的。她们静静地开着，有谁知道她们的快乐，她们是什么时候开的又是什么时候谢的？是的，她们该开的时候就开了，该凋零的时候就凋零了，春天花开秋天叶落，来去从容，花谢花会再开，春去春会来，这是大自然的从容，真有点让人羡慕。

　　白羊峪的山顶很普通很平常，没有开阔的平地，也没有咄咄逼人的悬崖峭壁，一切是那样的不起眼，但又很和谐，树木和山石之间相处得恰到好处，山石和山石之间又磨合得亲密无间。望不到边际的绿，望不到边际的苍莽，天上的白云随风飘动，留下阴影不断地覆盖在我们的身上，又急匆匆地挪开了。望着满山坡的白桦和少量的青松，白羊峪夏日的绿色就尽收眼底了，在正午阳光的照射下，那些绿色显得有点发黑，而黑的又是那么的鲜艳，郁郁苍苍，像一副笔墨浓重的山水画，但那些颜色总觉得又是笔墨无法调剂出来的，只有大自然才有这样的神功。在这样的景色之中拍一张照，是留住此时此刻醉人景色的最好办法了。

  由于干旱少雨，白羊峪的瀑布就显得没有气势了。瀑布不大，却深藏在大山之中。一股不大的水流从瀑布顶端落下，发出"唰唰"的声响，没有那些大瀑布轰隆隆的威力，却也有小得亲切。我见过大瀑布，比如壶口瀑布，总是让你有种距离感，总是让你觉得它离你很远，而眼前的这个瀑布，就让人觉得很亲近，她显得很细腻，像一个少女，甚至还有点害羞，不敢大声说话一样。你甚至可以用手控制她的水流的大小，一个瀑布，完全由一个人控制，什么感觉？所以我觉得，在白羊峪，这里的一切总和你离得很近，没有心灵上的距离感，有种天人合一的感觉，让你充分享受大自然带给你的快乐与悠闲，带给你的浪漫与神秘。

  那些骡子和那两个中年男子是和谐的；那两个坐在河边饮酒的年轻人和那山色是和谐的；甚至那条天然的白蛇和那块黑色的巨石是和谐的；那条刷刷的瀑布和那条哗哗的小河是和谐的；那满山苍翠的绿色和那满天飘荡的白云是和谐的；结伴而行的青年男女和河流两旁那一块一块相依偎的白色石头是和谐的。其实一切并不神秘，你之所以觉得神秘，是因为你的心里总蒙着一层不愿让人触摸的屏障。

  "在雨过天晴阳光普照的山沟里，一块块白色的石头像白色的羊群一样沐浴在阳光之中，这就是为什么叫做'白羊峪'的原因。"就引用当地人的一句精彩的话语来结束这难忘的白羊之行吧。

神女峰

  一位少女实在是走累了，你不知道她从哪里来，要到何处去，反正是她走累了，就躺下来休息片刻。睡姿是那样的优美：飘逸的长发随风舒展，高挺的鼻梁、俊俏的脸庞、修长的脖颈、高耸的乳房、丰满圆润的臀部、细长的双腿，还有她那小巧玲珑的双脚。她躺下多少年，无人知晓，也许是睡着了，人间的风雨雷电都无法惊醒她。

  在大同众多的山脉中，殿山不会有更多人知晓，而殿山这个巨大的睡佛，被世人发现大约才只有10年左右。她偎依在马头山宽广的胸怀中，与华山遥遥相对，呈东南西北走向。虽然殿山脚下修了公路，但殿山只是作为群山中一座普通的山峰从旅客眼前一闪而过而已。登上殿山，才发现她的体肤是那样的粗糙，多年风化，岩石皲裂，一蹬即成粉末，完全没有了一个少女应有的肌肤。最令人失望的是殿山脚下的河床早已干枯，那些曾经日夜流淌在她身边的柔情在岁月的侵蚀下已荡然无存，桑干河也只能远远地向她观望，随后向北轻轻一摆便

神女峰

飘走了，殿山是有些伤感了。

　　通向殿山主峰的是一条一米宽的盘山土路，听随行的陈女士讲，这是当地村民修建的，几公里长的路程，需要铲平路边的岩石，挖除茂密的灌木，工程很艰难。然而更艰难的是要在山腰上建起一座座高大的高压输电线铁塔，这条土路就是为了建铁塔需要把一袋袋沙石和水泥，还有一段段铁架从山下运上来而修的。关键是缺水，水是村民们用毛驴一桶桶从村里驮上来的。一座座高大的铁塔排列着整齐的长队在阳光下显得耀眼，这些铁塔就是为缓减北京奥运用电紧张而修建的。从神头电厂一直架设到北京，殿山有幸成为其中的一段。修这条几公里长的盘山土路，当地的村民只收了400元钱，殿山脚下村民的淳朴，还有发自内心深处的善良，那位神女是知晓的。

　　说到善，还是刻在山顶一座破败寺庙前石碑上的四个字，让我感到了深深的震撼，"万善同归"，是否可以理解为世界上一切有善意的思想和创举，都会有一个好的终结。然而，殿山最令人伤感的地方就在这里，当游人终于穿越茂密的灌木，爬上悬崖峭壁，喘着粗气，忍着满手被灌木所扎或被岩石所磨的疼痛爬上山顶时，展现在你面前的却是断墙残垣、万木萧条的一座破寺。我们无法想象当年这里的繁荣景象，无法想象当年这里曾有多少高僧从这个残缺不全的门洞进进出出，无法想象当年供奉神像的香火是多么的令人神往。院中舂米的石槽还在，总体数来，寺内的建筑均为石砌的窑洞，多数屋顶已塌陷。洞中有洞，洞洞相连，有前院后院，上院下院之分，洞内墙壁上的字画几乎被破坏殆尽，仅存的一幅，是一个手执利剑的武士和一条张牙舞爪的巨龙展开的搏斗，画面栩栩如生，活灵活现。正义和邪恶较量，世上一切的邪恶均被高悬的正义之剑所俘获。

　　这个寺庙叫殿山兴国寺，一切可以辨认的碑石都已模糊不清，残缺不全，失去了原有的容貌。陈女士讲，这个寺庙建于700年前的元代，毁于"文革"，至今在庙前的那块残碑上还保留着西浮头村陈家后代为寺庙捐赠的款数和人名。秋风狂劲，吹越了千年万年，殿山的植被呈现出秋天的颜色：灰色的灌木，淡黄到深黄的桦树林，紫红的不知名的一树一树的野果，依然翠绿的松柏。站在寺庙最高处，感受殿山的沧桑，哗哗的流水声是那阵阵的松涛在风中演绎的绝美音色。山下苍黄大地，散落着几个同样苍黄的村庄，偶有几声鸡鸣狗叫声顺着风声传来。在寺院倒塌的房屋中依然可见残缺的瓦片，上面精美的龙凤图案令人为之惋惜。时光倒转，50多年前的一个阴冷清晨，一群人接到了上级旨令，他们就急匆匆地向山顶的寺庙赶来。手里拿着铁棍和镢头，院中专心舂米碾药的小和尚根本无法预料，一场大难就在眼前。到达山顶后，这群人开始了他们的罪恶行动，他们打碎了所有的香炉，把一尊尊供奉了几百年的神像次第扔到山下，能砸的全部砸烂，能扔的全部扔掉，一场人间悲剧就这样上演。

　　战争年代的防空洞就建在寺庙的两侧，洞内风声一阵紧似一阵，这些都是当地村民一锤一锤穿凿的，有的洞内十分宽敞，便于隐藏弹药和物品。陈女士讲，在当年的平型关战役中，这里曾驻扎过国民党的军队。当年的战火早已熄灭，只有千年不变的风声从这里穿过。站在洞中，你依然能够感受到当年村民穿凿石洞的撞击声回响在耳畔，他们挥舞着大锤，拿着坚硬的钢钎，一下一下，顾不上擦去头上的汗水，手上磨出了血泡，也许有的再也没有从那里走出来，索性就变成了陪伴殿山的一根野草，春天开着绚烂的花朵，秋天随秋风一起舞蹈。

　　山坡上成片成片的沙棘林正逐渐枯萎，近几年无人采摘，沙棘便成片地死去。或许是气候环境的变化，让成片的沙棘无法适应它们的生存环境吧。陈女士说她童年时经常在深秋季节，跟着家人或儿时的伙伴们背着篓子上山采沙棘，漫山遍野的沙棘红得耀眼，放学后三五个人凑到一块，尽情地享受那份酸甜的感觉。儿时的伙伴们渐渐长大，走出村子，融进了城市之中，儿时的欢乐再也无从找回，从此沙棘再无人去采，在一年四季的更迭变化中，寂寞的沙棘林无法等到它所要等的人，只好含恨而去，实在令人伤感。好吧，就让这些权当作一个神话故事，一起同漫山遍野死去的沙棘葬在这秋风中吧。

我写下一首诗，来纪念沙棘林。

秋天的风吹遍殿山的每个角落
而不能忘记也无法忘记的是
漫山遍野的沙棘林

杂乱无章密不透风的灌木丛
满树成熟的叫不上名字的红色野果
破败的爬满荒草的无名寺庙
不知年代的充满风声的防空洞
这就是秋天，十月的殿山
一位熟睡的长发飘逸的女神

而不能忘记也注定无法忘记的是
漫山遍野死去的沙棘林
一片一片，秋天的颜色
就像我遥不可及梦幻的童年
远处的高压输电线铁塔
闪着耀眼的光芒，整齐地排列着

向着东方，北京的方向

而最不能忘记也注定无法忘记的
仍是漫山遍野令人失落而迷茫的沙棘林

原路返回，爬上高高的岩石，抓着藏在石缝里的灌木，一个一个吊着往下爬，不能回头，脚下是悬崖峭壁，耳边是呼啸的风声，地形之险峻，山势之险要，令人心惊胆战。从岩石下来，便是茂密的灌木丛，眼看目标就在前边，可就是过不去，远比一个人在水里跑要艰难得多，如无数丝线，等你去解开理顺，可谓是剪不断、理还乱。等到走出灌木丛，手上留下的是道道血痕，才明白什么叫披荆斩棘，突出重围。

下午三点的阳光无力地照着殿山脚下的西浮头村，陈女士的母亲就站在村口等着我们，花白头发，皱纹密布，微笑让人觉得好温暖。面对这样苍老的母亲，我差点没有控制住将要夺眶而出的眼泪。想想自己儿时生活过的村庄，那种感觉早已被苦苦的追寻所淡化和遗弃，一个人为了梦想不断地和现实交锋，所有的心酸和自卑都深深地藏在深处。而今天，面对这样的场景，我却终于可以把自己的心情裸露出来，真诚地融入这个古老的村庄之中。年迈的老人，三三两两的牛和毛驴，几只慢腾腾在路边觅食的鸡。推开大妈的院门，仿佛推开童年的记忆，院里是成堆的金黄玉米，秋天的气息弥漫在整个院落。大妈为我们准备了满桌可口的饭菜，坐在土炕上，吃一口大妈做的鸡肉和有着醇厚香味的家常土饭，味道是那样的纯正，登山的疲劳和伤感的情绪顿时不复存在。

坐在炕头的大伯在谈到国家对农村减免了各种税费时，不时露出满脸的笑容，可以看得出，大伯对国家政策的一万个赞同，一万个满意。我相信，大伯的微笑是普天下所有农民共同的心声，我想起殿山之顶破寺前石碑上刻的"万善同归"，想到为什么村民们不惜一切代价修建那条盘山路。

这所有的一切，均不需要回答，万事万物自有它运转的规律。

千佛岭

千佛岭位于浑源县城南 30 公里处，龙咀村西南，属恒山山脉，面积约有 14.2 平方公里，四周层峦叠嶂，气势雄伟，素有"塞外小黄山"之称。

据《山海经》记载，千佛岭一带古称"高氏山"，《水经注》中又称为"冀州之界"，因山上刻有"石铭"，故又称石铭经山。千佛岭北与恒宗峰遥遥相望，西与龙山比肩而立，南连五台，东接紫荆，是恒山 108 峰中的一颗璀璨的明珠。

过了龙咀村，就到了千佛岭的进山之路，唐河水静静地流淌着，前边是一座修建了一半的石拱桥，桥洞里填满了沙土，听说是一位北京商人要把千佛岭建设成旅游胜地，可不知是什么原因，工程才刚刚开始就撤资了，留下了一些半途而废的工程，只有"碧潭映月"和"金龟求道"还算是两个较为完整的景点。顺着寺沟的路再向前，进山的路就隐在了茂密的松林之中了。放眼望去，两边的山上满是密密的松树，几乎就没有其他的杂树，郁郁苍苍，涛声阵阵，道路弯弯曲曲，你必须紧跟前面的队伍，因为突然一个或几个拐弯，你便看不见前边的游人，只听说笑声就响在你的眼前，但你就是看不见人影，只有快走几步，加紧步伐，拐过几个弯路，才看见前面的队伍正缓慢移动。

地上满是多年积累的落叶，厚厚的，很是松软，像踩在海绵上一样，令人感到移动的脚步有些艰难。

当我们终于沿着从几条错综复杂的路中选出的一条走出密密的松林后，千佛寺才渐渐露出了它的一角。一座宝塔矗立在高高的岩石之上，这就是千佛寺的千佛宝塔，是千佛岭的镇山之宝。在依山而建的千佛洞内有古朴的不朽的千佛洞摩崖石刻佛像，就着外边的光线，可以看到千佛洞内岩石上满是雕刻的佛像，大大小小共有1000多尊，发着微弱的灵光。这里是千佛岭作为一片佛家净土的集中体现，千佛宝塔呈六面体，下宽上窄，在一人见高的地方还供奉着几尊佛像。明代永安寺高僧正恺曾在千佛寺悟道后留下了"天下名山尊万圣，千佛古寺最高孤"的偈语碑文，站在宝塔的身边，放眼望去，整个千佛岭已染尽了秋天的颜色，而宝塔所在的位置却只是千佛岭的腰部，是登临顶峰的第一步。

接下来的路才是千佛岭真正意义上的登山之路，路越来越陡，越来越神出鬼没，没有规则，没有规律可循。一面满是荒草的山坡，看上去根本无路可走，正当你踌躇莫展之际，忽然就发现一个个大大"之"字在荒草之中渐渐显露，像是神灵显露一般，越看越清晰，其实那就是一条登山的路，它像一条隐形的蛇一样匍匐在荒草之间，只有在你迷惑的时候才出现，指引你继续前行。正当你走出荒草坡为挡在你面前的一处悬崖绝壁而感叹无路可走时，神灵却又一次显灵了，路就在你的身旁，你只需要转过身来，一条路从悬崖的拐角处探出头来。当你走过去，才发现从阴面进入了阳面，又是一方美妙的景色，到处是矗立的高大岩石，有的像一面镜子，平平的，滑滑的，在阳光下发着耀眼的光芒；有的像是在窃窃私语，三三两两，聚在一起，形态自然，出神入化；有的像一条巨蛇，探下头来，吸着流淌的溪水；有的像倒插的天书，一页一页，整整齐齐；有的像雄狮守在必经的路口；有的像海豚横空出世；有的像骆驼静静地卧在那里，似乎在息气凝神；有的像一个馒头，轻轻地放在天地这架蒸笼里，等待出笼。

等到快走到山顶的时候，你才发现，松树林早已甩在你的身后，通往山顶的道路两边满是各种各样的怪石，千佛岭在不知不觉中已换了另一种面容。那种清新秀丽、郁郁苍苍已不复存在，呈现在你眼前的是摆着各种造型的硬硬的石头，但又是显得那么亲切，那么让人恋恋不舍，你总想上前用手摸摸它，它怎么就是这个样子，太神奇了，不愧"塞外小黄山"的美称。终于爬到了山顶，回望来路，上山的道路已是一片苍茫，登山的各种况味已消失在那如诗如画的美景之中了。

大自然就是那么的神奇，整个千佛岭把她最美最吸引游人的一面展现给了世人，而她的另一面，也就是千佛岭的整个阴面，却显得非常平庸，没有一点秀气或是与众不同的地方，平平塌塌，甚至是用一片荒凉来形容也绝不为过。

站在一块岩石上，可以看到远处的老君峰，峰上建有老君殿，还可以看到一段残缺不全的赵长城。与老君峰隔峡相望的是孙膑寨，据碑载，寨上曾有玄都观、三清殿、九天卫房圣母殿，还有大戏台。道家的庙观多数集中在孙膑寨上，修道之洞室一排接一排，有单室、套室、上下两层的阁楼。出家人依等级分居，其时，"朝则鸣钟击鼓，焚香宝鼎，暮则谈道论经，拜叩华台"。满山披发伏剑之士，道妙先天，神超尘外，仿佛蓬莱仙境一般。与孙膑寨相对的是管仲峰，这里曾是春秋战国燕赵之地，传说鬼谷子、孙膑、庞涓、管仲等曾隐居于此，授艺兵法，著书立说，留有许多动人的传说。明代大同知府，后升任山西督学的张升于1485年曾为千佛岭题词"岳宗"两个字，正楷书法，遒劲有力，是十分宝贵的书法珍品。儒释道三教共存共融于千佛岭上，前有千佛凿洞内，后有孙庞二古寨，远视南峰之叠翠，近眺唐屈之久弯；可游遗松之明月，爱喜山间之风清。可谓门下清泉靠陡崖，岭上云雾锁楼台。这真是：千佛山岭多神秘，三教共融悟大道，开启人生大智慧，采风览胜好去处。

千佛岭有三处规模宏大的佛家寺院，除去前面说的千佛寺，还有碧峰寺，寺内有碧峰洞，碑记中说，昆卢古佛曾在此住世，可是现在的碧峰寺只留下三间破烂的房屋，屋里的佛像早已被破坏，只有墙上的壁画还保留着往日的气息，历经岁月的腐蚀，画面依然清晰可见。还有一处是板方寺，现在只存有清代的石碑和遗址。

站在千佛岭下山的路中，从不同的视角来看千佛山岭，你会发现一个个令你兴奋的画面，那就是千佛岭以不同的面孔展现在你的面前。站在同一个地点，向左看像是有千军万马奔腾而来，向右看像是云雾中的灵霄宝殿，天兵天将就分列两边；再向前走，你会发现变换着的山峰在交错移动，忽而一副清淡山水粉墨画，忽而一副浓重秋季落日图，忽而充满了寂静和落寞，忽而流露出跃动和不安。真可谓变幻莫测，让人目不暇接，如梦如幻。在一步一景，若即若离中你便被迷惑成一尊塑像，当后边的游人扶住你的手臂说，该走了，你才会猛然惊醒，方觉如梦初醒，发现脚下竟是一处非常险要的滑坡，一不留神便会坠下深不见底的沟底，那可不再是梦幻，这时候你才会惊出一身冷汗。这美丽的背后竟然隐藏着巨大的危险，大自然在给你一饱眼福的同时，也会留给你心惊胆战的一刻。

从千佛岭密密的松林里走出来，沿着寺沟的土路向外走，过了碧潭映月，站在某一个区域，你抬起头来，一个巨大的头像便在对面的山上清晰地显露出来，那竟然是一个伟人的头像，静静地睡在群山之中，仰望着广阔的天空，那头像究竟像到什么程度，你看了便会知道。

小龙门，大同的象鼻山（外一篇）

孤游

大同市东南 60 公里处，桑干河南河畔有一个村庄，叫大辛庄，现归属于大同市阳高县友宰乡，明清时期归属大同县。村西桑干河河畔有处胜境，称作小龙门。

小龙门是被作为一座桥记录的。明清时期大同所辖区域，桑干河有六座桥，分别是乐安桥、东新桥、西新桥、古定桥、普济桥、龙门桥。现在还沿用旧名称的桥是古定桥，但桥已不是在原来的位置了。普济桥曾为铁索桥，龙门桥即为现在的小龙门。这些桥多已废弃，就连桥基也无处可寻，小龙门是唯一留存下一点遗迹的桥梁。

桑干河在大辛庄峡谷形成一个"之"字湾，转弯处有高低落差，河水流经此处，急剧而下，倾倒而入，小龙门两崖岩高，形似一壶，而出水口小，水成一束，河水以惊涛汹涌之势，涌向壶口处。此处有路，曾为蔚县、广灵通往塞北通道之一，春夏河水解冻后，涉水者多容易得病。明朝时，大辛庄的几位村民解铭、解九思、解文广等，决定在岩石中开凿洞穴，以分流泄水，缓解壶口处水流。他们以岩石为舆梁，共凿洞三孔，形成了龙门桥。关于开凿了多长时间，完成的具体年代没有记载。在《大同府志》（清乾隆）和《大同县志》（清道光）里，载有：明嘉靖年间，巡抚侯钺途经其地，题曰"小龙门"。明万历年间，巡道韩取善，复题曰"塞北龙门"。

在清朝时，其中两洞已经坍塌冲毁，独存一洞。此洞如同大象鼻子伸入桑干河中饮水，酷似桂林山水之象鼻山，可称之大同之象鼻山。

清代大同人黄文杰曾写《小龙门》诗一首："骇浪惊涛万马奔，居然气象是龙门。金鳞一跃云霞丽，石阙双开虎豹蹲。当日神功思伯禹，何年仙派导昆仑。图经从此传名迹，赖有前贤姓字存。"诗中伯禹意为大禹父子，全为治水能手。

同为清代大同人的郭庭槐也曾赋诗《小龙门》："悬崖绝处署龙门，犹认当年手迹存。两岸山摇还震岳，中流电掣还雷奔。题名似此原非小，声价应知到始尊。仙鲤会当烧尾日，为霖为雨润乾坤。"诗中的"仙鲤烧尾"，是士人初登第的贺宴，谓之烧尾。

从诗中读到，小龙门的水势古时一直较大，水势汹涌澎湃，声响如雷。新中国成立后，上游修建了册田水库，水才渐小如溪。

据载龙门桥西10余里处，修有普济桥，为铁索桥，古时又称"铁绳浮桥"。跨桑干，在堡村北、谭头南。清末在朝为官后回大王村养老的李殿林曾出资予以维修，不知后来因何而废，这座桥方便由浑源沙圪坨到大王村而来的商旅通行。李殿林修桥行善，或许更是喜欢门前熙熙攘攘的热闹，普济桥古代文人墨客多有诗文记述，遗迹现位于乌龙峡景区两岸崖壁。

大辛庄村于河岸的东崖之上而建，村庄西面和北面邻河道，村落建在一块巨大的火山岩石之上，村东建有一夯土的小堡，小堡是在原明朝时大堡基础上而建，大堡只残存北面一点残墙，以及堡西北马面墩台，墩台上有一残破小庙。村中多有老式房屋建筑，久不居人，多破落。村西一大块裸露的火山岩石上，多为村民休闲去处，黑色的火山岩上有很深的车辙印记。村中人讲，此为旧道，是堡前通往过河之处的通道。

村邻河西崖之处，有一个天然石缝，穿越石缝，有洞穴相连，洞中有庙宇。此洞穴式庙宇分上下三层，名叫洪门寺，位置就在龙门桥的上方。寺前立一块新碑言洪门寺建于隋朝末，不能让人信服。清道光《大同县志》载：明万历年间，大王村王继伦，别号东山，在此凿洞修炼，依次凿崖开窟，坐南朝北修建有佛殿、玉皇阁、关帝庙、河神庙等。

名叫洪门寺的地方，全国各地有多处，建造年代各不同，多言建于隋末唐初，只是为迎合一个传说故事——火烧红门寺。关于火烧红门寺的版本有多种，故事的主角也有两位，一是唐朝李世民，另有明朝

小龙门洪门寺

海瑞。而穿越大辛庄的红门寺遗址，倒也很神似明清小说火烧红门寺的章节，至于二者究竟有没有关系就只能是历史之谜了。

小龙门，明代的两位大人题写的石刻手迹已无存，独留新修的红门寺及形似象鼻山的一洞，虽往日胜境难以再现，但也不失一处亲近山水的好去处。

桑干河像串项链儿，澍鹫寺塔像枚吊坠儿

10多年前因工作较忙，很少有空闲时间。而QQ群玩户外的一群人，常以穿越阳原青天背为乐，每次归来晒照片，让人羡慕嫉妒恨。在照片中发现有座砖塔，虽破败，却不失灵气，也不知这塔叫什么名字，具体在什么位置。

清闲后，时常沿桑干河两岸行走采风，仅限于大同周边地界，没有沿桑干河进入河北阳原。不愿进入有多种原因，最难以忍受的是最后几公里的路程。这也是种中国特色，乡与乡、村与村、县与县、省与省，在地域交汇处总会相互扯皮，少修几公里路段，形成断头路，连接处多道路难行。

进河北桑干河地段，多会沿揣骨疃镇下行浮图讲及化稍营一线，而揣骨疃镇西与阳高连接处属于空白。尝试着行走这段空白处，在六棱山山脉下，发现了澍鹫寺塔。和十多年前看到的图片比较，发生了变化，塔已做了修缮，而照片中所看到的塔基下的盗洞做了加固填埋，塔刹依然无存。修缮的原因，是澍鹫寺塔在2013年时被国务院公布为第七批全国重点文物。塔刹是1989年10月大阳地震时，震掉滚落在沟中，未有人寻得。

沿着塔四周转圈，感叹于古人选址选位的精妙。塔前文保碑记录

为唐址寺院，辽金时砖塔。

回来查资料，有人说《天镇县志》一书中有少许记载。曾于旧书市见到过此书，当时品相不好，没有入手，后再逛旧书摊时，已难以寻觅。

于今年8月途经，见到塔搭架大修，也没上山观看。时至冬至日再次拜访，已修缮完毕，塔刹重新搭配，却近不得塔前，四周护栏，已没了沿塔转圈的空间。

回来后查清乾隆版《大同府志》和清道光版《大同县志》，多少了解了一些有关澍鹫寺的资料。

澍鹫寺塔现隶属于河北阳原，位于阳原县城西南方向22公里处白家泉乡窑儿沟村西南方的半山上。这里说说阳原的历史沿革，明朝时，阳原县直属京师宣府，清朝时，属直隶宣化府。康熙三十一年（1692），改名为西宁县。民国二年（1913），为避免与甘肃省西宁府重名，将西宁县改为阳原县。中华人民共和国成立后，阳原县属察哈尔省察南专区。1952年11月15日，阳原县划归河北省张家口地区。1958年9月19日，阳原县与蔚县合并，定名蔚县。1961年5月27日，阳原县、蔚县分离。1993年6月30日，阳原县属张家口市至今。

历史上澍鹫寺塔属于大同天镇地界，清道光《大同县志》记载，火石山，在鳌石村东，距城140里，赤石磊磊，连峰如焰，岭上有交界碑，南属广灵，东属天镇，西北属大同县。

书中所叙述的火石山，应为府志中记述的火烧岭，又为火烧岭口，山下有火烧岭村，是通往广灵的道路。府志中记载，现天镇马家皂向南推进，龙池堡村、拣花堡村、嘴儿图村、大石庄村，以及过桑干河南，芦子屯村、东太堡、西太堡村、小盐场村、火烧岭村为天镇所辖。而澍鹫寺塔正好位于所辖的这一区域。后在几次划分中，天镇被挤出了桑干河南岸区域，所辖村落被阳原接管。而过去没在桑干河区域的阳高推进到桑干河南岸，于大同县分到一勺汤羹。

在府志和县志里反复提到的六棱山，现在就属于阳高所辖。《大同府志》载："广灵、天镇之界曰：六棱山。东南距广灵治七十里，北距天镇县治百二十里。山脉自应县龙首来（指山的起势，现应县边耀村），其势雄峻，其后各垂三脊，故名六棱。崄巇嶙峋，攀跻极难，北眺桑干如带，萦绕其下，盖天然阻隘也。迤西为火烧岭，赤崖烂然，其南稍宽坦，岭脊垒石为边，延袤数十丈。逾墙而北，径复险仄。"

《大同县志》又称六棱山为六银山，称冈分六道。

而澍鹫寺塔所处位置，是六棱山的分支，称之为龙澍山，又称之为青云山。如今更名为青天背，是现在阳原打造的青天背风景区。

《大同府志》"寺观卷"中这样记述澍鹫寺："天镇县西南百里太堡村之龙澍山，相传唐时建，有古碑四字，磨灭不可辨。明弘治十五年重修，立碑。"

所有的记载中没有提到塔，只是说有澍鹫寺，估计塔在寺院中就是个附属。而在寺院附属品中，反复提到一件器物，"澍鹫寺中石鼓，击之有声"。放置的位置在西，还记述有"石鼓西有黑龙洞，石乳涓滴下有石盆承之，岁旱取水辄雨"。

我去的几回，没有看到所提及的石鼓。关于澍鹫寺是什么时间毁坏，网上说是在20世纪60年代，网上说还有狗塔、鸡塔两座。在当地也没有寻找到一位合适的人问询。新修的庙宇略显不伦不类，和塔有诸多不协调处。

澍鹫寺塔作为全国重点文物，寺院建设理应合理布局规划，全力打造成桑干河流域璀璨的明珠。

其实寺院建与不建，都无关紧要，有澍鹫寺塔的镶嵌，桑干河这串项链，如同有了一枚吊坠。

秋天的时候遇见你

李文媛

深秋的时候，与一群同样喜爱秋天的朋友行走在浑源的秋色中，火焰一样的金黄和晚霞一样的火红次第呈现，温暖着清秋的薄凉，我们沿着涧水溯流而上，脑海中突然跳出《水经注》里的八个字：晴初霜旦，林寒涧肃。

这里是浑源龙山的龙蓬峪。我简直不能相信，在缺水的北方，还有这样一处山、水、树、石俱佳之所。看山：峰峦灵秀，气势非凡；看水：蜿蜒曲折，不疾不徐；看树：竞势争高，远望参参；看石：嵯峨倾嵌，神理各妍。仙境不过如此！

素来爱石，难免青眼相向，何况，自古恒岳之地的石头便名头山响。据说，浑源恒山山神名为"安"，源于助舜登恒山之顶的"安王石"，此石乃舜帝北巡恒山，遭遇暴风雪，无法登顶之际，自恒山之巅飞落巨石，助帝顺利登顶，帝故命之为"安王石"，恒山神方得名曰"安"；张果老不愿出世为官，诈死隐遁，却不小心将坐骑毛驴的蹄印留在了恒山石上，倒像是故意给恒山这幅美不胜收的画卷上盖了一方小小的印戳。还有，浑源之所以叫浑源，皆因那条流淌了不知几千年的浑水，都说浑水好摸鱼，这里生什么鱼不见记载，出的石头却让人爱煞呢。

且说浑源境内山多，有恒山、龙山、卧羊场山、佛耳朵山、虎头山……山山相连，绵延不绝，只一座恒山，便有一百单八峰，状如那梁山众好汉，好汉脚下，盛产质地坚硬的花岗岩石；水有浑河、唐河，那

龙蓬峪

唐河内又有温润细腻的唐河彩玉，可与和田羊脂玉媲美。"仁者乐山，智者乐水"本是喜好自然的人们给外出游玩找的一个借口，而令人可寄情的山山水水，如果没有这些草木奇石增添情趣，不知人们是否还会乐此不疲。

《山海经》中的《北山经》记载："又二百里，曰北岳之山，多枳棘刚木。有兽焉，其状如牛，而四角、人目、彘耳，其名曰诸怀，其音如鸣雁，是食人。"枳、棘类硬木的确随处可见，就连那声名显赫的降龙木也毫不稀奇，伙伴们都在惊呼捡到一段又一段或长或短、或粗或细的"神木"之际，一块怪异的大石头横在眼前。只见此石状似两只仰着头，眯缝着眼的巨羊，彼此依偎着，撇着嘴，却是一副睥睨天下的神态。它们不像是"诸怀"，它们是"诸怀"附体吧？盯着它看久了，居然看出了它眼里的诡异，不免心生胆怯。换一个角度再看，那石头也无非就是一块石头，既非"诸怀"，亦非巨羊。长舒一口气，离开怪石，再不敢去想什么传说或者故事。

但一座山，一座名字叫了"龙"的山，怎么能没有传说或者故事呢！据说，是当初二郎神担着大山歇脚时将山留在了此处，殊不知那山却是压在了北冥之地，使曾经无边无际的大海变成了龙山下四季不绝的溪流，从此，山高水长，既铿锵，又绵长。铿锵是"龙山三老"的仰天长啸，绵长是历代文人与龙山的笔墨深情。

元好问、李治、张德辉三位金朝大儒，同游龙山，吟诗作文，共同立下"金亡不仕"的誓言，"百花冈头藉草坐，潇洒正值金莲秋"，这是古人的意趣，也是今人的幽情，这三位大家是应另一位浑源籍大文豪刘祁之约而来。刘祁是金朝首科辞赋状元刘㧑第四代玄孙，著有十四卷书《归潜志》，刘氏一族四代九进士，开启了浑源"崇尚儒学，耕读取士"之风。贻溪先生麻革也曾应邀畅游龙山，写下《归潜堂为刘京叔赋》，诗曰：

逃渊鱼深处，避弋鸿冥飞。古来贤达士，亦复歌《采薇》。
南山先庐在，兵尘怅暌违。山空无人居，惟见草木肥。
翩然千岁鹤，一朝复来归。新筑临浑水，行径窈以微。
清流鸣前除，白云入晨扉。回顾陵谷迁，万事倏已非。
著书入理奥，得句穷天机。前路政自迫，此道傥可几。
殷勤抱中璧，黾勉留余辉。第恐遁世志，还负习隐讥。
永怀泉上石，一觞与君挥。惜无凌风翰，遐举非所希。

麻革一生乐道不仕，以诗文、山水为寄，登临龙山，自然诸多感慨。与龙山有着更多缘分的，我想起了北魏时期的窦太后。

窦太后系出浑源名门，因家族犯罪受株连成为魏国皇宫里的奴婢，但她"操行纯备，进退以礼"，好扬人之善，避人之短，赢得了皇宫内外一致尊崇，经明元帝面试而选为太子保姆。此太子非别，正是后来的太武帝拓跋焘。拓跋焘自幼丧母，与心地善良的窦氏保姆建立了深厚的母子之情，即皇帝位后，尊封窦氏为保太后，再往后，干脆直接封这位罪妇保姆为皇太后。窦太后也无愧于这个封号，在皇帝亲率大军出征、皇城平城（今大同）守备空虚、柔然军乘虚逼近的关键时刻，淡定从容，组织并指挥守将击退柔然大军，打了一场漂亮的平城保卫战。如此励志传奇，可谓龙山第一女杰！

不知龙山之龙蓬峪的山石草木是否还记得千年前那位留下传奇的女子，夕阳下，千年后的凡尘之我，行走在这片山水之间，碎碎念着古人"晴初霜旦，林寒涧肃"，遥想着那些过往的人与事，却早已是迷醉了。

甸顶山的跌宕之行

王淑兰

人们一说搞一场说走就走的旅行，总是下意识感觉老时髦了，好像显得自己足够年轻，还有不疯魔不成活的劲头，这是不是错觉咱不好说，咱想说的是其实说走就走有个很明显的"漏洞"，就是仓促，仓促之间，准备难免不足，比如衣物拿得不够。

这场说走就走的旅行是去往广灵县甸顶山的，做出这个决定是在前一天晚上，还是那种犹犹豫豫、看情况而定的决定，只是和伙伴们说第二天咱们可以考虑出去一趟，甸顶山是一种选择。选择甸顶山，原则上就是让快要开学的孩子们到户外走一走，必要的时候爬爬山。当然这样的想法在去了甸顶山之后才知道有多离谱，甸顶山是可以用车去爬的，人可以乘车直上山顶。所谓去甸顶山，就只剩在山顶上徒步一途了。当然，这在出发的前一天一切都显得是那么不确定，地方不确定时间不确定，天气就更不敢确定了，准备什么也就变得随遇而安起来。

此时，是八月下旬，正是刚入秋，当是天高云淡的时节，但是今年的天气也着实怪得很，八月末不光依然炎热，而且并不分明，因而说不上秋高气爽，这样的迷惑天气，穿什么衣服着实变得很头疼。即至第二天早上，临时拍板就去甸顶山，一切就都变得匆匆。

着急忙慌出门，心念电转，随手从衣架上取下一件外套，就已经窃喜自己做到了有备无患，毕竟窗外艳阳高照，路上的行人大早上就穿着半袖，料想天气必定又是火热的。没想到打脸来得那么猝不及防。

去甸顶山的路上一波三折。一度被导航导到了六棱山处，据说这两处确实毗邻，不过这些对于我这个只要出了城就基本靠导航的路盲来说，都不重要，只要有一个清醒的人在跟前握着方向盘就好。又好在，通往六棱山的路不通，幸而折返，往甸顶山处。

但是到了甸顶山，哪里才是我们想去的部分，又让人好一阵迷惑，并且有了接下来先抑后扬的体验。抑的部分是因为按照导航导到的目的地，眼前是平平常常小土包，远处是一根根高耸着的风力发电杆子以及放牧的牛羊，莫非这就是传说中的甸顶山？不是说有栈道有起伏的山势，还有辽阔的草原吗？心里有些怅然。终于等到一队返程的明白人指点我们继续往前走，说我们现在的位置才算走了一半……顿感豁然开朗，不是说眼界而是指心里，看来这趟从最初的不确定到说走就走的出行还真是抑扬顿挫的。

是谁说过，山里的天气变化莫测，这话是真理呀。一路天气晴好，车行至山间，远处层峦叠嶂处已有风云涌动，个别山头上更是云雾缭绕，日头忽隐忽现的，跟那些云彩争夺着天空。莫非有雨？车里的我们心头一紧。毕竟前些日子去浑源的山里湿身而回的情形依旧历历在目，如今这是要"昨日重现"？而且这次的路不比上次，纯粹在山间穿行，下雨后，道路泥泞或是山体滑坡可咋整，之前的路上就有多处提醒小心山体落石……人在不淡定的时候是极容易胡思乱想的，只是坐在

甸顶山

副驾，我更多的是动动心思，又不敢将这些顾虑说出口，以免影响别人的情绪，不过内心有多惴惴自己知道。正所谓开弓没有回头箭，既来之则安之，其实自己也不知道要怎么形容这种进退两难。

还好，天上的云和日头还在角逐，究竟谁占据上风还不好说，我们还可以趁这当儿抓紧赶路。

沿途的风景渐渐有意思起来，动辄沟壑纵横，远看层层叠叠，近观又错落有致，只是中途停下车看风景的时候，因为太阳的忽隐忽现，山里的天气已经变凉，套上外套刚好可以取暖，心里再次庆幸出门的时候，顺手抄起外套是有多明智。

汽车在山间穿行，不时遇见好的风景便走走停停，而天上的太阳和云彩依然在较量，天气依然不明朗，叫人生出些紧迫感，比如到了饭点怎么解决吃饭的问题。尤其越往上走，山里的风越大，寻个暂时安营扎寨的地方野炊就变得有些迫在眉睫。终于望见一处突兀耸起的"石头阵"，那些棱角分明的石头像是被谁按动按钮凭空升起来的一样，是极好的挡风屏障，尽管那上面有曾路过还是栖息过的羊留下的痕迹——羊粪，但顾不得许多，埋锅造饭！

野餐是在几只牛的围观中进行的，无论是刺啦刺啦的炒菜声，还是股股飘起的饭香，对牛们都是一种意志力的考验。在它们的注视下，我们带着些微的愧疚混合着纯粹野餐的刺激感，将炒菜热汤面分而食之后，顿时多了些前行的底气。再从石头后转出来，每个人除了手里提着锅碗瓢盆、收拾在一块儿的垃圾，个个儿神完气足的样子。这时候，天幕已经彻底暗下来，日头终究没干过黑云，山间雾气穿行，一场大雨眼看着就来了。

趁着大雨还在酝酿的工夫，车已经爬上山顶，刚停稳，天空像是再也扛不住那越积越厚、越厚越黑的密云，那云便化作大雨瓢泼而下，又仿佛是急赤火燎间大雨都来不及把那点云倾泻，云又化作冰雹噼里啪啦砸下来。天地间顿时白茫茫一片，雨或者冰雹将天地连接，吞噬包裹住裸露的一切。窗外有匹马无处藏身，被砸得身体不停地来回动弹，试图躲避疼痛，看得人心有不忍又无能为力。再次感叹在自然面前，人或者马都显得那么无力。

十几分钟后，世界终于有了片刻的宁静，云变薄了，至少没了先前那般恶行恶状。而在世界重现清明的时候，车里的我们才看清楚，原来寻寻觅觅的栈道就在眼前。天还阴沉着，但着实没有之前那么压迫感十足了，一行人准备栈道之行。但是推开车门那一瞬间，我整个人都不好了。车外已然是穿羽绒服都不暖和的天气，下车后除了瑟瑟那就是发抖。傻眼了，刚才还为多带了件外套窃喜，现在立时就因为即便穿了外套也依然牙齿打战而顿时石化。同时，想起妈妈日常嗔怪的话："开的个车，把那衣裳放那车上，为啥一回一回让冻得哩……"可不，这又是一回。

我正在两难，要不要去栈道或山间徒步。同伴太给力了，二话没说脱下了里面的运动服递过来，还给每个人发了副手套。套上衣服戴上手套的刹那，心里暖暖的，充满感激，同时心里狠狠地记下这个教训，下次再说走就走也要把衣服带够。

和同伴们往栈道走的时候，老天爷这么一会儿工夫再次黯淡，先前一通猛操作本以为抖落得差不多的乌云再次聚拢，顷刻间有卷土重来之势。栈道是在大片平缓的草原上延伸开来的，如果可以从空中俯瞰，应该像在广袤的草原上开了一道拉链，而从栈道一边出发的人们像是一个又一个行走的拉手，在"拉链"上移动着。此刻，头顶是黑压压的天空，阴沉得像是瞬间能滴出水来，又像是一张无形的网如此迫近地笼罩在上空。放眼望去，天边即是眼前，天地浑然一体，脚下是辽阔的草原，头顶是黑漆漆的天空，穿行在其中的人是如此渺小。雨和冰雹再次袭来，同伴又拿出一条长毛巾让我披上，顾不得形象，暖和比较重要。

又过了十几分钟，猝不及防地，老天爷像是下定决心要甩锅一样，突然变脸，太阳以摧枯拉朽之势迅速占领天空，艳阳之下，一阵太阳雨把剩余的薄云也抖落干净，天空彻底晴朗。当阳光直戳戳地照在脸上，怎么有种劫后余生的感觉。再看阳光下被雨水冲刷后熠熠闪着光的草原、山峦以及山峦间横亘着的一道道彩虹，跌宕起伏的内心顿时被抚平、融化了。

惊喜来得如此突然，情绪一下子又变得和刚出发时一样欢愉起来，脚步也轻快了许多。栈道的尽头止步于断崖上的一座小亭子。站在断崖上，看着接下来不再平坦而是随山势起伏的草原和远处连绵层叠的山脉，心潮澎湃之际就做出了不原路返回，而是顺山势徒步走回去的决定。刚下过雨，草地泥泞，更要时时避开牛们留下的大片印记——牛粪，行走是缓慢而有趣的，而慢下来才有了感受美的心情和欣赏美的眼睛。远处的天边，云再次升起，只不过是以天幕为背景不断变换着形状，于是在一瞬间，那云像是突然凿开一个洞，光线趁隙倾泻而下，似一束舞台灯光，照向远处的山峦，一场盛大的实景演出映入眼帘。这样的天作之合，瞬息之间不断变幻着场景，一下子就让人明白，甸顶山的美，就是美在自然，美在自然的流线。只要给它合适的光，光波流转的地方，远山草原密林都会因明暗有别呈现不同风情，从而成功掘住你的眼球。来这里行走的人们不妨穿搭得艳丽一些，作为点缀来呼应这自然的风情之美。

甸顶山，深秋再来的时候，会是什么颜色和风情呢？

美丽营坊沟

刘富宏

慕名游走营坊沟,被山清水秀的美丽而陶醉。其实说山并没有山,是一条美丽的壑沟横贯村边。走在沟里,沟沿两侧绵绵延延的、大大小小的土包陡坡,宛如挺立的山势,仿佛走进了大山的深沟。水是名副其实的,一座水库,两处塘坝,四周绿树环绕,水碧如玉,清波荡漾,明镜如悬,一派诱人风光。

"最是秋来风景异,春花开时满沟坡,盛夏垂钓情趣美,寒冬白雪盖如波。"这是四季营坊沟的真实写照。

营坊沟是一个村庄,原为"营房沟",因古时屯兵安营扎寨而得名。村边一处国营苗圃,各种苗木茂盛生长,围村还有国营林场的松林环绕,绿色掩映村庄。笔直的村街道路,整洁干净;整齐的村舍农家,窗明几净。四合小院风光各异,旭日东升,满村披辉,晚霞斜映,暮色迷离。夜晚来临,路灯街灯初起,温和的灯光白亮四散,沉静的村庄如一幅木刻图画,温馨祥和。置身村街屋院,白天蓝天白云,夜晚星月朗照。

营坊沟是一个景色秀丽的地方。据传当年一老一少的蒋姓叔侄俩从洪洞县迁徙而来，被一沟的泉水和树木花草所迷恋，遂在这里安家落户，勤劳耕种为生，繁衍了蒋家大户。如今，全村百分之八十的蒋姓宗族，已近20代传人。古时塞上烽烟四起，战火纷飞，但营坊沟只屯兵不打仗。将士们在这里安营扎寨，休养生息，然后开赴战场。宋朝杨家将驻守雁门关力拒外敌时，常常屯军营坊沟，以这里的沟深树茂为屏障，喝着沟里甘甜的泉水，养精蓄锐，与大同府守军遥相呼应，奔赴塞外英勇转战。

营坊沟美在一条沟。沟长达两公里之多，两壁沟坡或陡立，或漫爬，崖崖岔岔，千姿百态。过去满沟遍布大大小小的泉眼，汩汩突突地从地下冒出，形成潺潺泉溪，日夜奔流。泉流淙淙，清清凉凉，泉水里自然地养育了小鱼小虾，经年累月捕而不尽。踏泉、踩水、捉鱼、捞虾，令孩提们欢乐无限。而如今，围坝筑堤，把昔日清泉流水变成了浩浩淼淼的水库和鱼塘，三座水域，明镜般的湖水辉映蓝天白云，倒映着两岸奇沟异境、伟树杂花的神奇生动；展现着湖上荡舟、塘坝垂钓的情趣画面。深沟两岸，杂草丰茂，绿色如茵，像是铺开绵延沉厚的翡翠地毯。沟里的绿是醉人的，小草滩，沼泽地，满沟满坡的树木，沟沟坎坎的灌木，茂密的绿色茵茵如盖，没有一点空隙，绿得让人惊心动魄。最令人叹为观止的是树木。杨树威武挺拔，高耸入云；柳树轻抒枝条，婀娜多姿；杏树团团簇簇，交头接耳；榆树散散漫漫，随风摇曳；沙棘、柠条、枸杞、野葡萄等各种灌木葱葱茏茏。树密处，抬头不见天；树疏地，天空仅一线。

营坊沟，春天可以赏花。红的、黄的、蓝的、白的、粉的、紫的，五颜六色的野花争相开放，春光灿烂，满沟清香；特别是杨柳树发芽时，杨毛柳毛漫天飞舞，如雪如雾。夏天可以看绿。草绿、树绿、地绿，满眼的绿，连空气都是绿的，绿色扑面而来，一浪一浪地此起彼伏，把人的心情也染绿了。秋天可以观色。杨树黄了，金黄金黄；柳树黄了，鹅黄鹅黄；杏树红了，橘红橘红；秋风为树木花草染上了各种颜色，让人目不暇接，心旷神怡。冬天可以望雪。寒风悄悄地吹，飘飘洒洒的雪花，从天上落到树上，从树上滑到地上，大地变白了，一

菅坊沟

望无垠的白，层层叠叠。沟里泉雾蒸腾，树挂千奇百怪，姿态万千，赏心悦目。踏雪寻泉，又别是一番景致，泉眼旁生长着不知名儿的一种绿草，生机勃勃地把泉眼完全蓬住了，草上白雾笼罩，翠翠的绿顶着轻纱般的雾气，氤氤氲氲，如梦如幻。

时间流逝，世事沧桑，历史远走，可美景常在。草的绿，树的茂，花的海，水的灵，沟的神奇，景的秀丽，风光永驻，让人留恋，令人牵怀。是的，营坊沟美，美在一沟的风景，美在大自然的造化，美在生态文明的环境，美在清新鲜润的空气，美在安谧宁静的新农村秀丽气象，美在是城市的近郊，但又远离城市的喧嚣。

因为美，城市里的一家著名婚纱影楼，依村沟兴建了"婚纱摄影城堡"和"情人谷外景摄影基地"。林荫下，亭台楼阁，曲径回廊，幽幽山道，小桥流水；沟坡上，丛丛灌木，鲜花茂草，树木多姿，百鸟欢歌。自然的和人工的景观和谐搭配，浑然天成。新人们拍摄婚纱倩影，在一片金黄色的向阳花景地里，在一片紫蓝色的薰衣草景地上，尽情地舒展各种优美姿势，那情景，仿佛是人间仙境一般。

因为美，更有一家独特的真人 CS 丛林野战庄园也在营坊沟安家落户。生态观光、农家风情餐饮、水上游乐垂钓、真人丛林野战，非凡的体验,难忘的磨砺,让人在"硝烟"中熔炼个人潜能和团队精神。丛林野战、激情巷战、快乐烧烤、激光夜战、野外宿营、欢畅 K 歌、篝火晚会、拓展游戏,在"枪林弹雨"中感受战场再现,惊心动魄的体验充分展示当兵打仗的场景和情趣。

营坊沟真是一个美丽的好地方。走进营坊沟,美景和新奇应接不暇,令人心醉。夏天的傍晚,落过小雨的西方天际,彩云翻飞,霞光旖旎。置身水库和鱼塘边,湖面波光粼粼,三三五五的垂钓者在花伞下兴致勃勃,满面喜气,犹如渔歌唱晚。如果去农家小憩,好客的村民会热情地让座敬茶。四合小院,房舍整洁利落,院内栽种的葡萄、脆枣、苹果、香梨、红杏等果树果实累累。门前几畦菜地,紫的茄子、红的西红柿、绿的青椒、爬满藤架的豆角,鲜嫩滴翠,好一派农家风光所在!冬天的晴天,蜂拥而来的冬泳者破冰赛游。大地白雪皑皑,天寒地冻,但湖岸上人流熙熙,欢声笑语,水中泳者兴意昂然热气蒸腾,那场景更煞是壮观。

是啊,自然营坊沟,美丽营坊沟,多姿营坊沟,神奇营坊沟,梦幻营坊沟,到营坊沟赏景、观光、游玩,让人向往!

恒山新发现

刘红霞

该是对恒山作一番新解读的时候了。

解读定位于"新",缘于长久以来多数游客对恒山文化与旅游价值的低估。来去匆匆,走马观花,注定无充裕时间在恒山广博的空间停留,感受北岳深层次的自然与人文积淀,加之对中华山岳文化、地理历史的涵养空白,以致不少人游后留下"恒山没点啥"的评价。

果真如此吗?希望读完此文,能让您对恒山有些新发现,重启一次北岳之旅。为方便记忆,分列若干关键词。

一、有神居处

恒山是北岳大帝的居处,通俗讲,有神灵。

这话得从恒山的地理位置说起。首先澄清一个误区,游客多认为恒山是悬空寺东南的高峰,非也。恒山属大地理概念,它南接太行,北连阴山,东与燕山续衍,处在中华地理框架的重要支点。向东,华北平原沃野万里；向北，草原大漠一望无际；向西，大河蜿蜒哺育众生；向南，太行壁立山河表里。

古人眼中，如此形胜注定有神在居。何解？看古代天地观便知。从《山海经》到《禹贡》，从禹定九州到周行天下，古人对山海河川的崇拜随处可见，特别是山，被赋予非同一般的神力天意，认定它在保佑家园平安方面发挥巨大作用。

基于此种理论，古代帝王于东西南北中各寻名山，保国泰民安。如此一来，就有了五岳五镇①。恒山奇险高绝，纵贯华北，山形似屏，群峰若奔，位列北岳。

北，在中国传统文化中意义不凡。它彰显着某种神秘的天意输出，表达着人力的强悍威严，同时还寄托着内心对安稳的关注，面南背北，北稳南平，北定国安，北行向生……因为北之重要，北岳在帝王和百姓心中的分量可想而知。

《尚书·禹贡》记，秦始皇东巡过"太行、恒山，至于碣石，入于海"。到汉代，北岳祭祀已成国家常礼，有定制。宋明之时，祭祀北岳规格更高，次数更频，北岳之神亦逐渐具象，先后被封为安天王、安天元圣帝、安天玄圣帝、安天大贞元圣帝、安天玄圣大帝、北岳大帝，具有无边法力，除守护国土外，还能协助治理地方，"主江河淮运与走兽昆虫"，兴云布雨。

现代科学这样解释"北岳大帝"的神力——守护国土，因其山高壁立，能阻挡草原游牧民族的袭扰；治理地方兼主江河淮运，因其山高分水，有山才有水，有水才有河，有河才有路，有路才有城，有城才能为生民提供庇佑。以科学来解读，山再奇，只能呈现物相。给个建

---

① 东镇沂山、西镇吴山、中镇霍山、南镇会稽山、北镇医巫闾山。

议，再登恒山时，不妨把自己代入古人的情境和认知，或许能体验恒山之所以被尊为北岳的实力与魅力。

二、观天下

古人喜登高，有文人戏说，这是区别人与动物的又一标准。今人登高，多为观景，古人登高的动机种类与层次较多，游玩、赋诗、归隐、采药、求仙，有一种登高档次最不一般——观天下。

天下，既是地理名词，更是人文概念。持此目的登高者，总见英雄豪杰。春秋末年的某一天，恒山迎来一位这样的攀登者。他叫赵襄子，晋国公卿赵鞅之子[②]。

彼时，强大晋国被韩赵魏三卿掌控，晋国公室名存实亡。三家中赵国实力较弱，面临着现实的生存危机。如何拓空间，增国力，成为摆在当时赵氏领袖赵鞅面前必须破解的难题。他专国事，勤改革，南征北战，有效提升赵氏一族的综合实力。年近中老，赵鞅让三个儿子北去恒山寻宝，以此考验他们的眼界和智慧。弟兄三人来到恒山，唯赵襄子找到宝藏，给出满意的答案——天下。

后来，三家分晋后的赵国遵循赵襄子恒山观天下激荡出的发展思路，入列战国七雄，先并代地，后吞中山，武灵王时，"北破林胡、楼烦。筑长城，自代并阴山下，至高阙为塞"。

赵襄子观天下处，今无从可考。但站在恒山最高处天峰岭北望，

[②] 赵襄子，战国时期赵国的奠基人。公元前500年立为太子，公元前476年继位，五十一年（前425）卒，谥号为"襄子"，故史称"赵襄子"。与其父赵鞅（即赵简子）并称"简襄之烈"。

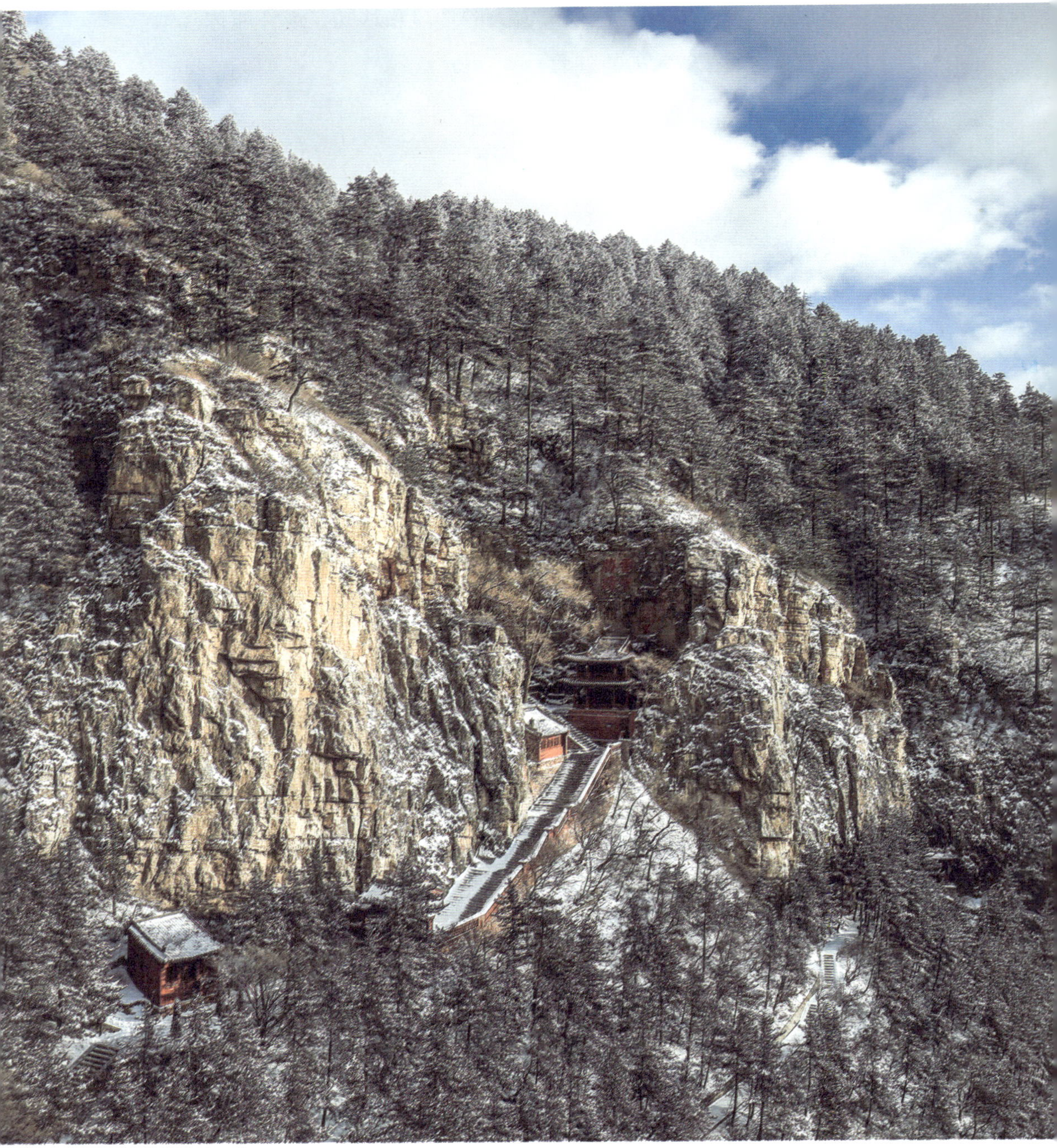

天地苍茫仍然，气象广博依旧，目力所及映射内心，分明投影出二字磅礴，这番激昂，游恒山时不可错过。

三、求仙秘境

无法忍受"非学术类导游"关于恒山一知半解的讲述。受其误，走马观花的游人多知恒山有儒释道三教融合，却忽略北岳在中国本土宗教中的地位，更不知恒山的峻岭云海间，曾闪烁着中国古代天人思想的辉光。

拾阶缓行，来到主峰天峰岭中部，恒山主要的宗教建筑群位于此——北岳大帝寝宫、恒宗殿、会仙府、九天宫、纯阳宫等等。单从名字看，已能感受满满的道教氛围。

道教，发起于东汉及魏晋南北朝时期。作为中国本土宗教，道教教义、修行法门等目的性较强，其中，修仙是道家在追求终极目标道路上的必要手段，借各种心法与秘术，修炼出呼风吹雨、驱魔降妖的神通，庇佑人间风调雨顺，指导百姓祛病延寿。修仙者，多选山水明秀之处隐居，避开干扰，集中全部精力体力，去探索高深神秘的术，解获天人合一的道。

恒山自是符合求仙的环境要求。

今人浅浅一游，通常以为北岳山硬峰险，水少林稀，真真无知浅见。不识恒山芳林秀，只缘身在山外边。若有时间，登临恒山后山（北坡），或抽半日时间，在龙蓬峪、千佛岭盘桓，印象自然改观，保证发生"人间仙境"之感。

"仙境"多美，权威人士早有定论。明代大旅行家徐霞客在《恒山记》中有载，山势"曲折上下，俱成窈窕。伊阙双峰，武夷九曲，俱不足以拟之也"。言简意赅，将恒山风景置于武夷之上。遥想当年，必定吸引众多道家匿迹深山幽谷，潜心修炼。据说，恒山道家多神奇之士，能呼风唤雨，测知未来，驭风而行。《北齐书》中曾介绍"恒岳仙人"，在汾水上，"值水暴长，桥坏，船渡艰难。是人乃临水禹步，以一符投水中，流便绝"。

神通决定名气，故而相当长时间里，恒山北中国道家中心的地位坚挺。北朝平城时代，佛教借帝王扶持盛行，大德高僧在平城（今大同市）附近选文殊道场，初定恒山，后改址为五台山，足见当年恒山道家们的实力强悍。

纵观辽金元明，近千年光阴流转，恒山道教的影响力一直平稳持续。元初，大同成为晋北道教中心，恒山自然仙气飘飘。由此走出的道家弟子不乏著名者，如刘道宁，全真道后七子之一，他的师傅是全真七子丘处机。

如果您不知道丘处机是谁，那请先读金庸先生大作《射雕英雄传》，看改编的电视剧也成。

四、融合

影视作品对今人思维之影响巨大，经典古籍所载通常无人问之，光影流动间的虚幻故事却传播互闻。恒山游人中多有乔峰、契丹之问，十之八九与电视剧《天龙八部》有关。

寻恒山派、觅仪琳师妹修行处，属个人事务，不过，若因虚幻故事误失对中华民族大融合的鸿篇实景的感受，就太不应该了。

站在恒山最高处，可见山峦起伏、碧水绕流，世人只道风景奇绝，却不晓，此时已身处中华民族悠久历史中两大互生文明相交相融处。

20世纪30年代，地理学界生出一个概念"胡焕庸"线，它将中国的地貌划分为两部分，不同部分孕育出农耕与游牧两大特色鲜明的文化。它们交融、交汇、交流，最终形成中华民族大家庭。

这条线，从小兴安岭瑷珲起，呈东北—西南走向，与中华板块的二、三级台地划分线多重叠。线的两边，大漠草原牧歌嘹亮，春种秋收物产丰饶。历史文章将其分别称游牧文明、农耕文明。数千年里，两大文明取长补短，互通有无，绘就一幅幅波澜壮阔、气象万千的历史画卷。

若想领略画卷的壮美，怎能不来恒山？恒山地处"胡焕庸"线的中间点，长期处在农耕与游牧文化交汇处，风物、人文、民俗、建筑、饮食，乃至群体性格，处处可以寻见融合的印记。

悬空寺下，粗大的栈道孔，北魏车马远行华北平原的辚辚蹄音仍在；古城里巷，圆觉寺高耸的砖塔，层叠密檐与风铃叮当讲述佛法东传的过往；寻常人家，似乐如曲的浑源方言，夹杂着汉语古词和汉化的蒙古语……细品细品，好多好多。

读到这里，心动了吗？想起那句广告语吧——心动不如行动。来一趟"恒山新发现"之旅！

紫塞雄关李二口

李海亮

雄伟的万里长城是一本大书，它的每一页都异彩纷呈。而位于天镇县的李二口长城，在沧桑中尽显奇特俊美，又极具代表性。作为一段古老而年轻的遗迹，近年来其名气在逐年飙升。你若想感受它的震撼，就请随我走近它，去领略那彩练般飘逸的紫塞雄关。

古今相融，如诗如画

早就想去看看李二口长城了，去年国庆假期的一天早晨，即兴冲冲驱车前往。进入天镇后，沿途都能看到去往李二口的路标。下高速后走了十来里，路边出现一座牌坊，上书"李二口村"几个红色大字，牌坊建得很漂亮，既有古代元素，亦有现代气息，古今融合十分相宜。嗯，就凭这个牌坊的气势，对李二口长城就有了好的印象。

从牌坊往西走，经过曲曲弯弯的水泥路，眼前豁然开朗，黛色的长城、雄浑的山脉、精致的村庄构成一幅艳丽的水彩画，那个簇新的小村子，坐拥在大山的怀抱中，挂在画轴底部。村子的西侧沿山脚有一道城墙，从山根向山脊到山顶还有一道城墙。举目望去，那长城宛如一条飘带蜿蜒飘向远方。秋日的高粱红红的，淡黄色的玉米秆像军阵一样矗立在长城脚下，成片的向日葵深沉地低倾着头，似在向大地诉说着什么。整个画面又极像一个巨大的盆景，秋景烘托着长城，长城点缀着秋景，使那盆景充满生机，极富诗意。

长城环抱的李二口村，位于狼卧山南脚下，东傍河沟，南贴长城，依北山坡走势而筑房。据说这里曾经贫瘠而荒凉，而如今的李二口村，崭新的游客服务中心、休闲广场、绘画书院等设施让人眼前一亮。一栋栋新民居拔地而起，几十间窑洞民宿也正在建设中，清澈见底的黑石崖沟山泉水从村中央穿过，溪水缓缓流出，村容村貌焕然一新，村前的高速公路已经通车。李二口村民对美好生活的向往，正在变为现实。9月份刚在这里举办了2019年"中国农民丰收节"活动，时隔不久我们当然还能感受到那浓烈欢快的节日气氛。

那天是个好天气，阳光灿烂，秋高气爽，典型的大同蓝，到此来游览的人还真不少，村东的停车场上已差不多停满了汽车。我们将车停好后，向村里走去，从停车场穿过一条南北向的公路，村子就在跟前了。村东有两条路，一条由东直达村西，一条向南延伸又拐向西，路是宽敞的柏油路，可以一直向上开到长城的脚下，在那里还设有一个停车场，专门是为看长城的人们修建的。根据村民指引，我们沿村中向南的柏油路，向山上的城墙走去。

质朴沧桑，飘逸俊美

天镇是外长城进入山西之起点，属"边隅之要害"，历来为兵家

紫塞风骨

必争之地，战略位置十分重要。所以，天镇有汉长城、北魏长城遗址，但规模较小，墙体不存，仅留残迹和基础轮廓，现存比较完整的是明代的外长城，而李二口长城正是明长城的重要组成部分。明朝自嘉靖二十五年在天镇修筑长城，并相继扩建增修，逐步形成和长城相匹配的城堡、烽台相连的防御体系。长城由西自阳高县十九墩村进入天镇县，依山脚东来，经过水磨口、六墩、榆林口、化皮庙、白羊口、石圐圙、薛三墩，尔后转北，攀二郎山，压桦岭，从红土沟（桦门堡）下杏园窑、保平堡、西马市，跨西洋河，接新平堡；然后一分为二，一支沿山梁北去，经木瓜墩折而向东，走双山脊，越三角沟出县境；另一支沿双山脚东去，经二十墩、十六墩、八墩至平远头，接镇口台出境。城墙每隔百米置一敌台，台高15米左右。约500米置一座墩台，另外还有大边墩、二边墩、腹里接火墩。在明代每墩专设墩兵三五人，拔沙田四五十亩，耕种养赡，专司瞭望，平安或闻警，依规定燃放烟火相报，并放号炮。凡边口要隘，亦筑墙砌垣，派兵防守，从县境西到东，依次有水磨口、榆林口、白羊口、李二口、张仲口、瓦窑口，那时还有砖磨口、董窑口等，这些口既是出入长城的通道，又是防御要地。

李二口长城依山势起伏，因山脉蜿蜒，历经500年的风雨剥蚀和无数次的战火硝烟，残破斑驳严重，但是也有比较完好的部分。由张仲口到李二口再往山顶上攀爬的这一段，就是现存较完整的土筑长城，宽5至8米，高10米左右，城墙上垛口根基遗迹基本完整。在山底望向长城，一山一山，山山相连，长城沿山脊蜿蜒而行，宛如腾飞的巨龙，亦像是一条彩练在当空飞舞！

墙的两边各有一条蜿蜒崎岖的黄土小路，小路陡峭而杂草丛生，踏上去黄土飞扬，山坡上散落着一些黑色石头，不知是因为战火的烧烤，抑或是火山喷发的遗迹，更不知它们存在有多少年了。孤独的老树矗立在那里，不知亲眼见识了多少征夫的眼泪，不知亲身经历了多少生离死别，不知目睹了多少兴衰荣辱，还有许多小树扎根在城墙上，在寒风中摇曳，展现了极强的生命力，远远看去分外醒目。

艰苦卓绝，众志成城

我们艰难地向上攀爬，越往上走，风越大，路越不好走，一会儿身上流满汗水，呼吸也急促起来。登斯长城，我仿佛看到几百年前那恢宏的筑城景象，边城交通闭塞，自然条件恶劣，经济极端困难，连烧砖的煤和柴火都短缺，成千上万的边塞军民当年就是汇聚在脚下这片土地上，大家呼喊着号子，沿着陡峭的山路，艰难地往山上抬着黄土，将自己的汗水鲜血与黄土融合，众人凝聚起力量夯实每一寸城墙，经过无数个艰苦的日日夜夜，柔软的黄土变成了抵御外敌的坚固堡垒。据说那500米一个墩台，在夯筑的时候比其他墙体更费事，要拿小米熬成汤，然后把汤和到土里面，起到黏结作用，类似现在混凝土一样。融入军民智慧、汗水与鲜血的土长城，经过战火的淬炼，朴实无华，时至今日仍顽强地屹立在那里，呵护着黄土地的尊严。

顺着坍塌的墙体我艰难地登上了城墙顶部。站在这里，遥望远方，一个个烽火台与黄土地浑然一体，逶迤在群山之间，向天际边延伸，长城像长长的臂膀，紧紧拥抱着美丽的河山。思绪亦随着长城的曲折蜿蜒而无限地延展，脑海中演绎着古代的英雄群像。当年那些将士就站在这里，警惕地注视着前方。当预警的烽火点燃，传来战斗的信息。面对敌军疯狂的马队，明军将士热血奔涌，勇敢地迎向敌军，瞬间展开一场生死搏杀。是的，现今在这古战场上已看不到任何将士的墓碑，但很多年轻的生命就终结在这里，是他们用生命与鲜血守护着长城内的父老乡亲。这融入无数戍边将士英灵的土长城，记录了他们英勇抗敌的不朽篇章。

时间已经逝去500年，长城早已失去了原有的军事功能，现在战争已进入信息化时代，新型武器的大量投入，使得战争向无人、无声、无形中飞速转变，新的战争形态更令人惊悚。但无论战争如何残酷，无论是在雪山、海岛，还是在茫茫戈壁、原始森林，总有无数的军人像当年戍边的将士那样警惕地守护着国土，正是他们用热血与智慧构筑起更坚固的现代长城，才确保了这片土地上父老乡亲安宁幸福的生活。

传说奇特，精神永存

关于李二口村名的来历，有各种说法。一种是李二口村原名为李二沟，是因有李氏二者定居东沟（又称河沟）而得名。至今有李二家坟、李家坟遗址。清代，最晚在乾隆十八年（1753）前，李二沟设税卡，改李二沟为李二口。

还有一种说法是在明朝年间，北方瓦剌部经常由此袭扰中原，朝廷命在此修建长城。一次招募的兵卒中，为首的名叫李二，兵卒们白天晚上连续劳累，有的逃走，有的死去，已换了几茬人，唯有李二从始至终一直坚持了下来。一天傍晚他刚下工走回住处，边关突然响起号炮，燃起狼烟，军兵奋起抵抗入侵者，然而瓦剌军人多势众且突然袭击，镇守的军兵眼看抵挡不住狼虎般的冲击。李二早带领一队民工，悄悄地从侧后包抄敌军，打了瓦剌军一个措手不及，明军趁势从正面攻击，一举击溃敌军，事后镇守这一带的总兵周尚文，才得知李二不仅善修长城，而且武艺高强、深谙韬略，随即让他镇守这个关口，从此瓦剌部的铁骑就很少由此突破。他的后代也一直在此守护，渐渐地这个地方便叫了李二口。

李二口长城与其他长城不同，在李二口村西贴着山脚有一段土城墙，由南向北延伸直到瓦窑口村，原来长5公里。起初的设计是放弃山后新平至西洋河等地面，从李二口、瓦窑口直修到永嘉堡。后来认为贴着山脚修建起不到有效的防御作用，遂重新划定长城走向，才往山上修到新平堡、新平尔直到宣化府桃沟，也因此使李二口长城形成了一个倒"丁"字形。

在一个地界上，出现这种重叠修建城墙的情况，在万里长城中实属罕见，这是嘉靖年间明长城修建走向的一个决策反映，从某个角度也说明朝廷对这段城墙的重视。据传说，李二口长城由山脚修建，改为向山顶修建，与当年李二竭力上书谏言，总兵周尚文呈报朝廷批准极有关联。

置身于此，感受着独特古长城的历史沧桑。我在想这苍劲飘逸的长城，像一幅彩练从古代飘来，经历了无数兵燹战火，一直飘扬到现代，它还将一直飘到未来。它曾庇护了无数爱好和平的人民，亦给后人贡献了一种叫做"长城"的精神，未来它还将激励人们，将这种"长城"精神传之万代。

我与湿地

尉峰

一

我再一次来到壶流河湿地。毋庸置疑，每年我都会来这里几次的，不管春夏，还是秋冬。相对而言，夏秋来的次数要多些——在我的心中，这两个季节的湿地最美。

今年来，还是第一次。好几天了，可能是刚进入三月吧，冰雪尚未完全消融，便听朋友们说天鹅已如期来到壶流河湿地，紧接着朋友圈里就接二连三地晒出天鹅的美图：或是特写，或是中景，或是全景；或者追逐嬉戏，或者低头觅食，或者展翅飞翔。一帧帧神态迥异的图片，活灵活现，呼之欲出，吸引着人们纷纷前往目睹天鹅的芳容。

于我而言，天鹅雍容华贵，纯洁典雅，就像心中的女神，妩媚，妖娆，超凡脱俗。因此，每当它们飞临壶流河湿地，我就会如约而至，一次又一次地走向它们、走近它们，或远远地观望其秀逸的姿容，或近距离感受其清雅的气息，如痴如醉，流连忘返。

然而今年却不然。这天是农历二月二，龙抬头的日子，天气却不好，冷风嗖嗖，刮得我眼泪扑簌簌直流。放眼望去，无论是下河湾水库，还是坝下的湿地，既看不见扛着"长枪短炮"的摄影人，也看不见成群结队的天鹅，寂寥无人，远没有朋友圈里渲染得热闹，不免有些失望。

也许，我这次来得不是时候。也许，天鹅没在下河湾待几天就去了湿地中下游。这么想着，便沿着湿地的砂石路信步向前走去。说实在的，没了天鹅，这个时节的湿地没有一丁点看头。岸边的杨柳枝丫八叉，灰突突的，看不到一丝绿意。河水被分割成一汪汪贯通的小湖或水汊，去年残留的一些蒲草裸露在水面上，黑哩吧唧的，颇为刺眼。好在没走多远，就看见了游弋的野鸭。令人费解的是，此时的野鸭，一个个悠闲自在地游动着，没有成双成对的，也没有一群一伙的。难道春天不是野鸭的恋爱季节？而且它们多为黑色，与夏季或秋天看到的赤麻鸭、绿头鸭的颜色大相径庭。

正纳闷着，忽然，远处的一只野鸭扑棱着翅膀凌波向我的方向飞驰而来，与此同时，我眼前的一只野鸭同样扑棱着翅膀贴着水面向那一只野鸭飞驰而去。它们在相向划动水面飞出数十米远后，终于相遇并停了下来，相互鸣叫几声后，一起向远方游去。

这对野鸭的出现并走到一起，蓦地改变了我当时的看法。看来，任何事情都是有出入的。我们看到的表面现象，不一定就是真相。或许我们看错了，或许我们没看到。或许我们看得时间短，还没有全面了解。

又走出一段路程后，陡然，一只天鹅出现在我的视野。是的，只有一只。我慢慢地走近它，而它全然不知，只顾低头在水里觅食。可能足有十分钟吧，我默默地注视着它，而它的脖颈一直在水里插着，既没有挪动地方，也没有抬头看我一眼。我多么希望它能仰起脖子长鸣一声，或者抖抖翅膀，甚至飞舞起来。而它没有。或许它太饥饿了。或许我认错了，它根本就不是天鹅，而是一只不解风情的大鹅。

风越来越大，可怜我的沙眼一直泪流不止，无奈，只好怀着伤感的心情离开。

二

清明一过，天气日渐暖和起来，到处是草长莺飞的景象。

湿地的草，本来就得天独厚，一场小雨过后，愈发疯了似的猛长。岸边的柳树也娇媚了许多，翠绿的枝条纷纷垂下来，在春风的吹拂下，微微地摆动着，有如仙女的丝丝长发，不时撩动着过往游人的心弦。蒲草和芦苇仍然看不到一点发芽的迹象，水面上依旧狼藉一片。

这时的天鹅早已飞向更远的北方。水鸟也不再只有那几个零零星星的野鸭。随着黑鹳、白尾海雕、大鸨、白琵鹭等飞禽的陆续回归，以及踏青群众的不断增多，沉寂了一冬的壶流河湿地再次热闹起来，并焕发出新的生机。

湿地的鸟多为候鸟，春暖花开的时候归来，秋深露重的时候飞走。但也有不走的。据说黑鹳就栖息在湿地南部月明山内的悬崖峭壁上，它们在那里筑巢，在那里生子，寒来暑往，未曾远离。还有一些野鸭也不走。在凛冽的寒风中，在千里冰封、万里雪飘的严冬，不知它们在哪里安家、去哪里觅食，是如何熬过这个肃杀的季节的。

说心里话，我很羡慕这些候鸟。每当寒气袭来，每当我的慢性气管炎发作，每当天空传来声声雁鸣，望着它们不断变化着的队形，我的心中就会充满无限惆怅，恨不得立马长出翅膀，加入它们南飞的阵营。

其实，这一愿望早被一些腰包鼓起来的人实现。他们在海南或其他南方城市购置房子，一有闲暇便可像候鸟一样自由迁徙，不再遭受天气的困扰。而我，只能梦想。

话说回来，我曾经无数次光临壶流河湿地，但是能认识的水鸟却寥寥无几。至于上面提到的珍稀动物，更是不得而知。即使遇见，也认不出来。或者这次经人指点认识了，等下次再单独看到时，便又认不出来了，实在眼拙得很。

记得前年陪同央视地理频道的记者游览湿地时，工作人员在前行的路上细致地介绍了湿地的邻居，并重点介绍了这里的住户。说到黑鹳时，恰巧有一对黑鹳在前面的电线杆顶端歇息，就给我们详细讲解了它的体貌特征和生活习性。等大家返回时，我看见一只红嘴白腹的黑鸟和一只通体雪白的大鸟在空中翻飞，连忙询问是什么鸟。他们听后不禁哈哈大笑起来，说，那只黑的不就是刚才讲到的黑鹳吗？至于那只白的，是白鹭啊！

顿时，我觉得自己的脸热了起来，羞得不知如何是好，以至于好长时间没有说一句话，自顾自地低头寻思：怎么会没认出来呢？或许，当时我也觉得自己太笨，太不可原谅吧。

好在他们没有注意我的变化，仍旧一边四处张望着禽鸟，一边谈论着家乡对候鸟的保护。是的，无论是珍贵的涉禽，还是普通的水鸟，家乡的人们对它们都相当友好，已经把它们当成家乡的一部分，甚至当成了家人。特别是在湿地管理部门的大力帮助、保护和救治下，湿地的野生动物每年都在潜移默化地递增和壮大着，使得它们和湿地、和乡亲们和谐地相处着，构成一幅共生共荣、美丽醉人的生态画卷。

三

到了暑期,蒲草和芦苇已长得郁郁葱葱,蔚为壮观,仿佛一幅色调鲜明的油画。与此同时,大地也进入烧烤模式。清凉的壶流河湿地自然而然地成了人们避暑休闲的好去处。尤其是下河湾水库,经过春灌之后,水位重新回归,河水再现碧波荡漾、烟波浩渺的壮阔胜景。站在岸边,让人油然生出"长风破浪会有时,直挂云帆济沧海"的感慨和喟叹。同时,也会情不自禁地想起海子的《面朝大海,春暖花开》:

从明天起,做一个幸福的人
喂马,劈柴,周游世界
从明天起,关心粮食和蔬菜
我有一所房子,面朝大海,春暖花开

从明天起,和每一个亲人通信
告诉他们我的幸福
那幸福的闪电告诉我的
我将告诉每一个人

给每一条河每一座山取一个温暖的名字
陌生人,我也为你祝福
愿你有一个灿烂的前程
愿你有情人终成眷属
愿你在尘世获得幸福
我只愿面朝大海,春暖花开

广灵湿地晚景

　　这个季节，我经常在黄昏时分来到壶流河湿地，静静地坐在下河湾水库的大坝上，一边惬意地享受着习习凉风，一边默默地看水鸟归巢，看太阳从西边落下，看余晖染红水面，看湿地的风韵被换成另一种颜色。有时我会坐好长时间，想好多事情，想它的来龙去脉，想它的前因后果，想它的另一种可能性。

就像想不通普希金为什么会拼上性命为轻佻的妻子去和丹特斯决斗，海子为什么年纪轻轻就轻生一样，我也想不通老家两个人的死因。其中一个是个光棍汉，虽未娶妻生子，却也波澜不惊地度过了大半辈子时光，谈不上富裕，却也衣食无忧。尤其幸运的是，到了60来岁，正需要老伴的时候，恰好有个寡妇收留了他，可遇不可求的事情，按说应该很美吧？然而没过多长时间，他却徒步十余里路，来到下河湾跳河自杀了。什么事情让他死得那么执着，那么决绝？而且，为什么非得大老远跑到下河湾呢？是看上了下河湾水的清澈？还是看上了下河湾水的包容？

另一个是个女人。我曾和她的父亲共事过一段时间，她的父亲是一个好面案。10年前，她丈夫因犯事身陷囹圄，她带着孩子硬是撑起了一个家，其中的艰辛不言而喻。可就在她的男人出狱后不久，她却选择了跳河自尽。那么多年都坚持下来了，可见她是坚强的，那又是什么击垮了她呢？而且，同那个光棍汉一样，也是大老远地来到下河湾，不畏严寒，一头扎进刺骨的冰水……

想起这些悲伤的事情，大多是因为想起了海子、顾城、戈麦他们。多数情况下，我会怀着愉悦的心情，想水鸟的巢筑在哪里？它们迁徙的时候孩子能随它们一起飞走吗？它们是怎么记住迁徙路线的？它们南方的家在哪里？那里的人们对它们好吗？

诚然，我也想自己的事情，想命运的事情。听说有的朋友越过越好，官运亨通，比我强百倍，我祝福他们；有的则不然，到处碰壁摔跟头，过得一塌糊涂，远不如我，我同情他们。个中缘由，有的是个人努力使然，有的是上边有人关照的结果，有的则因造化弄人。正如贾平凹先生说的，"人过的日子必是一日遇佛，一日遇魔"。同样的道理，命运就像我们身边的天气，阴一天，晴一天，是沐浴阳光，还是风吹雨打，或许由不得我们。

四

　　夏日的湿地，尽管水是它的灵魂，但没有了蒲草、芦苇、荷花和珍禽、朝霞、夕照，以及雅致的小桥、幽静的小路、优雅的小岛，就会大打折扣，大为逊色。好比一个人，即使有着丰富的思想，可衣衫褴褛，蓬头垢面，甚或行为怪异，定然不招人待见。由此可见配套的必要性和包装的重要性。再则，人是多样性的，眼光不同，角度就不同，观点就更不同。人们游湿地，有的是为看水，有的是为看草，有的是为看鸟……甚至，有的是为看荷花，有的则是为看荷叶。凡此种种，皆因喜好不同。

　　一般情况下，上午、下午去湿地的人要少些。他们或是路过顺便看看，或是陪同外地的客人去转转，或是心血来潮，忽然想起了久违的湿地，就去游逛了。中午也有人去，但多在夏季。他们要么是毛头小子，要么是读书的学生，要么是成家不久的青年人，是专门去游泳或去练习游泳的。早上去湿地的人不少，大多是晨练者。他们有的把湿地当作锻炼的中转站，急匆匆赶来，稍事休息，又急匆匆离开；有的把湿地当成强身健体的锻炼场，去了就得呆上好长时间：打太极拳的，舞太极剑的，做操的，踢腿的，还有在小湖间的小路上穿梭疾走的……不练到筋疲力尽、浑身冒汗、饥肠辘辘，就不会回家。多数人同我一样，喜欢傍晚到湿地休闲。这个时间，天气渐渐凉爽下来，用过晚饭后，家人或者几个朋友一起去湿地走走，放下手中的事情，放飞压抑的心情，看清亮的河水从心头淙淙流过，听天籁由心底缓缓响起，应该是最幸福的事。特别是恋爱中的青年男女，走在一起就是浪漫的事，更别说甜言蜜语和卿卿我我了。

　　这时的湿地，花团锦簇、青春飞扬，千岩竞秀、万壑争流，与其说是千娇百媚，不如说是风情万种。蒲草已长有一人多高，浩浩荡荡，铺天盖地。风一吹，它摇一摇。风再吹，它摇二摇……犹如秦淮八艳迷人的腰肢，晃得人眼花缭乱，心神不宁。荷花也出落得娉娉婷婷，风姿绰约，"秀樾横塘十里香，水花晚色静年芳"，将湿地的风雅和高洁展现得淋漓尽致，无以复加。漂亮的凤头䴙䴘、白枕鹤、长脚鹬、池鹭、遗鸥、豆雁等，或成双成对，或成群结队，一会儿在空中盘旋翱翔，一会儿在水中游来游去，一条条优美的弧线，一道道粼粼的波纹，把湿地装点得分外妖娆、无与伦比。最是那俏皮的野鸭，一会儿钻进水中，一会儿浮出水面，一会儿又使劲扇动翅膀拍打着水面，探头探脑的样子甚是滑稽可爱。还有那些身形娇小的伯劳、苇莺、黄鹂鸰等，藏身于柳树丛中或水草间，时不时地唱上一曲，婉转动听的歌谣随风飘荡，叩击着游人的心灵，在给人们带来无限愉悦的同时，也让整个湿地生动起来。

　　月亮升起的时候，湿地逐渐安静下来。皎洁的月光洒向草丛，洒向小径，洒满下河湾水库。岸边的杨柳不自然地摇曳着，树影婆娑，欲说还羞。晶莹的光斑在水面上不停地闪烁跳动着，碎银子般，银光一片。

　　每每此时，我就想，如果有人能吹一曲《月光下的凤尾竹》就好了，而且就吹葫芦丝，让其幽攸抑扬、轻清淡雅的声音穿透我的灵魂，浸入我的骨骼，连同那醉人的夜色一同融进我的身体，那将是一件多么美妙的事情啊！倘若再有一只小船更好。那样的话，我就可以轻摇双桨，在富有诗意的月色中，在万籁俱寂的水面上，一边慢慢地领略壶流河的风姿，一边细细地品味湿地的风致了。

五

到了寒露，天气一天冷似一天。湿地的芦花早已盛开，雪白雪白的，一片绚烂。蒲草的果实蒲棒也已熟透，轻轻一吹，蒲毛便纷纷扬扬飞起来，并转瞬就被秋风刮得无影无踪。

此时此刻，望着随风起舞的芦苇和起起伏伏的蒲草，我就会不由自主地想起我的老家，想起小时候我们在河边做芦笛、折"蜡棒"（蒲棒）的情景。

我的老家东崖头村就坐落在壶流河畔，用现在的话说是在湿地旁边。河的两岸是草木茂盛的河滩。河滩上长着许多叫不上名字的野草，绿莹莹的，远比当今的足球场和绿化带的草坪要好得多。由于河滩的野草细密、坚韧，有的乡亲就用铁锹将其刺成长方形的草坯做院墙，倒也结实耐用。记得我们小学厕所的围墙就是用河滩的草坯垒成的。

河滩上除了一望无际的青草，还长着低矮的柳树。在我的印象中，它们始终没有长高过，不知是品种的原因，还是盐碱地的问题。虽然这些柳树有些丑陋，不比垂柳婀娜的身姿，却也成林成片，吸引着众多的鸟雀前来安家，也吸引着三村五里的孩子们纷至沓来，练弹弓或者捡干柴。

自幼我们就在河边玩耍，壶流河以及岸边的河滩便是大自然恩赐给我们的游乐场。我们在水里学游泳、摸鱼虾，到蒲草丛中找雀蛋、端鸟窝，在河滩上捉蚂蚱、逮"扁担"……其乐融融，其乐无穷。再大些的时候，到了十三四岁，我们又多了一项新爱好，那便是几个小朋友结伴去偷看邻村的小姑娘。

说是偷看，其实有些牵强，因为根本不用到人家的村子去，只需来到河滩就行了。那时，和我们年龄相当的邻村小姑娘常常来到河滩放牧，她们三五个相跟着，牵着缰绳，每人放一匹或两匹骡马，对我们来说是件极新鲜的事。因为在我们看来，放牧是男孩子的事（我们村从来没有女孩子放牧），她们村怎么净是女孩子放牧？好奇心驱使我们经常在不远的地方偷看她们，看她们怎么放牧，也看她们放牧的间隙干什么。有时也会壮着胆子走到她们跟前，瞄她们的脸庞，这时就会发现，她们的脸颊会瞬间布满红晕，绯红绯红的，桃花一般。

如今，这些都已湮没在岁月的长河中，成为美好的回忆。如同唐代崔护写的那首《题都城南庄》："去年今日此门中，人面桃花相映红。人面不知何处去，桃花依旧笑春风。"

是的，随着年龄的增长，季节的更迭，许多事情皆随风飘逝。而壶流河水依然哗啦啦地流淌着，并在人们的环保意识和保护措施日益增强的今天，乃至未来，仍将哗啦啦地流淌下去。我呢，终将慢慢老去。到时，唯愿化作一棵翠柳，立在家乡的母亲河边，静静地陪伴着湿地，看家乡日新月异，不断变换着模样。或者化作一只黄鹂，就把巢穴筑在湿地，我将不分昼夜地为家乡歌唱，歌唱她的五谷丰登，歌唱她的繁荣昌盛。

走，上大泉山去

高建英

每当周末或节假日，常有好友相邀：走，上大泉山去。

走就走！背起双肩包，穿上旅游鞋，几分钟就集合起来，说说笑笑坐到了车上。

大泉山在我们阳高县的中心地带，是一座海拔1200米的土石山，由8座大山和近百条沟壑组成，总面积达13万亩，森林覆盖率达到了70%，被我们称作天然氧吧，是休养身心的最佳去处。它距县城12.5公里，不过十几分钟的路程。

到了目的地，清新湿润的空气立刻扑面而来。深呼吸，再深呼吸，然后抬头环视，湛蓝的天空下白云朵朵，青山起伏，愉悦的感觉便花儿般在心中绽放。

这，就是我们的大泉山——新中国水土保持第一山。

稍做停顿，我们便向山上爬去，一路走走停停看看说说，真是赏不够的美景，拍不够的照片。

登上山顶，顿觉凉风送爽，心旷神怡。极目远眺，连绵不绝的山丘沟壑间郁郁葱葱，浓翠欲流；间或有鲜花、村舍、庙宇和凉亭点缀其间，如一幅铺展开来的油画，色彩斑斓，赏心悦目。这时我们常常会发出阵阵感叹：不容易啊不容易！

要知道，这里不是雨水丰沛的江南江北，也不是土质肥沃的小兴安岭，而是土壤贫瘠、干旱少雨的塞北高原；所以，这幅美妙的油画，不是天然风光，而是大泉山人民的血汗所绘——每棵树都是他们亲手所栽。

这里的小老杨、油松、樟子松、云杉、新疆杨、丁香、玫瑰、蔷薇、紫叶矮樱、红叶小檗、金叶榆、杏树、梨树、山桃、野玫瑰等50多种树木，深深地扎根，幸福地生长，在阳光下闪着晶莹润泽的柔光；树下密密层层的野草野花间，蝶飞蜂舞，鼠跳兔窜；沟底有清泉潺潺流过，空中有鸟儿婉转歌唱。置身其中，恍若仙境，妙不可言。

我最喜欢坐在浓荫蔽日的山下小憩，看着眼前的树木遐想。因为这里的每棵树都被注入过情感和希望，都含着一种战胜自然的骄傲。看那片小老杨，个子不高，黑粗干裂，枝桠结巴，歪歪扭扭，长了几十年才碗口粗，混杂在其他树木间是那么的不起眼。我却感到十分亲切，因为它是当初治理荒山时最耐干旱、最抗风沙、成活率最高的一种树木，它是第一代坚韧顽强地扎根在大泉山上的树种。

看着它，最早在这里治山治水，栽树造林的两位先辈——张凤林和高进才，便从几十年前走了过来——他们是两个流落在此，安家落户的外地人。

1938年，"山山和尚头，处处咧嘴沟，十年九不收，谁见谁发愁"的大泉山迎来了一位出家人，他满面尘土、衣衫褴褛，不知奔波了多少时日，也不知走过了多少村庄，疲惫不堪地栖身到村里一座破败的奶奶庙中，打算歇歇脚。他就是河北怀来人张凤林。歇过来后，他忽然就不想奔波了，想过安定的生活了，于是就在这里安了生。

住下来后，他从村民的摇头叹息和痛苦诉说中，了解了这里的贫穷和荒凉：村里一共28户人家、80多口人，终年辛劳，艰难地挣扎在温饱线上；都说靠山吃山，可这大泉山上面没草，地下没宝，没得靠也就罢了，还常常扬沙发洪水祸害村里的田地。

张凤林没有跟着叹息。春天来临的时候，他顶着漫天风沙一次次登上大泉山。正是万物复苏的时刻，起伏的丘陵和纵横的沟壑间，竟连棵蒿草嫩芽儿都看不见。他抓起一把沙土，在手心里拨弄来拨弄去，沉默不语；夏天来临的时候，他看着暴雨冲刷过的新沟旧壑，阵阵痛惜。

在山上观察、沉思良久后，他下了个巨大的决心：开垦荒坡，植树种粮。

说干就干，第二天天不亮他就起来生火做饭，蒙蒙亮，他已背上中午的干粮，扛起铁锹、镐头上了山。

当第一镐结结实实刨下去的时候，他也把自己治山治水的决心结结实实地刻在了这座山上。

于是，人们便经常看到大泉山上活动着一个粗布短衣、脸膛黝黑的汉子，他顶着烈日严寒，忍着饥饿孤寂，在山顶，在半山腰，在山下，一镐一镐地刨，一锹一锹地挖。也常看到他随着下山的夕阳往回走，夜晚边做饭边就着油灯缝补破烂的鞋帽衣衫。

整理出几片小土地，他就栽树，种土豆，种豌豆。

我们不难想象，当第一棵树苗成活的时候，他一定流下了激动的泪水；当第一颗山药蛋刨出来时，他一定颤抖着满是硬茧的双手。

大自然果然是无情的，他不会让你轻易成功，否则世世代代生活在这里的村民也不会这么贫穷，于是来年夏季便给他来了场连续十几天的大雨，毫不留情地冲走了他的树苗禾苗，冲垮了他的坡地，把他

大泉山

的心血冲刷得一干二净。

站在重新变光变秃的山上,他顾不上气馁顾不上灰心和妥协,只是一遍遍地行走巡视,观察思考,总结经验,几十天后,他得出一个结论:"水是一条龙,从上往下行,治下不治上,万事一场空。"于是,他又和大自然开始了小心翼翼、不屈不挠的较量。

日复一日,年复一年,张凤林没日没夜、一片一片、蚂蚁撼大树般垦着这片荒山。这样的日子一过就是整整八年。

1945年,天镇县人高进才流落此地,与张凤林相识后便住了下来。

俩人脾气性格相投，一番彻夜详谈后，便背上干粮，结伴上山，继续垦起荒山来。于是，大泉山上早出晚归忙忙碌碌的身影由一个变成了两个。他俩反复探索反复实践，总结出一套治山治水的好方法：挖坑，开渠，培埂，填沟。

他们一天一天默默地干着，累了，坐下抽支烟，歇过来继续干。他们从没有豪言壮语，也没想过名垂千古，只埋下头一门心思地垦荒植树。种活一棵棵小老杨，种上一片片柳树桃树杏树，挡住山上的肥土和雨水，护住山下的农田，就是他们一辈子的奋斗目标。

10多年过去了，这座过去连蒿草都不长的荒山荒坡荒沟沟变成了杨柳成林、花果满山的世外桃源。四季的朝霞夕阳星斗，一把把秃头的铁锹和镐头，一双双破底的布鞋，每天的小米稀饭咸菜山药蛋，还有大泉山村的村民，真真切切地见证了他们二人的辛苦和毅力！

1951年，在全省农民支援抗美援朝的活动中，他俩毅然捐献了5000斤山药和50斤小米。这在当时简直是山大的一个数字！要知道当时新中国刚刚成立，百废待兴，当地平均亩产还不到50斤，人们刚刚温饱，还没有多少富余呢。他俩的这一爱国行为感动了无数人。

之后，他俩当上组长，开始带领全体村民上山植树。全县人民也开始上山植树。

1955年，他们治山治水的宝贵经验被毛主席知道了，他老人家在日理万机中，高兴地为《看，大泉山变了样子！》一文写下了139字的按语："很高兴地看完了这一篇好文章。有了这样一个典型例子，整个华北、西北以及一切有水土流失问题的地方，都可以照样去解决自己的问题了。并且不要很多的时间，三年、五年、七年或者更多一点时间，也就过了。问题是要全面规划，要加强领导。我们要求每个县委书记都学阳高县委书记那样，用心寻找当地群众中的先进经验，加以总结，使之推广。"

从此，大泉山蜚声全国，被誉为"新中国水保第一山"，成为全国水土保持的一面红旗！

"知难而进，穷则思变，坚忍不拔"的大泉山精神激励着阳高人民，也深深地激励了全国人民。

……

如今，大泉山纪念馆里留有张凤林和高进才两位先辈带领村民艰苦奋斗的图片、故事和遗物，还展示着毛主席的手稿真迹。每年春天，还有大批人士络绎不绝地来这里植树、参观、学习。

所以，我们的大泉山不仅有美景，还有历史、有故事、有精神、有力量，是塞北高原上一颗璀璨的人造明珠！

正如我县作家马路老师所赞：

赞我阳高大泉山，
苍松翠柏绿荫连。
伟大领袖批示过，
水土保持走在先。
一座展馆拔地起，
红色基因代代传。
与时俱进跟党走，
是我阳高小延安。

所以，每次登临大泉山，我们都身心愉悦，收获满满。

恒山风

马道衡

豹 榆

登恒山。

入真武庙。欲敲钟,抓钟下靠石矶木棒,木棒纹丝不动。睨之:胳膊粗,虬结。两手用力抓木棒,滑溜,铁沉。撞钟,钟声清越悠扬,心底澄明。

穿林,树梢拂脸,昂头见:枝柯虬结。树干标牌曰豹榆。榆科珍品。恒山独有。这不是真武庙敲钟木棒吗?

枝疏叶圆,挺拔。灰或灰褐色树皮裂成不规则鳞状薄片,剥落暴红褐内皮,滑腻,微凹凸,极似豹皮。根凸露地面,千头万绪,龙蟒缠绕。豹与榆哥俩,淘气互换服饰?

豹榆汲恒山风骨,力潜身体,长成铁硬!

坚硬是生命底色!

恒山绿翠

虎风口松

攀石阶，登临虎风口。

"虎风口"刻东石壁。疾风飕飕，松涛阵阵，虎啸龙吟。

二十步见方石头孤立一株参天古松——悬根松。

松孤立巨石，下临万丈峭壁，上倚千仞危崖。

裸露虬根，鹰爪般抠进岩石，野蛮地见缝插针，不！哪有缝可插？柔柔抱拥岩石！

传说张果老拴驴在此，驴惊，怒拔所致。蓄水坑边缘爆裂，酷肖驴蹄踩踏后迹印。后人称"果老仙迹"。

山风撕扯，鸟粪腐蚀，驴蹄蹬刨，神仙练气，旅游鞋踩踏，石头犹自光滑坚硬！松，风霜侵蚀，雷电殛击，文明熏染，兀自耸立！

石凝成基座，松站成标牌。

松石诠释着软阴硬阳、内敛张扬、逼仄空阔、放达坚守。

恒山是道教道场！

鱼化石

攀石阶。瞥见护坡墙砌着鱼化石。

鱼眼怒张，鳞纹层叠，甩着的尾巴凝固。

天崩地裂，山覆水倾，嬉戏海底之鱼，瞬间被时间凝固石头底片，定格爿石，耸立成历史幕墙。

鱼化石链接着的远古海生物信息，与旅游鞋底隐藏的电子信息，交流着远动近静、瞬间与永恒。

心所念的遥远即亲近。有价值的瞬间即永恒。

岳顶松风

倚山巅松树憩息，享受掏尽心力体力之后的轻松，体会"众山小众众小"之妙趣。

山风横掠，脸颊刺疼。松涛阵阵，卷起胸中沉淀的念头。邈远天空抟卷舒展的云，瞬间变幻成虎豹跳跃。

恒山绵亘500里，若猛龙奔腾于祥云，北国万山宗主之雄浑气象尽显。

宋代画家郭熙有言，"嵩山如卧，泰山如坐，华山如立，恒山如行"，恒山如行，风行？云行？山行？人行？目行？心行？

极目天舒是基于站立高度的！

心胸放达是基于所历山水的！

伥风岭之水

伥风岭闪现行云。伥风岭扼塞北、晋中、冀中之咽喉。

岭南沟壑水汇成唐河，经晋之浑源、灵丘，冀之涞源、唐县、顺平、定州、望都、清苑，安新境内泽成内陆大泊白洋淀，经大清河进海河。

岭北川谷水汇聚金龙峡，从天峰与翠屏两峰间泻出，注入浑河，西走桑干，汇永定河，亦入海河。

一胞两姊妹，一路嬉戏，环绕华北广袤之地，浇灌土地，滋润人心，合龙于海河，注入渤海。

山的地位注定了水的心胸。水的流向彰显出山的雄奇！

恒山水库

恒山主峰天峰岭与翠屏山你凸我凹，隔金龙峡凸凹遥对，最窄处不足百米。

一坝挽两峰，揽伥风岭北谷水，汇成水泊。山拐弯抹角，把碧绿润玉雕成葫芦，南来水流是葫芦把，水浅而清；两山束腰，细流婉转是葫芦细腰。水深而绿；坝体处水深深蓝，鱼跃溅花，水波粼粼，泛舟钓鱼者渔歌问答。

翠屏山脚水库底部埋藏着的北魏时代的佛家雕像，给水注入了慈悲？

天旱时，开闸放水，浇灌浑河两岸庄禾。

某年，恒山北坡遭火，飞机从水库吊水浇灭。

艾 蒿

端午。

恒山悬崖峭壁塄头地畔，布满绒毛的艾蒿茎枝疯长，剑叶葳蕤，氤氲着绿色香气。

呦呦鸣叫的鹿，闻香辨色，从曹操《短歌行》中抬起头，跑来，嚼食在野之苹香，抬头鸣叫，呦呦之声呼应恒山出岫的流岚。流岚舒卷。

恒山人采艾，挂门楣，插窗棂，辟邪气，禳毒瘴。

南归燕子，翅膀沾了艾香，从河岸衔来春天信息密码，编入屋梁混着草香、人气的泥巢程序。

恒山人把艾蒿编成绳，挂屋檐下，恒山风吹透草绳，积存了香气、太阳光、风色。

艾香随燕子呢喃，沁入菜园子里的蔬菜瓜果，沁入院子角角落落，沁入乡民心田。

秋天。

腐质一夏天的死水池塘滋生的蚊蝇，嗡嗡嗡，嗡嗡嗡，聒噪着攻入院落。

点燃艾绳，染了端午气息的艾香随烟气缥缈，蚊蝇闻香而逃。

冬天。塞外寒风像砭入关节缝。疼痛酸楚在肉体游走，伤害血液、筋骨、心情。

点燃艾绒，扔进瓷钵儿，扣在关节患处。钵儿锁住幽幽火焰。火焰在瓷钵儿回荡。火焰爆发艾香，回旋着阴阳鱼儿，游走肉体，析出体内寒气。半个时辰后，瓷钵儿掉落，艾在肉体戳个红印，画地为牢，拘住疾患。

艾在文化典籍里受熏染，养成的基因逼出肉体思想淤积的寒气、湿气、冷气、阴气等隐疾。

枸　杞

非得长在村庄石头墙里呢。

枯黄茎秆从石头缝隙挤出脑袋，突着刺尖，守护自己。稀疏椭圆绿叶，汲取着维持生命的风、光、水等营养，沉积，结果。

一嘟噜一嘟噜豌豆大的红果缀满枝头。

捏之。红汁皴染指肚，渗入皮肤，汇合血液，汩汩奔突。

我看到血管突突跳动的节律。

小心翼翼采摘红果。晒干。枸杞皱起皮肤。

《神农本草经》：久服，坚筋骨，轻身不老，耐寒暑。

《本草汇言》：使气可充，血可补，阳可生，阴可长。能抗动脉硬化、降低血糖、促进肝细胞新生等作用，服之有增强体质，延缓衰老之功效。

枸杞藏身石缝，突出尖刺，躲避其他生物侵害。

枸杞绿叶稀少，把精力放在凝聚药性上。

成熟了，就招摇血色。

恒山人喝泡了枸杞的水，上高山擒得了虎豹，入深沟耐得了寒冷。

朴素的外表蕴含淡泊，血红果实凝结药性，更蕴藏精气神，增体质，振雄风。

车前子

春秋战国战车轮下的小草接受腥风血雨浇灌，茁壮成长，人们叫它车前子。

车前子从铁蹄下走进《诗经·周南》，人们称之为芣苢。人们采之、有之、掇之、捋之、袺之、襭之。车前子完成从土地到餐桌的行走，也完成了名字的华丽转身。

芣苢随李时珍的脚步，跋山涉水，从《诗经》走进《本草》：解除肠肝之热，湿热消退眼清亮，利水道小便，除湿痹。久服轻身耐老。男子伤中，女子淋漓不欲食，养肺强阴益精，令人有子。明目疗赤痛。去风毒，肝中风热，毒风冲眼，赤痛瘴翳，脑痛泪出，压丹石毒，去心胸烦热。养肝。泊妇人难产。导小肠热、止暑湿泻痢。

车前子被谁撒播到恒山？

恒山是道教名山，车前子根汲取"无为"精神，喂饱家畜，俗称猪耳朵儿。

猪耳朵儿肉润质厚，椭圆叶子上脉筋凸出，亭亭茎顶，缀满颗颗黄包。

家兔血红眼睛盯着青草，三瓣儿嘴掀起青草，叼吃猪耳朵儿。嗦嗦嗦——奏起和谐乐曲。

车前子奔突着文化基因，疗肉体、精神沉疴。

甘　草

父亲递我一节草根：甜草苗。

饥饿压倒一切时代，嚼过观音土的我们，嚼植物秸秆与根茎成了本能。

嚼过玉米秆、高粱黍子霉、草芯、蒺藜等果实，自然嚼甜草苗。

清冽的甜像电流，从舌尖倏地散至百骸。

甜草苗凛冽的甜击败糖果的腻味甜。长住心底，泵入血管，清洗侵入的污秽；通五经，散百骸，抵达神经元触突，隔断毒素渗透路径。

甜草苗学名甘草。

甘草非得长在荒瘠山野，才能集聚甜素。

甘草甜来自天空的邈远，来自崎岖山石挤压，得自地心坠重！

甘草根酥脆，筋道转化为甜了？

叶翠绿，根皮灰，根芯特黄，得自黄土高原底色，得自骄阳！

《本草新编》：甘草，味甘，气平，性温，可升可降，阳中阳也。无毒。入太阴、少阴、厥阴之经。

甜草苗能治病，也致人病：过量吃，会损伤人的生殖功能。

披着甜美外衣，正负作用交糅，惑乱人心。

甘草深得对立统一精神内涵，警示人心。

黄　芩

北国万山之宗主恒山横亘北纬39.6°，乃中原与塞外分水岭。

黄芩汇聚恒山独特之精华，凝聚黄土高原深厚力量。

浅紫喇叭花传递什么信息？紫色高贵，浅色低调。对立统一和谐统一。

绿叶滤掉阳光其他色彩，提存金色，沁入茎根。

撕裂根茎褐皮，肉质的黄灼眼。

纯粹因为执念，因为心无旁骛。

黄芩根味苦，性寒，清热，清火，解毒。

因为黄芩耐得住高温，适应了极寒。高温与极寒加持根茎，像植入了疫苗，阻隔瘟疫，抗击毒瘴。

柴 胡

独茎。

纤柔。

星星点点的黄花，像卫星信号锅，接收太阳波。

塞外寒风切割，恒山流岚抚摸，雄鹰利爪抠挠，纷纷雨雪浸泡，凝成光洁、干爽、清新、透亮的清爽、饱满胴体。

栗色。

香气。

甜，清冽，不腻。源自恒山沟壑劲吹流岚的厚密，来自恒山崎岖山石的硬度。

柴胡具备了厚实与坚硬，就能和解表里、疏肝解郁、升阳举陷、退热截疟。

柴胡就是清道夫，能清除血管壅积的污秽，能清除思想壅积的卑鄙、下流、幸灾乐祸、落井下石、内卷等人性之恶。

2020年，新冠肺炎泛滥，柴胡混合其他药材，由表及里，疏解肉体壅堵之疾，阻隔新冠肺炎病毒散布路径，担当大任。

柴胡更抵制精神壅堵之疾。

神溪，月光泼下来的声响

石囡

一

最初的声音是风，最初的风是洪荒：一块坚硬如铁的虚空，一片惊讶的月光，以及月光泼下来的声响。

欸乃一声，这是桨影里沉默的村庄，这是一把古笛中刚刚出生的神溪。莲花不必全开，一半就好；剩下的一半，给诗经里遗世的舞者。且慢，请不要踏碎星光，不要回眸。一低头间，天地又高了一分；一回眸间，岁月又长了一截。

且慢，请井水边的石磨停下来，请年月放下锄头，众神停止击壤，请群山危坐，为一位女子赋予姓名。

律吕，律吕，她的名字里含着五劫时空。宫音浑浊，正天地初分；商音迷离，一条河正爬下山谷，轻声喘息；而角音浩荡，生生不息间蒲草黄过，人间换过；徵音羽音将一个人的灵魂穿透，刻下板桥人迹，一扇石门，一声啼哭。

但众神的词汇远远不够。生命肥沃,大地远远不够。泪水太清,美丽远远不够。

二

没有人能够最先到达。这是永安的神溪,安放在猎户座的旋臂,旋臂上绿了亿年的星球,星球上睡了亿年的山。山的脚趾上,爱神流过泪的地方。

时光是一块旧布,披在叫神溪的村庄,在永恒的恒山脚下安卧。撕开来就会淌出水啊,也淌出七弦琴,绕满时光的柔。

这不是一个人的故园。史册空着,所以人类才来来往往。山谷空着,所以禅音轮回,在魏碑里不断睡去和醒来。

永安镇。神溪村。恒山脚下的一条几案,将人世间的光阴供奉。一座叫永安的寺庙,能安放多少,不能安放的往事?

三

我有一壶酒,想借神溪山月交给李白。山骨嶙峋,人骨亦嶙峋,他扬着须,仗着剑,写下两个字:壮观。他背着酒囊,骑着青牛,气喘吁吁,又跃入神溪,饕餮诗歌的胃。

我有一万件牺尊,想借凤凰山的孤石,拿给有着两个瞳仁的舜帝看看。想告诉他,未来是新鲜的,新鲜着的,还有来自嘎仙洞的神兽。

这是拓跋氏建筑宫殿用过的石头;这是1500年后的另一种乡愁。这乡愁不是车马疲倦,古官道,这乡愁不是南征北战,帝王恩怨。这乡愁由一个村庄的炊烟构成,烈度的烟,闻一口就能醉倒。

神溪记忆

四

  想起1500年前的那一场相遇。一个着紫袍的乐官，如何邂逅一个白衣的女子？那时她正从蒲草间走过，一路莲花，向着她的歌声而开。

  "律吕律吕，神泉无语，潺潺一曲，蒲荷无意……"一节一节的清浊，和着一节一节的蛙鸣。而此时，我正坐在北斗之下，看一场酝酿了1500年的巫术；而此时，夜色被分成两半：一半在北魏，把神祇刻进石头；一半在今夜，捡拾烧了一半的情书。

  我就是那一个丢失了乐稿的乐官，我也丢了我的白马和诗笔，我被温柔的月色所伤，伤口成为生命的漏洞，必须用更为伤感的歌声来填补。

什么声音才能让我们在黑夜里相遇，那一定是灵魂，被浇铸成钟的声音。

五

最重的水，可否由火构成？像落日那样深沉，或者像烈日那样绝望而热望的燃烧？就像旱季里的祈雨者会渴望闪电？就像最弱的女子，身体里刮出的暴风？

向天而啸的巫祝们，踩着音乐的尸骨。如果凤凰山不曾因饥渴而弯腰，那么有谁能用一把镰刀，将天地裁为三截？一截浇铸编钟，一截浇铸酒樽；剩下的一截是熊熊炉火，将历史举在空中，下面是弯腰撒种的万民。

很多年以后，这片土地上的人们，不再习惯用泪水来叙事。但是神溪，你说，我们先不谈火的事情，我想借你的神祠一问：要多少涓涓或磅礴的泪水，才浇灌成你这一方湿地。

六

浑河在此歇了一程，加了一把酒，带上雨季的丰饶，冲向桑干。很多年以后，永安寺的钟声，仍像竹筏一样漂流在永定河沿岸。

这就是文明的流速。它最初起源于一次封禅、一次朝拜。带上高原上先民们的祝祷，带上牧野里的歌声，带上草原和高山，贵族和平民，泥沙俱下。带上古老的记忆，在天地玄黄之间，被历史搅拌，驻足为一个盛世的叹号。

当一切沉淀下来，记忆是一汪溪水，总在月夜照彻古今。

七

你说，是不是每一个王朝都有一个女子，在为铜而生，为铜而死，用水做的身体，为一个时代打铁？

神溪村，这古老而迟缓的村庄，还要用很长时间才能想明白一件事情——因为母性，人类才有历史。

甚至此时，每一朵清晨都在露珠上绽放，就像绽放一种思想。

一个女子在古钟的音阶上定格，手持十二种光阴。她忧郁时牧草疯长，高过了牛羊；她微笑时星野广阔，1000个北方汉子，手持铁板，唱"律吕律吕"的另一种婉约。

她收获着音乐国土上的贫穷，在大地的伤口上种下锦瑟，种下管弦与风笛。

她顺手扯下云冈石壁上的伎乐，让它们缭绕在神溪山涧；她将黄钟大吕揉碎，塞进灶膛，让鸡声、茅店、蝉鸣与深巷，恬然成人间另一种交响。

最后，她从怀中掏出一缕明月，用来装饰你此刻的时光。

逐梦大泉山

李生明

雁门关外一个毫不起眼的黄土丘陵小村,在两位自然人为生存打拼和善良愿景的付出中,竟然奇迹般地"一举成名天下知";然而在20多年后的社会变迁中,又速冻般地沉寂冷清下来甚至退回原形;又经过30多年的阵痛、呼吁、奔走,才逐渐觉醒、奋起以至重振雄风。这个村子就是大泉山。67岁的我是大泉山67年历史进程的一个有意无意的目击者、亲历者和参与者,今天不妨用自己的几段逐梦经历对大泉山作一个尝试性追述。

出 世

水,是农业的命脉,是人类的命脉。中国有一条曲曲折折但大方向为"东北—西南"的人口地理分界线,起初叫"瑷珲—腾冲线",后来又叫"胡焕庸线"。这条线具有潜藏于人类生存基本需要的食物逻辑和就业逻辑的巨大价值,其中的一个重要特征是400毫米年等降水量,这个特征也决定了这条线是适宜农耕的气候临界点。围绕这条线形成了一条农牧交错带,中国第二级阶梯黄土高原之上平均海拔700—1400米的大同,就处在这条线和这个带上。按照我国西高东低的地势,大同地区本来不多的雨水与地势较高的黄土层相互作用,必然会形成向地势较低的华北平原的水土流失,并在丘陵上冲出千沟万壑。而实际情况是,大同地区的水一分为二,除了左云县五路山上的季节性水向西经右玉县辗转流入南部的黄河外,其他县区的季节性水都经白登河、南洋河、西洋河,流入永定河和海河,这其中有一股小水就来自大泉山。

大泉山位于晋东北一块黄土丘陵之上,距长城脚下的阳高县城12.5公里,区域内丘陵起伏、沟壑纵横。辖区流域面积2.3平方公里,有12座山头、24条沟、24面坡,1000亩耕地、6000亩林地。大泉山不高,海拔1200米。很早以前,这里草木兴旺,泉水长流,后因连年战争,乱砍滥伐,生态环境遭到致命性破坏。

1938年,河北省怀来县贫苦农民张凤林出家来到阳高寺庙学经文和书法,后被分配到大泉山村凤凰山奶奶庙,既看庙又教书。四年后,天镇县顾家湾村又一贫苦农民高进才,也来到这里谋生。历史的因缘际会,使他俩为谋生而走到一起,自发地为保护累年被雨水冲刷的坡耕地而一棵一棵地植树,还总结出了"水是一条龙,从上往下行,治下不治上,万事一场空"的治山治坡经验,逐渐温饱有余。新中国的建立极大地激发了他们的政治热情,在1951年全省农民捐献"爱国丰产号"和"新中国农民号"飞机支援抗美援朝活动中,他俩毅然捐献在当时可称得上庞大数字的5000斤山药蛋,这桩爱国善举当然引起县里领导的好奇和重视。

1952年,28岁的阳高县委书记王进派邵成文等干部上山了解情况，初步总结两位治山治坡、保持水土的做法和经验，并将调查报告上报山西省委。1953年，山西省委第一书记陶鲁笳到阳高大泉山调查，在王进陪同下，从这座山转到那座山，从这条沟转到那条沟，发现农民在山坡上遍挖鱼鳞坑，坑的边上种小树，坑内种农作物，从而掌握了第一手资料。从此，王进对这个基层典型更加重视，他热情鼓励张凤林和高进才，并于1955年7月23日给高进才亲笔写信："高进才同志，希望你在社会主义改造过程中不断前进！争取光荣地加入共产党！"

新中国建立后，为了迅速医治战争创伤，党中央领导全国人民，在短短三年时间内就完成了恢复国民经济的任务，改善了人民生活，在此基础上推动农村工作进入一个新阶段。山西省委将阳高县委的调查报告《大泉山是怎样由荒凉的土山变成绿树成荫花果满山》，以县委书记王进的名义上报中央。毛主席特别重视，夙兴夜寐，逐篇修改，把标题改成《看，大泉山变了样子》，同时写下了热情洋溢的"本书编者按"，高度评价了大泉山水土保持这个创举和典型。

之后的两三年里，毛主席多次在全国性会议上赞扬大泉山经验。陶鲁笳在《毛主席教我们当省委书记》一书中写道：1956年1月，中央在中南海召开省、市、自治区党委书记会议，讨论《农业发展纲要40条》。当谈到水土保持、绿化全国时，我又向毛泽东同志汇报了大泉山采取挖鱼鳞坑、开渠、培埂、堵沟等四条办法绿化荒山的经验……干那件事情的，一个叫高进才，是大泉山村的党支部书记；一个叫张凤林，是当地寺庙的居士……毛泽东同志听了以上汇报高兴地说："大泉山张凤林真好啊！你回去以后对他说，我们感谢他！我们要在报纸上大量报道大泉山，要写书，写传单，给来参观的人每人发一套。"在1958年成都会议期间，毛主席两次提到高进才和张凤林，并说："我们的好东西，都是从群众中来的，不同群众接近，什么东西也创造不出来。"

大泉山的事迹在全国传开后，西岭村也就顺势改成一座知名山头的名字——大泉山。很快全国有22个省市区的几十万名各级干部、中科院副院长竺可桢等著名学者、苏联和美国的四名水利水保专家以及陈永贵、李顺达、申纪兰，还有达赖喇嘛等人，纷纷前来大泉山参观并挖坑、植树、浇水。大泉山首任支部书记高进才，受毛主席批示精神的鼓舞，在上级领导的帮助和指导下，做出了治理荒山12年远景规划，开始了大规模的治水保土工程。1956年，大泉山周围的八个初级合作社合并建成大泉山联村高级社，县里组建了30人的青年专业队长驻大泉山搞水保工程。他们把"三跑田"（跑水、跑土、跑肥）改造成"三保田"（保水、保土、保肥），粮食平均亩产由50斤逐年增长到500斤，水浇地亩产达到800斤；在村东一长溜陡坡上修筑了梯田；还栽种了5万株零星树。大泉山人在不断的水土保持实践中又总结出先是"八连环工程"，后是"十连环工程"经验，即根据山、沟大小等实际情况，采取打土谷方、筑沟头埂、掏旱井、挖卧牛坑、鱼鳞坑、排水沟、打坝、修水平田、建水库等生态、生物、工程等措施，保持水土不流失，都很有创新和探索精神。他们发现一直沿用的"卧条法"植的"小老树"，多年长不起来。于是，就根据油松耐干旱、严寒，杨柳树喜潮湿的特点，提出"油松上山，杨柳下沟"口号，将山上的杨柳树更换成油松，并间种柠条、杏树，形成"混交林"。1957年，国务院水土保持委员会向大泉山授奖旗："改造山区的榜样——大泉山变成了花果山"。

向　往

我村与大泉山隔山相望。

我出生在阳高县西南海拔1245.7米纳兰山（后改为致富山）上

的高墙框村。我小时候的生活环境、情景就如同《黄土高坡》唱的那样:"我家住在黄土高坡,日头从坡上走过,照着我的窑洞,晒着我的胳膊,还有我的牛跟着我。"又如《信天游》唱的那样:"我低头,向山沟,追逐流逝的岁月,风沙茫茫满山谷,不见我的童年……"

400多口人的高墙框地处梁头,南高北低,落差七八丈,村周围没有可作防护屏障的夯土墙,显得很不正规。全村被一座既连绵起伏又光秃秃的丘陵从三面包围,村里人在命名上将其分割为东坪、齐家地、东梁、南洼、南梁、西梁什么的,唯有正北方向是个能行马车、拖拉机和汽车的较宽敞出口,叫做南坡。高墙框距离阳高县城和大同市都是50里,人少地多,一种一坡,虽然广种薄收,打不了几颗,但还有沟湾下湿地和梁头上土壤层较厚的洼地,能养住人,比山下采梁山冲积扇上的随士营、钱家堡、上泉等平川村的沙板地要肥沃些,也比离采梁山较远的丘陵村大泉山条件要好。不过,我还是打小就向往大泉山。

上小学时,我就从当时村里浓厚的政治氛围中记住了"大泉山"这个能被毛主席表扬的光荣村名,因而潜意识里总想一睹为快。但因山路弯弯,爬沟上梁,交通不便,直线距离40里,要去只能是先到阳高县城,再南去大泉山,无端绕行40多里。事实上,当年也不存在旅游一说,更没有闲钱和闲空,因而去大泉山的机会一直没有。我只是听村干部从县城开会回来说大泉山的事。比如高进才,那年在全县干部大会上传达"九大"精神时,形容毛主席红光满面、神采奕奕时,用了很直观传神的摸额头、摸脸等夸张动作。他形容在代表住地喝水的情状,更逗得人们仰天大笑。因为他直接用嘴去对接自来水龙头,被喷溅得满脸是水珠,真如刘姥姥进城,抬脚动手都是笑话。对张凤林的说法却比较复杂。张凤林与高进才同时扬名全国,虽然他有一定的文化底蕴且善书法,可能是因为居士身份一直没有入党。听说在批林批孔运动中,他依据"学好孔孟,吾知唯足"底本,自编了两个组合字,没想到被扣了一顶吓人的政治大帽子,屈辱而死。

1973年1月,我从朱家窑头公社农中毕业回村后,正赶上轰轰烈烈的"学大寨"运动,"一天两送饭,早起捎昏加夜战"是家常便饭。当时只有推荐上大中专学校和当兵、当煤矿工人三条狭窄出路,还不是每个人都能轮得上。而我只能凭着一身蛮劲,实实在在努力,求得政治进步。无论是放羊、扶犁耕地、拉砘、抓春小麦籽粪、担着茅粪桶到各家各户的旱厕掏粪、"三秋"抢收、推土垫地,还是到大同城住粪店拾城粪,跟马车"跑运输"装卸圆钢、原木和水泥,尤其是在"今冬明春"农田基本建设工地用大锅熬制硝铵炸药、打炮眼、装炸药、冒死排险,都冲锋陷阵,全力以赴。当然,组织上也没有亏待一个热血青年的倾情付出,我19岁入党并担任民兵连指导员,第二年便担任大队革命委员会主任。不久,有幸被统一组织去大泉山参观高灌、喷灌等水利工程。记得当时山坡上的梯田里红旗招展,人山人海,大喇叭里红歌嘹亮,好不热闹。我想,一个自然条件比我村还差的名不见经传的塞北小山村,竟能如此荣耀、引人瞩目,我何不步其后尘,立志干出点名堂来?加之当时毛主席提出"老中青三结合"的火候,大大激发了我扎根农村干一番事业的雄心壮志。

然而,时移世易,乾坤扭转。五年来我在坚持不跌半天工、不请半天假的高强度劳动间隙,始终不放弃学习,靠有限的工余时间见缝插针地给公社广播站投稿。同时,我虽然是主抓生产的角色,但因村支书是文盲,所以我又兼任村里政治夜校的辅导员,这也促进了平日对政治理论的学习。没想到这成了我在"读书无用论"甚嚣尘上年代的一根"救命稻草",竟然在后来的关键时刻"发力"。未等我在本村的干梁头上干出什么"大事业",就赶上了共和国改革开放的先声——

1977年恢复高考，我以全公社唯一的预选生被山西农学院录取。1982年初毕业后，我在阳高县委组织部短暂工作一段后，便以"选调生"名义被分配到大泉山公社锻炼。而这时的大泉山正处于一个政治高潮的尾声期，参观者极少，村里破败不堪。由于日夜应付基层庶务，无暇专门思考大泉山在改革大潮中的跌宕命运，但潜意识里总觉得大泉山的地位不应该如此一落千丈。

不久，我被调到阳高县委宣传部理论科，给党校学员讲课。没想到仅仅过了8个月，我便靠着在《北京日报》发表的《谈谈干部人才的文化素质》等系列政治理论文章，被组织上派人经过核对笔迹等严格考察程序选调到雁北地委组织部。工作一段时间后，我又不满足于单纯的写讲话稿、起草文件以及干部考察、领导班子年度考核等日常工作，业余时间撰写和发表了大量政治理论探讨文章，也多次参加了全省特别是全国性的探讨会、交流会和笔会。而在各地开会时我也没闲着，把实地考察和亲身感受的井冈山、西沟、大寨、平型关、"万人坑"、太行山、"百团大战"、黄崖洞保卫战等红色故事，写成多篇散文，在省市报刊上发表。其中《难忘延安》在2001年《求是》杂志发表并在年终获得"建党80周年随感"有奖征文三等奖，之后又在《人民日报》（海外版）发表《西柏坡：穿越红色的旅途》等。

有一年参观大寨时，我了解到，1980年农村实行生产责任承包制后，所有这些昔日的农业典型都沉寂了下来。但是，从1991年起，离开大寨11年的郭凤莲重返大寨任党支部书记，带领500名村民，通过艰难的"二次创业"，使老典型发新芽，开新花，全村有煤炭、建材等8个支柱产业，"大寨"品牌的羊毛衫等30多种商品行销全省、全国。2001年，全村集体收入就已接近1亿元，人均纯收入达到4000元，郭凤莲的月工资加福利达到1700多元，全村纳税超百万元。如今，虎头山全部绿化，成为国家森林公园，每年到大寨的游客 30 万人。大寨村党总支被中央组织部表彰为"全国先进基层党组织"，村子被中央宣传部命名为"全国精神文明先进村"。

这年，省委组织部又抽调我参加全省干部监督工作检查。在长治市检查的一天我放弃午休，请假直奔平顺县西沟参观。我看到，西沟村在申纪兰的带领下，也融入了市场经济，建起平顺县最大的铁合金厂，还有饮料公司和"纪兰"牌核桃露，有 2.5 万亩"绿色银行"，有房地产开发公司。凤毛麟角的全国第一届到第十届人大代表申纪兰，当然是我心目中的偶像，我从西沟展览馆出来后，听说她这天正好外出办事，因而未能一睹风采。不过，我还是习惯性地记下了一系列有说服力的数据：2300 人的西沟村，经济总收入达到了 8500 万元，上缴税金 225 万元，农民人均纯收入达到了 2500 元……

这年 10 月，我在北京参加一个研讨会间隙去逛王府井，见有水利部办的"搞好水土保持　建设美好家园"图片展览，我转遍展区，翻遍那本 16 个页码的长方形折叠式宣传册子，也找不到"大泉山"三个字。这件事对我产生了很大的刺痛感，我敏锐地感到曾经名播三晋、叫响神州的"全国治理水土流失一面红旗"，业已淡出人们的记忆而盛名不再，"红旗"的光泽似乎慢慢褪色，全社会知晓这个地方的人越来越少。

逆　袭

2003 年冬，在一次下乡调研时，我突然想，外头的红色景点写了不少，可家乡的大泉山还是"一张白纸"，这至少在感情上是说不过去的。于是，我被这种说是突如其来其实早已成竹在胸的使命感驱使着，出阳高县城一刻钟先进大白登镇大院，镇里一位干部陪着我们上山。去大泉山是上坡路，坡度不大，越往上走，路两旁山坡上树木越多，一坡一坡的，都很绿，裸露的部分很少。说话间，大泉山村已经到了，村里人口稀少，街头萧条，车子直接开到山脚下停了下来。巧得很，山脚下站着几个老干部模样的人在指点着什么。原来这是阳高县老区促进会的四位同志，这几位同志都是县里退下来的老领导。他们今天来是想召开一个座谈会，了解一下大泉山村在毛主席批示后尽搞了哪些工程，有什么发展，当前需要解决哪些问题，然后写个调查报告，给县委提点建议，以促进老区的发展。我们两班人既然目的相同，那就合在一起，先上山看看，后召集个座谈会。大家好像都有一种莫名其妙的兴奋。

我们一行人先在山下一块水泥碑前驻足，默念毛主席于 1955 年 11 月 1 日为《看，大泉山变了样子》一文写的按语。尔后，沿 139 个台阶，上到大泉山村的最高处——凤凰山顶，登上大泉山防火瞭望台，看到大泉山人为张凤林、高进才两位水土保持功臣树立的纪念碑。村支书钱权介绍说，全村户籍人口多年来维持着 62 户 220 人这个数字，现在常住人口不足 70 人。前些年，阳高县委发文件要求继续弘扬大泉山精神，县委领导在大泉山村专门召开了座谈会，立志要把大泉山的发展推向一个新阶段。可是，大泉山的发展有着致命的干旱缺水先天性不足。山下的曹庄、大白登是富水区，天旱时大泉山村只能雇车从山下拉水，否则，树木长到一定高度时便会干枯死亡。山沟里倒也有点泉水，不过，用两寸水管每天提四五吨水到水塔，仅够人畜吃水，勉强能供当天的旅游用水，至于农业用水只能靠天等雨。当年为 800 亩水浇地配套的 153 米扬程的三级高灌、喷灌和依山铺设的 500 米水泥槽防渗渠虽已废弃，但那些管道还能用。可是从山下的曹庄二级提水，

大泉山

扬程达 2000 米，从普家梁一级提水，扬程也有 1000 米，成本高，不划算。山上倒是建了积雨场，但这些年越来越干旱，每年的降雨量仅有 350 毫米，而且很少有过"好雨知时节"，急用雨时盼瞎眼，灾情已成定局时连下几天也几成无效降雨。有山无水，不成山水，多数人只好到外地居住或出外打工，常年在村的人基本上是一些打工没体力、外迁没财力的老弱病残。

从山头下来后，村干部帮助我们召开了一个座谈会，村干部和村民代表似乎有很多话要说。村会计首先发言：1969 年，高进才作为山西省的党代表参加了党的九大。1971 年，高进才调任县委副书记后，县委书记段凯决定调中师学历的大泉山下南杨官屯村党支部书记杨恒接任大泉山村党支部书记一职。1999年，村民钱权又接任村支书。几十年来，不管谁当支书，大泉山一直是发展的。接着说出了一连串数字。另一位村民代表接着说，大泉山村老支书高进才1989年去世后，本村的石钢、钱权接任干了一段，后来翻遍全村户口簿选不下个合适的人，只好从邻村选或选派镇干部兼任，但选来选去，都没跳出方圆5公里的小圈子。不是说历任村干部素质都不高，而是说大泉山村党支部书记的位置相当特殊。

县老促会一位退休干部说，大泉山在1955年就闻名全国，可后来的声名远不如西沟，更不如大寨……67岁的前任支书杨恒有点不以为然，他说：我们现在吃啥有啥，人均年收入达到八九百元，"生活不赖，挺好啦"，言谈话语间表现出一种小富即安的满足感。

镇里同来的干部可能觉得尽说问题不妥，于是接起话茬说：这几年，县、镇两级政府投资50万元专修了通往大泉山的长4600米、宽5米的柏油路，山上也有了串联几个山头的简易水泥路；挤出20万元请中国科学院地理科学与资源研究所为大泉山测绘制定了共15章、156节、58页、图文并茂的彩色《山西省阳高县大泉山旅游开发控制性详细规划》。如今，大泉山旅游渐成规模，两年来，每年接待前来参观、考察、调研、旅游的人数为5000多人次。他还透露：日本绿色地球网络年年来大泉山植树考察，他们评价"大泉山在中国华北地区是一座树种最全、绿化最好的名山"，以后必会好起来的……

座谈会结束时，我的大脑中已形成一个思路：大泉山应该像西沟、大寨一样，重整旗鼓，在新时期大放异彩。大泉山精神不能丢，丢了就是对历史不负责任。经济越是上不去，越要注重发扬艰苦奋斗精神。这次调研令我最受刺激的是大泉山大礼堂变成了羊圈。说得尖刻一点，如此现状，连在来这里植树的日本人面前，也显得汗颜。

呼 吁

2004年1月18日，我的第一声呼喊《大泉山，何时再振雄风》，在《大同日报》发表。我直言不讳地指出："大泉山近年来的发展不能令人满意。"最直观的证据就是：村当街一排透着昔日辉煌的大礼堂，如今成了满目疮痍的羊圈；村中路旁新栽的零星树不少已干枯，人们却对此熟视无睹。很多人不知道外面的世界有多精彩，不知道和自己同类型的大寨、西沟已经变成了什么样子，不知道怎么办公司、跑市场。去年，有好几个旅行社给镇里打电话，问大泉山有无宾馆、饭店，这说明"大泉山"很有市场，但这些话人们至今说起来仍然只当作是一种谈资，而没有做出多少积极反应。大泉山如此闻名，可除了一个砖场没有其他副业，更没见到过"大泉山"品牌的一宗商品。我在文中引用了县委组织部长王益民和我们在一起调研时当场提出的尖锐意见："我来阳高七年，大泉山基本没变化，与社会的期望值相差太远，连过去建成的水利设施也保护不好。"我的调研结论是：大泉山昔日成绩固然有，但今日差距尤其大。我开出的"药方"是：大泉山人民需要坚守精神高地，尊重历史的全国人民需要大泉山这个精神和信仰的载体，大泉山需要高屋建瓴的整体规划和深度开发。开发大泉山旅游资源应走市场化运作的路子，应组建股份公司，靠社会融资在大泉山修建展览馆、宾馆、饭店、娱乐设施等。只要打起招兵旗，别愁没有"吃粮人"。

身在市委机关，而且是人们印象中的"要害部门"，我公开发表这样的文章，无疑是要承担一定风险的。但是，我相信自己是出以公心，没有任何个人恩怨要发泄，没有针对任何领导，不相信有谁会因此事找我麻烦的，事实上也没有。其实，我反映的是一种人们只可意会不可言传的社会现象，我只是把这个脓包刺破，让全社会都感到刺眼和阵痛。

因为前篇文章还有未尽之言，我又补充写了"续篇"。4月25日，《大同日报》又发表我语气稍微和缓的《感受大泉山》，但同样具有刺激性和"杀伤力"。"一石激起千层浪"，这两篇文章虽不能说是"一呼百应"，但也实实在在引起了社会关注。

时隔一年半，阳高县专门邀请我再上一趟大泉山。这次是刚到任四个月的大白登镇党委书记张进才、镇长李建新带领我们上山。秋高气爽，万里无云。还是在凤凰山顶，举目四眺，尽管时令已届寒露，但多处山坡上依然郁郁葱葱，绿树如茵。当时的县委办主任闫玲边走边介绍说，大泉山的治理不光是一个村子的事。大泉山村所在的大白登镇，抓住国家加快生态建设步伐的有利时机，按照"全面、综合、集中、连续治理，沟坡兼治"的原则，先后组织了数千人的专业造林队伍，实施了2000年的大泉山国家生态二期工程、2002年的京津风沙源大泉山项目和退耕还林项目、2003年的首都水资源可持续利用规划项目等造林会战工程。至目前，8座山已治理了7座，留下一座马头山供放牧用。全村3642亩土地，控制水土流失面积3000多亩，森林覆盖率达到50%，使大泉山流域的整个生态面貌有了极大的改善，若早来两个月，这里柠条花儿漫山遍野，一片金黄，令人心醉神往。

大白登镇里的两位年轻领导，很有一番"重整山河看后生"的气概。他俩介绍说，镇里制定了大白登小城镇建设整体规划，把大泉山的发展列入全镇发展的大格局之中。原有的塑编厂、薄膜厂、醋厂、砖厂、粮站、兽医站、变电站、电管站、电信局、邮政局、信用社、地税所、派出所、医院、中心校和新增的镇机关、公共汽车站、居民楼等，星罗棋布地排列在街心广场、发展街、学府街两侧，连贯这些单位的二环路已经开通，沿二环路宽阔的路面可直达大泉山。

我也实实在在看到，原先从镇里到大泉山的路较窄，近来县、镇两级政府投资50万元专修了长4600米、宽5米的通往大泉山的柏油路。我还看到，在大白登村南的公路南侧，一长溜共40套、每套70平方米的二层单元带小院落的住宅楼房已经竣工，届时花上6万元就能入住。而公路北侧50套同样规格的住宅楼已经备齐了石料。整个所见所闻给人的印象是这一任镇领导更有雄心、有魄力、有作为。县乡干部还说：大泉山及周边村的老百姓翘首以盼，希望"第一批山西省旅游特色村"（2006）以及新近颁发的"山西省农业旅游点"牌匾和新近验收并确认的"全国20世纪水土保持文化遗产"品牌，能给大泉山带来新的福音。大泉山大旅游蓝图已经绘就，来年游客人数要达到8.8万人，五年后上升为35万人，实现这一蓝图光靠镇里不行，必须发挥村级组织的作用，需要组建一个对老一辈革命家有感情的高起点、快节奏、有宏伟设想、有科学发展能力、大胆干事创业的"两委"班子。

我了解到，前不久，镇党委决定派年轻有为的镇委书记云阔兼任大泉山村党支部书记。云阔上任后，将村当街曾被出租用作羊圈的一排房，由镇里出面返租回五间（因租赁合同尚未到期），装修成漂亮的新展览馆。下山后我在馆内地形沙盘细看大泉山近50年来的历史沿革，还有大泉山人创业时使用过的马灯、柳条水兜、"踢倒山"家做鞋等生产生活用具。我特别注意到高进才与陈永贵、李顺达、申纪兰一同出席省党代会时的合影，当时他们可谓齐头并进，不相上下，而如今，西沟展览馆被列为全国87家爱国主义教育示范基地之一；大寨的虎头山上游人如织，纪念馆高大气派，馆藏丰富，大寨村被命名为"山西省爱国主义教育基地"和全国的"红色旅游基地"。唯独大泉山，守着这种得天独厚的政治资源，虽然也在做，但一直没有做到人们预期的那样大，那样好。

我边考察边构思，明年就是毛主席批示大泉山50周年，50年了才又重新起步，这尽管有点"迟来的爱"，但还是比不起步好，也许"失晨之鸡，思报更鸣"。回大同没几天的2005年10月30日，《大同日报》便刊登了我仍然是实话实说的第三篇稿件《今日大泉山》。其实，重振大泉山雄风在社会上已经形成一种共识。几年后我获知，大同市老促会会长王善一直对大泉山"今不如昔"耿耿于怀。那一年，他到阳高县座谈调研，特别提出在新时期继续弘扬大泉山精神的问题。

突　破

阳高县老促会会长钮逊那年和我一同上山考察。由于他的努力争取，阳高县委委托他到市委开具介绍信。他找到我，我二话不说，全力支持，然后又到省委换开介绍信。遗憾的是禽流感的暴发影响进京，耽搁两年后，老促会常务秘书长池吉山受命以纪念毛主席关于大泉山批示54周年的名义，专程前往北京，与中央档案馆取得联系，终于得到了毛主席批示原件复印件。他们汇报给县委后的第二天就通知了我，我当即赶到阳高，知道了这件事的原委，也在思考下一步的动作。

原来，中央档案馆有严格规定，毛主席批示原件是特殊保存的，因公特别需要复印件者也只能在指定地点等待领取。至于原件，前去中央文献委员会利用部申请复印的池吉山同志只能获准近距离瞥一眼。不过，对于热心筹办纪念活动的阳高县同志来说，仅这份分辨率特别高的复印件也就够了。其实，拿到这份珍贵资料的本来意义并不在于得到伟人批示真迹，而是能否从中看出其门道，参透其内涵，并将有形的字纸转化成无形的财富，进而再变成改造客观世界和改造主观世界的强大物质力量。阳高县的纪念活动尚在筹备之中，我作为这一"淘宝"活动某一环节上的参与者，荣幸地获取了一份三页都加盖"中央档案馆复制件"菱形专章的毛主席关于《看，大泉山变了样子！》按语复印件珍品，便如获至宝。我反复品读琢磨，此后没几天，我的2800字的《从一篇文章的修改看毛主席的扎实文风——读〈看，大泉山变了样子！〉有感》，在《大同日报》配图发表。

我根据勾画笔迹，大胆揣度毛主席修改文章时的思路。毛主席既当实际上的总编辑，又当责任编辑，他对《中国农村的社会主义建设高潮》这本书逐篇审改，篇篇都这么认真。具体到修改这一篇，揣摩其初衷，当时考虑的是通过推广大泉山这一典型，以点带面、力求改变整个华北、西北黄土丘陵地区以及一切有此问题的地方，从根本上解决多少年来严重的水土流失状况，科学地、高水平地发展农业，造福农民，建设农村美好家园。当时，中华人民共和国成立才五六年时间，百废待兴，百业待举，领袖对水土流失问题极为重视，他抓的是农业生产典型，而不是政治典型，这一点至为重要，也至为珍贵。

毛主席对标题不知修改了几遍最后才敲定。原标题是《大泉山怎样由荒凉的土山成为绿树成荫、花果满山》，毛主席将"荒凉的"提到最前面，又删除；在"怎样"前加"是"，又连同"是怎样"删除；"土山"后加了个"变"，又删除；将"为"改成"了"，又删除；在原标题末尾加"的大泉山"。至此，才定为《看，大泉山变了样子！》

改后的效果：长句子变成了短句子，字符数由21个压缩到10个；文句子变成了土句子，书面语变成了日常口语，文人语言变成了雁北农民的"山药蛋话"；复杂句式结构变成了直截了当、开门见山；疑问句、陈述句变成了惊叹句，让读者一看标题就能留下深刻的印象，真可谓"千淘万漉虽辛苦，吹尽黄沙始到金"。

毛主席对正文部分的修改，恐有几百处之多。仅我手头所有的首页、中间页和末页这三页，修改就有60多处。如删除句式中多余的"其中"；"沟"前先加"堵"，后改为"填"；"逐步富裕"改成"逐步地富裕"；基本工程用"工数"多少个改为多少个"工作日"；"去年"改为"一九五四年"，"今年"改为"一九五五年"；"缺乏信心的说法"改为"缺乏信心的种种说法"；"三年来"改为"三年以来"。标点符号改动量最大，约占五分之四。有的给长句子加逗号，如"这种情况不仅严重地影响了农业生产的提高"改为"这种情况，不仅严重地影响了农业生产的提高"；还有的是删除标点符号，如将"治坡不治沟，一年比一年沟多，沟深"的后四字连起来改为"沟多沟深"。毛主席还注意到页码的错误，进行了纠正。

153字的按语，看其流畅的行文应是毛主席一气呵成的，然后又作了修改，如"很高兴地"丢了"兴"字，补上；"看完了这一篇报道"改为"看完了这一篇好文章"；"三年、五年、七年"好像是从"四五年""三五年"两次改过来的；"或者更多一点时间"也是后加的；"用心寻找"的"寻"是删除"觅"字改过来的。改后的按语为："很高兴地看完了这一篇好文章。有了这样一个典型例子，整个华北、西北以及一切有水土流失问题的地方，都可以照样去解决自己的问题了。并且不要很多的时间，三年、五年、七年或者更多一点时间，也就够了。问题是要全面规划，要加强领导。我们要求每个县委书记都学阳高县委书记那样，用心寻找当地群众中的先进经验加以总结使之推广。"

与前三篇文章相比，这篇有毛主席修改笔迹图片的文章更加引起全市关注。记得当时市委主要领导在会议、调研、谈话等多个场合大力宣传大泉山的价值，陈述毛主席当年对山西省委上报的一篇虽数易其稿但仍显粗糙的稿件的修改过程。时隔不久，阳高县委就起草了一份意在重振大泉山雄风的文件初稿，当时的县委领导在报审市委的同时，还不忘送我一份副本。我不以此为满足，继续千锤百炼，写成《再上大泉山》在《党史文汇》2010年第12期发表。精益求精无止境，之后我根据不同刊物的性质再次修改，将标题改为《文章百改见精神——研读毛主席修改文章的三页花脸稿有感》，没想到在中央办公厅《秘书工作》2011年第4期发表。这本最高级别的刊物，保留了我稿件的原话：在中国，大泉山这杆旗子必须永远打下去。大泉山的再度辉煌，不在这一代人手中完成，便在下一代人手中完成，这是历史的必然。否则交代不了，会对历史欠账，会受谴责。大泉山需要高屋建瓴的整体规划和深度开发。

余 波

思路决定出路，舆论引导现实。应该说，宣传大泉山的文章，远不止我这些篇什。即便我不做，别人也会做。但在那几年大泉山处于低潮时候，我连篇累牍的集中呼吁，确实是顺应了时代潮流，引起了全社会的共鸣，引起了省市县镇各级领导的重视，在全国也产生了一定影响。在中央刊物发表，这是我多年来业余写作生涯的一个高峰和亮点。此后，我不慌不忙，尽可能"狗尾续貂"，锦上添花。2013年10月20日，我在《大同日报》发表《大泉山重阳杂咏》：

重阳高会大泉山，西较东峰更焕然。
几著弱文哀落伍，今逢强势换新天。
养生争使寿名厚，国际已赢话语权。
僻壤穷乡蕴宝藏，登临当胜古神仙。

这年 12 月 1 日又发表《大泉山正在变新样》，说的是应大白登镇党委书记徐碧洋邀请，再次参观大泉山风景旅游区建设项目的感受，五年前兼任村支书的镇纪检副书记赵善福陪同考察。我欣喜地看到，今天的大泉山，正在朝着人们翘首以盼的方向发展。大泉山景区内已建起的"东方红"展馆，主要展出新中国初期至 20 世纪 70 年代的藏品，包括毛主席塑像、像章、书籍等，总计 5 万余件，是大同市及周边地区规模最大、品类最全的红色文化展馆。我了解到大泉山旅游及基础设施累计投入数千万元，先后建起文化广场、大泉山森林公园 1.7 公里徒步游步道、游客服务中心、大泉山宾馆、公共浴室、公共卫生间，几户农民还开办"农家乐"，阳高县城到大泉山村 12.5 公里单程的环保电动公交车也开通了，一个涵盖吃、住、行、游、购、娱的服务体系基本形成。

在此文中，我还回忆了与高进才的交往片段。高进才是我小时候就非常景仰的人物，后来我到大泉山公社工作，与瘦高且佝偻着背的当年英雄多次见过面。我在大泉山的工作时间是 1982 年 4 月至翌年 8 月，共一年零四个月时间。当时正是推行"大包干"，培养"专业户""重点户""万元户"典型的农村大变革时期，土地分到户，大泉山也随之转入了沉寂，已年过六旬的县委原副书记高进才被免职后，实际职务仍是大泉山大队党支部书记。公社开会时，我见他一瘸一拐地从山上走下来，和众人一起坐在长条板凳上听会，时而发言，公社领导称他为"老高"。在食堂吃完中午饭，又冒着严寒步行上山回村了。

高进才，那是新中国政治舞台上与李顺达、陈永贵、申纪兰、郭凤莲齐名的显赫人物呀，即使被免职了，考虑到他的地位和影响，说啥也应该有个手扶拖拉机坐吧！可是，他还是步行来步行去，走路又那么不利索。后来我对此就习以为常了，只去履行迎来送往、安排食宿、起草文稿等庶务，无暇他顾。大泉山公社处在大路口，来来往往的客人分外多，但在我的印象中，那两年，未曾记得接待过有头有脸的谁来大泉山参观。大泉山似乎代表着"极左"倾向，人们唯恐避之不及。这时的高进才，好像同其他土哩吧唧的村干部一样，我甚至没想到他对我这个初出茅庐的小干部是那样恭敬，一进公社办公室门，就很有礼貌地称呼"李秘书"，当时我在打心眼尊敬老前辈的同时，心底里也顿时泛起一丝带着时代烙印的凉意。

2014年4月16日，我作为本市党的群众路线教育实践活动督导组长，随所督导的市国资委党员干部一同前往阳高县大白登镇大泉山参观。阳春时节，春暖花开。车过王官屯不久，笔直的二级水泥路向南一拐，进入了宽阔的大泉山水泥路，高低错落、五颜六色的行道树与路两边一排排的粪堆，诠释和佐证着这里"养生长寿地，生态文明乡"的绿色内涵。我们的车身在不断抬高，大泉山森林公园到了，护坡两侧的冬日枯草正在被青草所取代；一片片的油松、一片片还铺着白色塑料薄膜的鱼鳞坑在闪现；几个馒头状的山包也在眼前跳跃起舞；"绿化荒山"的红底白字大幅标语牌横亘在山腰上；沿途红白相间的水泥隔离桩连成的铁丝网，阻挡着可能闯进封闭路内的牲畜。

进到大泉山村内，路面整洁，塔吊林立，高标准的大泉山展览馆和水保站在建，还有叫不上名字的建筑也在建，一派欣欣向荣景象。山下曹庄村之南坡上，当时的阳高县委领导正带领全县机关干部职工植树，人山人海，一面面提醒森林防火的彩旗迎风飘扬。参观大泉山是市委在党的群众路线教育实践活动中的一项学习教育措施，想来参观的人当然很多，只能由市委活动办审批，有计划地组织参观。今天只来了两班人马，在参观议程中都安排了植树活动。在自带铁锹挖好

40厘米见方的树坑后,植下了一株株耐旱的油松。山坡上土质很厚,估计成活率会很高。

这次,我再次走进大泉山村当街的展览馆。我看到,大泉山治山治水的水土保持经验,正以各种形式立体展现,游客不仅能深入了解大泉山人自力更生、艰苦奋斗的事迹,还能零距离接触毛主席为大泉山村写下的按语,感悟大泉山精神的可贵。这次参观有新的发现。陶鲁笳一生情系大泉山,1995年,他专程来到阳高为大泉山题词:"牢记毛主席的教导,永远当好绿化祖国的尖兵。"那几行隽秀的毛笔字,写得真是绝了!当了10年阳高县委书记的王进,后来任山西省委常委、省农委主任。我还看到张凤林写的"挖坑打埝,修渠筑坝"八个字,苍劲有力,大气磅礴,原件就放在玻璃展柜里,当时曾被奉为治山治水、水土保持"八字经验"。而苏联专家阿尔曼德也于1957年5月19日对高进才作了高度评价,翻译成中文是:"我们拜访了劳动英雄高进才同志的家,参观了他的劳动成果,我们认为这些成果所以成为本区农民们的榜样。"文字尽管浅显,甚至有点念不通,但表达的一片崇敬之情是真的。

回来之后的4月20日,我在报纸上发表了这次植树的成果《春风又绿大泉山》。

新　馆

转眼到了2019年7月5日,我正在北京参加中国工合国际委员会常委会,接到刚刚卸任的阳高县大泉山纪念馆建设领导组组长王秀清的电话,她说:纪念馆总设计师鄢和曦先生看到"今日头条"转发了你8年前的一篇有关大泉山的文章,所以一定要联系到你。

鄢和曦，何许人也？北京清华工美主任设计师，国家一级美术师，中国美术家协会会员，中国体育美术促进会理事。曾任第十一届亚运会体育艺术展总设计师、中国登山纪念碑——"山魂"总设计师、国家体育总局办公大楼内装饰总设计师、北京体育大学和上海体育学院校园文化建设总设计师、国际乒乓球博物馆专家委员会成员。

素昧平生，未曾谋面，如此不惮周折找到我，一定是因什么事而来。我从会议室出来接电话的瞬间急速思忖：官方人员牵线，不可能是经济、社交等方面的麻烦事，因为我不经商、不滥交，概无什么纠纷。我和鄢和曦互加微信，他发来6月26日的"今日头条"，标题很醒目：《毛主席审改县委书记稿件实录，中央档案馆复制件"揭秘"（附"花脸稿"及原文）》。开头语为："今天为大家推荐的是大同市委原副秘书长李生明的一篇文章《研读毛主席修改文章的三页花脸稿有感》。资料十分珍贵，从中可以学习伟人的文章写作思维和修改技巧。希望对文友有所帮助。是为荐。"哦，原来是这么回事。鄢先生在微信里说，正是这篇文章的发表，催生了大同市委和阳高县委的决心，一定要在大泉山建一座纪念馆或展览馆。

鄢先生进一步解释说，这不是他运作的，而是他的几个学生知道他做大泉山项目，所以看到"今日头条"后立即转发给他的。

7月13日，73岁的鄢先生专程从上海飞到太原，约了一位朋友，来大同接上我，直奔大泉山。他说此生一定要见到我，他一直在思考大泉山精神的魂在何处。如果当初看到中央刊物的这篇文章，他的设计思路恐怕还会提升一步。他还激动地说，此行要协商把这篇文章放在展览馆主体雕塑背面，以显其精，以彰其魂。

到了阳高县，约上王秀清和县政协的李宝权，直奔大泉山。这次我们特意从龙泉工业园区那条笔直的水泥路上山，再次走进由昔日的荒山秃岭渐变成的植被葱茏的"绿荫地"。在一处制高点暂停，举目四眺，处处山坡郁郁葱葱，绿树如茵，山沟里也到处是树，有的地块是一片片的沙打旺、苜蓿，整个视野内的流域看不到黄土裸露的纵横沟壑，确实实现了当初"水不出沟，土不下坡""深沟变浅沟，宽沟变窄沟，陡坡变梯田"的目标。下山后没进村，沿着村外的路直奔村北新建的展览馆。

啊，如此高大雄伟、总面积 3500 平方米的标准化展览馆，令人震撼，完全出乎我的想象，这至少也得需要几百万甚至上千万元的投资吧！阳高县属于"燕山—太行山连片特困地区"扶贫开发重点县，从哪里能争取到这么多资金？讲解员说，这是一个国家部门和省里部门专项资金支持的系统性项目，阳高县启动实施了百里生态旅游长廊建设工程，专门成立了大泉山森林公园景区建设领导组，编制了景区建

大泉山

设发展规划，规划投资 1.9 亿元，逐步完成景区生态绿化工程、道路建设工程、调水上山工程、新建水土保持科技示范园、广场等附属工程、新建移民村、凤凰台景点绿化工程等 7 大基础建设和百里生态旅游长廊道路建设、通道绿化工程。哦，展览馆其实是新建的水土保持科技示范园。想起来了，前年，大白登镇的领导邀请我去一趟，我按照要求将所发表的作品复印件装了一个牛皮纸信封袋，交给镇党委书记。后来听说大泉山正在建一座不亚于大寨展览馆规模的"大泉山水土保持科技示范馆"，并已布展。

在展厅，鄢和曦先生一再强调，我那篇解读性文章是他目前所看到的最有深度的资料。他带我们走到展览馆里面，特意指着主体雕塑背面说，就把我那篇文章放大布置在北面墙壁上，从北京来的从事展览馆扫尾工作的夏先生等人都点头称是，王秀清却显得有点难为情，因为他已退休，不在其位，难谋其政。而我像一头猛然间闯入陌生领地的野驴，懵懵懂懂，只顾吃草，不知人间经纬。况且我此时的心思也不全在这里。如果说对家乡的情愫、对曾经工作过的地方的回报，我的任务和使命似乎已经完成，中办的刊物已是"天花板"了，我不可能再把文章发到更高层次上去。阳高县党史专家谢海老师当初评价《大同日报》那篇配图文章说，此文能在《人民日报》发表。我想，中办《秘书工作》与《人民日报》都是国家级别的报刊，只能二选一，不能一稿多投。在一个刊物发表了，我就不做再投别处的打算了。再说，即使把我的文章贴在主体雕塑背面，也主要为了彰显中央刊物的权威性，文章内容可堂而皇之地上墙，作者名字就不一定出现了，以免有突出个人的嫌疑。所以，在整个参观中，我只是看，对涉及个人的话题不置可否。

在看到阳高县在外有影响力的十几位名人标准像时，我在思考：

有没有必要按照行政级别展览其他人物的挂像？该不该把这些人物的像与一位在职中央领导的像放在一起？大泉山展览馆，要说不同凡响，那就是应该集中彰显一种爱国精神和绿化荒山的艰苦奋斗精神，一段水土保持的辉煌历史，其他都是从属和次要的。因为游客来到这里，就是为了学习、回顾、重温历史，感受精神，其他人物的像可以放置在另外一个合适的地方。

我在展览馆内还看到"汉高祖刘邦白登被围"的雕塑，当时有点懵，因为我在有一次上大泉山时，在村里简陋的大泉山旅游接待中心的陈列室参观时，听一位新讲解员指点着室内正中摆放的沙盘说当年的白登之战就发生在这里，当时就感到纳闷。之后经过一番考证研究，我在报刊上发表《刘邦"白登之围"之白登山究竟在何处》，我的观点是："白登之围"之白登山就是今天周士庄北水峪村主峰2144米的采凉山。而大泉山下的大白登、小白登，不应是"白登之战"的发生地。至于这里为啥叫白登，原因盖出于北魏天兴二年（399）在平城修筑鹿苑，白登山附近村庄的老百姓被迁徙到百里之外的新村叫"白登村"。元朝，在大同东的现阳高县南设白登县后，这里的土山便称"白登山"。不过，我在新馆内表现出的疑问表情，好像并未引起在场人们的注意。我当然也不能细加解释，以免冲淡主题，引起东道主和远方客人的反感和不快。即使离开大泉山，回到县城的宾馆，与县政协副主席兼工会主席韩旭等朋友聚谈时，也再未提起此行的所见所闻，而只聊一些家乡其他话题。

此后，直到今天，我虽再未上大泉山，但一直在关注大泉山。我了解到，2015年8月从北京市调到山西省的大同市委书记张吉福，先后五上大泉山，提出在脱贫攻坚战役中，大泉山应该找准脱贫切入点和突破口，走在全县、全市乃至全省的前列，让蕴含着无穷智慧与力量的大泉山精神焕发时代的光辉；大泉山村在2016年底实现整村脱贫后，现在正在向致富道路上迈进；大泉山依托红色文化资源和生态资源，开发出红色文化游、生态养生游，先后被列入山西省最美旅游村、省级水利风景区和省级爱国主义教育基地；2017年8月初，省委书记骆惠宁在阳高县调研时，实地考察生态治理成效，勉励当地干部弘扬大泉山精神，走出生态扶贫新路子，把增绿和增收更好统一起来；市政府办公室投资40万元建设覆盖全村的移动4G网络，结束了没有4G网的历史；大泉山每年累计接待游客上万人次，村集体经济不断壮大，现在正在向小康迈进……

展　望

　　大泉山是毛主席树立的一面水土保持旗帜，是共和国初期的创业年代造就了大泉山这面旗帜。大泉山先辈自发的造林绿化，引爆全国的水土保持，功在当代、利在千秋。67年来，大泉山经历了为蓄水保土而自发在山上植树造林—水土保持典型—全国旗帜—沉寂衰落—舆论呼吁—重新振作等一系列艰难蝶变的过程。具体说可分为三个阶段：从毛主席1955年撰写"本书编者按"开始，到1978年底是一个阶段。在这个阶段，全国各地的几十万干部群众乃至一些外国政要和科学家，都来参观取经。从1979年初到2007年是第二个阶段，前来参观的人数呈缓慢增长状态。大泉山在西沟、大寨适应新形势，重新出名，"红色旅游"也越叫越响的背景下，慢慢复苏了。2008年以来是第三个阶段。在这个阶段，对大泉山的开发建设规划逐渐完善，投资和建设力度也逐渐加大，在重振雄风的征途上不断迈出新步伐。

　　建设美丽中国，装点祖国河山，大泉山这个老典型仍有现实意义。

造林绿化不是一蹴而就的事，而是生生世世、子子孙孙的事。动员全社会积极参与义务植树，持之以恒地多种树，种好树，管好树，自觉珍惜绿化成果，自觉护绿、爱绿、增绿、兴绿，久久为功建设生态文明，应是永恒的主题。当前，把生态作为发展的主色，把绿色作为转型的亮色，夯实生态保护的基础，积极推进京津冀生态防护工程，全力构筑绿色生态屏障，不仅改善生态环境，而且增加农民收入，让绿水青山带来源源不断的金山银山。

参观学习大泉山，必须把握大泉山精神的核心。我注意到共产党人的精神谱系，不仅包括井冈山精神、长征精神、遵义会议精神、延安精神，也包括大寨精神、红旗渠精神，至目前已经概括出近50多种精神，而大泉山精神虽未在各个主流媒体的"共产党人的精神谱系"栏目中报道过，但它肯定也是共产党人的精神谱系中的题中应有之义。不管怎么概括，其中必须包含"绿+红"两个要素：水土保持是其生态内涵，自力更生、艰苦奋斗和毛主席精心修改"编者按"和文章是其政治内涵。具体怎么表述，期待有权威出世。

第五辑
美食飘香

谈 吃

王祥夫

中秋贴

秋天原是极为复杂的季节，从味觉乃至颜色都每每让人心惊，要人知道一年光景只在须臾。在我们那个小城，秋天的到来好像是以中秋节为标志，之前，虽已立秋，虽已是秋风瑟瑟，但人们对秋天的概念还不是那么清楚，人们尚在浑浑噩噩之中，季节的变换并不像工厂里工人们的交接班，是"踢踢沓沓"你来我走，不可能是今天一立秋，明天马上就"塞上秋来风景异"，在这个时候，夏天和秋天常常是混合在一起，人们也是单衣夹衣一起乱穿，那各种的水果也才刚刚五彩缤纷地纷纷登场。但一到八月中秋，情况就大不同了，人们都会感觉到真正的秋天是要来了，感觉到那种天地之间的肃杀之气由夜间渐渐凉起，欧阳修的那篇《秋声赋》要想读得好也最好是在这个季节读它一读。

中秋节之前，最忙的应该要数烤饼师傅，一年一次，他们出现了，往往是，一个徒弟一个师傅，或者是一个师傅带着两个徒弟，他们的出现之初，给人的印象，怎么说呢，好像他们根本就不是什么点心师傅，而是在做什么泥瓦活计。他们把砖和那种很细的黄土弄来，要砌一个烘烤月饼的炉，而砌这种炉好像是只能用新砖和黄土，新砖没有旧砖那种不好闻的气味，然后，和泥了，砌砖了。这种烤炉是不用打地基的，只在平地上铲出个长方形的浅坑，然后把砖一层层地码起来，码两三层砖，便要砌灶坑，再上去，就是"烤箱"。烤箱就像是一张大嘴，终日张着，可以让师傅把烤月饼的铁盘一次次地塞进去再拉出来，塞进去再拉出来，那时候，家家户户过中秋要吃到嘴的月饼都是给这样烤出来的。晋北特有的那种既没有馅子又没有别的什么花哨点缀的饼子，吃起来像是有那么一点点泥土的气息，甚至有新砖的气息。在山西的北部，秋天能吃到嘴的最好的月饼不是什么"五仁月饼"或"什锦月饼"，而是这种用胡麻油和红糖和面烤出来的混糖月饼，这种月饼的独特香气实际上是胡麻的香气。高寒地带的胡麻，可以长到齐人腰高，开花乃是一派幽蓝，那种蓝是男人气的，冷冷的感觉，所以更加动人。胡麻结籽有点像芝麻，但要比芝麻粒大而且亮，你抓一把芝麻放手里和抓一把胡麻放手里的感觉绝不会一样，胡麻籽放在手里感觉会流动，很难握得住，那么光亮，那么滑动，你把手指放一道缝出来，很快，它们就流走了，这就是胡麻。我不种地，分不出什么是胡麻什么是亚麻，人们都说胡麻和亚麻是一种东西，但我总觉得亚麻籽和胡麻籽不是一回事，两种籽实榨出来的油味道好像也不一样，超市买回来的亚麻籽油怎么能比得上去乡村油坊买来的胡麻油香。胡麻油的香气很独特，但你要让我说它独特在什么地方我肯定是说不上来，用它和面烤制月饼，那个香很迷人，是朴素大方而沉着。离开晋北和内蒙古靠近山西这一带，就再也吃不上这种以胡麻油烤制的月饼。一年四季，以烤制某种食物而"兴师动众"的事在晋北一年也许只有这么一次，也只能是在秋天，一家人，把面，把油，把糖都一一准备好了，还要有人去在那里排队等候，要眼看着打饼的师傅把自家的面和油还有红糖放在一个很大的盆子里慢慢和起，面被从袋子里倾倒在盆子里，然后是红糖水，慢慢慢慢倒进去，像是在进行某种仪式，然后才是汪汪亮着的油，白色的面此刻变成了棕色，面在师傅的手里慢慢变做一个大团，然后再被分做几小团，然后再把一团一团的面团揪成一小块一小块的剂子，这剂子被放在案上擀做饼，阔气一点的人家会在饼上再撒些芝麻，然后这饼便可以一排排放在铁制的盘子里放在炉里烤制了。这样一年一度的烘烤月饼，因为那香气，因为那排队的人，因为那饼炉的日夜不熄从而变得像是一桩近乎事件的大事，每年快到中秋节的时候，那打饼的师傅就出现了，他们把炉子盘起来，然后就几乎是几天几夜的不眠，炉子既不熄，香气又绵绵不绝，而那香气也绝非秋天的果香可比，是浓厚的，几乎是化不开的浓稠，等到它渐次散开消失的时候秋天几乎就要过去了，打饼师傅会把经他们的手垒起来的饼炉慢慢拆掉，秋天也就过去了。

说到秋天，好像总是与吃分不开，但实实在在秋天并不是一个只让人想到吃的季节，秋天一来，炎夏那浑浑噩噩的热就结束了，各种的花虽渐次凋零，而秋叶却又在红红紫紫斑斓好看起来，一到秋天，即使是月光和露水也都和其他季节不一样，也会变得格外清冽起来，古人喜欢以清字说秋——"清秋"，只这一清字，是既让人喜欢又让人从心底起一番惆怅，起一番淡淡的伤感。一年四季，冬去春来，夏去秋来，其实人们最难买到的是一种心情，一种情绪，一种味道，一种气韵，这原是不好说也说不明白的，美好的东西向来如此。中秋马上又要到了，真希望再能看到烤饼师傅的身影，虽然那画面，那味道，那情景已渐成回忆。但这对过去的回忆，从某种意义上讲已经变成了对以往生活的审美而不仅仅只是追忆。

说大酱

我不大喜欢日本料理，但我不反对日本料理的酱汤，上一碗米饭，泡之以日本料理的酱汤，再来一小碟日本料理的腌萝卜，不错。从小到大，我对大酱很有感情，小时候上学走得早，冬天，天总是还没怎么亮，早饭就是一个馒头上边抹点酱。东北人像是对大酱情有独钟，以鸡蛋炒酱，什么佐料都不放，吃遍东三省，到处都会有这么一口，这个酱就叫"鸡蛋酱"，以其蘸小葱，蘸萝卜，蘸青椒都好，我母亲到老都喜欢吃生鲜的蔬菜，茄子可以生吃吗？我母亲就以生茄子蘸酱，说很好，我至今仍不能习惯。老北京，家里办事不分红白都要吃一顿面，这个面一般都是炸酱面，炸酱最好要豆瓣儿酱，很少有人用天津甜面酱做炸酱。一般炸酱都是用肥瘦相间的猪肉丁儿，我在沙城吃过一次羊肉炸酱，羊肉切很细的丝，炸出的酱十分香，菜码也简单，只一样，大白菜丝，味道之好至今不敢忘。吃炸酱面，第一要义是要有好酱，但现在是好酱越来越少，好酱是要香，而不是咸。六必居的酱现在是越出越咸，咸得齁人。就酱而言，真对不起"六必居"这个堂号，希望六必居有所改进，让人们能吃到好酱。

北方人吃糕用黄米，南方人吃糕用江米，北方人把没有用油炸过的糕叫做素糕，一经油炸便不复再是素糕，叫什么，两个字，油糕。再多加一个字，炸油糕。乡下人问，皇帝老儿每天吃什么？乡下人的想象从来都是从自己的生活出发，质朴而动人，被问的人想想说道，还不就是每天三顿饭，顿顿油糕泡肉！在我们那地方，没人把油糕拿来和炖肉放在一起吃，炖肉是专门给素糕准备的，最好的炖肉叫"猪转鸡",是猪肉一半鸡肉一半炖在一起,名字怪怪的。吃油糕而同时吃炖肉不只是浪费,也没那个习惯。我的岳母擅做"酱糕片儿"。也就是把糕蒸了擫好擀平在上边抹一层大酱,然后再把它卷起来,切成"驴打滚"那样的一段一段,再把它按平,按成一个一个小饼子的模样下油锅炸,吃起来是酱香浓郁,要比别的油炸糕都好吃。这种吃法别处没有。

上海本帮菜是浓油赤酱,实际上用得多的不是酱油,而是调过的酱,如是酱油就挂不住。还有一道菜应该是宫廷菜——"榛子炒酱",离开酱也不行,这道菜实实在在是给喝酒人创制的一道佳作,是一道见功夫的菜,这道菜端上桌,榛子上和小肉丁上都要均匀地挂着酱而又不能酱作一团,这道菜吃的就是酱,酱香加榛子香,搁在一起嚼,又有嚼头又香,下酒妙不可言。这道菜又叫"炒榛子酱",是左右离不离酱字。这道菜的难做还在于榛子一炒就容易裂,这道菜要好,端上桌的榛子必须一颗是一颗。

在内蒙古吃手把肉,蘸料里往往有一碟子酱,当然你也可以蘸盐,但你就是不能蘸酱油,沥沥拉拉不好看,酱好就好在能挂得住。我炒茭白,火旺油大,出锅时我喜欢挂一点稀酱,这道菜油当然要大,现在动不动就讲为了健康而要少吃油大的东西,殊不知中国菜讲究的就是油大火旺!油要小了,有些菜就没有吃头。炖兔子肉,没别的要诀,就是要油大一些,到最后汤几乎快要收干的时候就靠油把兔子肉在锅里慢慢炙一会儿,味道会更好,如果没油,白水煮兔肉,会好吃吗?有些肉是要白水煮,如羊头肉,如手扒羊肉,就不能搁一点点油。

古籍上载"做酱恶闻雷",这个恶闻雷也就是怕下雨,晒大酱的时候赶上一阵子雷阵雨,盖都来不及盖,有时候一缸酱就坏了。《随园食单》上说的秋油,就是酱油,酱缸里的大酱晒了一夏,立秋过后出的头道酱油就是秋油。酱油最早当然是大酱的副产品。酱猪肚、酱肘子、酱肉其实用的都是酱油，说是酱，却是很少用大酱。我不喜欢吃肺子，口感不好，但酱猪肺我还能勉强吃一两片儿。吃卤煮火烧，里边的肺子我会全部都挑出去。我在这边挑，朋友在那边说，肺是用来出气的！大肠可是用来装那个的！他的意思我当然明白，我对他说：各有各好！我宁愿吃装那个的！我吃过各种酱过的东西，但我就是没吃过酱大肠，整个中国，从南到北，不知道有没有这一口？如果有，我想一定不难吃，说不定要比酱肚儿都好。凡酱过的东西一般都挺好吃，对大酱有意见的人我还没见过！

倚炉吃烧饼

说到烧饼，好像真是没什么好说，太普通的东西往往没什么好说。

烧饼这种东西好像到处都有，但各处的烧饼又都不大一样。那年在新疆，到处可见卖馕的，一摞一摞摞老高，拿一个过来用手指弹弹，"嘣嘣"作响，吃这样的馕得有好牙口。同去的一位朋友说"馕"这个字肯定是译音，是什么意思就不好说了。另一个朋友对他说，那还不好说，馕就是烧饼！这个朋友的说法我只同意一半儿，馕肯定是饼，但它好像不应该是烧饼。我们那地方的烧饼是发面的，当然馕也要发面，但烧饼的个头要比馕小得多，但厚，而且是鼓鼓的，有两指那么厚，论个头儿，我们那地方的烧饼又要比北京的芝麻烧饼大得多。我们那地方的烧饼，竖着拉一刀，在里边夹几片猪头肉吃起来真是香。烧饼最好是现烙现吃，一出炉，还烫手，左手倒右手，右手倒左手，就这么一口一口咬着吃才香，两边的皮是脆的，中间的饼瓤既松且软，如果一凉，或者一捂，这烧饼不好吃了，烧饼两边的皮不复再脆。南方的蟹壳黄就这么个意思，也要现烙现吃。烙饼这东西，一般在家不做，也没法子做，家里只能做烙饼，发面饼有那么点意思，但不可以和烧饼相比。说到烧饼，我马上就会想到那种用毛巾做的袋子，两条毛巾先从下边缝在一起，两边也缝好，然后在上边的口部缝一圈儿再穿一根带儿，这就是个口袋，好像是话剧《霓虹灯下的哨兵》就有这个东西，当然是道具，是赵大大的道具还是春妮的道具我已记不清。这种口袋一般都是用来放食品的，以其放烧饼最好，不会把烧饼捂得说软不软说硬不硬。小时候我曾请母亲给我缝过这么一个手巾袋，放喝水缸，放馒头，挺好。小说家刘庆邦总喜欢背个小书包，军绿色儿，吃过饭，因为喝了酒，总怕他走不好，把他从饭店里送出来，眼送着他，小书包就那么一晃一晃，人一会儿就走远了，我总想，他那小书包里都放的是些什么东西？下次见，一定要问问。但下次一见面，还没等问就又喝多了！我喝酒是气势汹汹，庆邦喝酒是慢条斯理，要认真比试，我恐怕喝不过他。再说那种毛巾口袋，是既不能背，又不便提，是要把它掖在裤腰后边就行，不影响做事，现在很少能看到这种毛巾做的口袋儿了，如果以前看到谁拿着这么个口袋儿，不用问，里边放的肯定是干粮。

我喜欢站在烧饼炉子边吃烧饼，那年在榆次，我忽然看到了有人在那里打烧饼，我过去买了一个就站在那里吃了起来。朋友说，你怎么可以站在这里吃？我说我怎么就不可以站在这里吃。要吃回宾馆，朋友又说。我说要是拿回宾馆吃，它就不是烧饼了。

我们大同最好的烧饼铺子，不对，好像不能叫烧饼铺子，因为打烧饼的就只那么一个炉，一个案子，两个盆，一盆是发好的面，另一个盆里是打好的烧饼。这样的摊子总是支在人来人往的路边，卖烧饼不用吆喝，但你能听到擀面杖不停敲打的声音，这也是一种吆喝。烧饼摊子一般都和卖馄饨、卖豆腐脑的搭配在一起，这边买一个烧饼，那边再来一碗馄饨就是一顿早餐。我们大同最好的烧饼是在下华严寺的门口，是那么一个很小很小的棚子，打饼师傅就在里边打他的烧饼。每次从那地方路过我都会买一个烧饼吃，站在那里吃。我觉得那地方最好再有一个卖猪头肉的摊子，这样的烧饼夹几片又黏糊又香的猪头肉真好。

天津的烧饼比较薄，夹油炸小河虾吃也很香，但有那么点儿扎嘴，夹油炸蚂蚱也一样，天津的蚂蚱比虾还大。但我没用天津烧饼夹过猪头肉，再说也夹不住，太薄。北京的芝麻烧饼又太小，两口一个，吃的时候要用手在下边接着，怕浪费芝麻。

糖干炉与黄烧饼

我比较喜欢北京的小吃，每次在北京小住都要抓紧时间喝豆汁吃麻豆腐，麻豆腐一定要羊油的那种，味道才厚重好吃，吃麻豆腐最好要喝一点点北京二锅头，外边再下那么一点小雨，对面有一个与你有同好的好朋友，简单一句话，北方菜一般来讲合适配烧酒之类的醇酒。如吃川菜，能够压得住那个阵的，还必须要五粮液茅台来出面场面才能稳定。我个人是汾酒主义，三大名酒，茅台五粮液汾酒，我是首选汾酒，汾酒入口醇烈，往往令人精神为之一振！西凤也颇获我心，还有河北的衡水老白干，67度的最佳！是立竿见影的酒！一口下去，全身都有感觉！北京的小吃中，炒肝儿、卤煮火烧、煎灌肠、驴打滚，没有我不喜欢的。我在饮食上是民间的，不大讲究排场，但要对口味，比如我现在在家里经常做给自己吃的一道菜就是干烧大肠，大蒜、大葱段，极辣的辣椒，大火猛炒，极能开人胃口，要的就是大肠那股子特殊的味道。我去上海，朋友说要请我吃一道很好的上海本帮菜"草头圈子"，说是恐怕我不喜欢，及至端上来，不禁令人大喜，什么草头圈子，是大肠啊！只是做得太"儒雅"了些，装盘功夫好，但味道远不如我自己做的那么刺激人！

　　北京小吃中有一道点心是豆馅儿烧饼，外皮焦脆，内里却松软好吃。在北京吃早点如不吃豆汁，早上则可以点一碗豆腐脑，再来两个豆馅儿烧饼，就一小碟乌黑的"棺材板"老咸菜足矣。说到饼，全国各地到处都有，而在山西北部，怀仁的糖干炉和灵丘的黄烧饼则十分好。糖干炉是中空的饼子，烙制这种饼子必须要是红糖才好，红糖和白糖不一样，红糖有股子特殊的甜味。糖干炉是要烘烤，要两面鼓起，

灵丘黄烧饼

美食飘香 / 573

用手一拍即碎，吃的时候要就着一个盘子，要不碎渣会掉满地。糖干炉是怀仁的名品，我的朋友张存平上次从怀仁来携一盒子过来，我细细地吃了好久。我想现在的饮食这么丰富，只糖干炉这一小吃，为什么还能如此让人怀念，味道为什么还能如此醇厚，可能是用料上绝不与其他饼相雷同。首先是胡麻油，在南方，很少有人说到吃胡麻油，也不可能有，南方所说的麻油是香油，而胡麻油的特殊香气非其他油类可以替代，做月饼，晋北和内蒙古一带的红糖月饼便一定离不开胡麻油，用别的油做，出来的味道就不是那个味儿！糖干炉之所以能久吃久好，道理所在就是它的用料。为了健康，有人主张吃低糖食品，把本来很甜的东西做得没一点点甜味，我个人反对这种做法，你的健康不允许你吃甜的，你大可以不吃，糖干炉如果不甜还叫什么糖干炉！还有就是灵丘的黄烧饼，如在中原一带，或再往南，说到烧饼一定是厚实，厚墩墩像个小鼓才行，而灵丘的黄烧饼是薄，薄薄的，且又十分脆，黄汪汪的，吃的时候也一定也要接个盘子才好。最好的吃法是，先在盘子里把饼切成小一块儿一小块儿，然后再吃，吃早点，两个薄薄的黄烧饼，一碗小米粥就挺好。黄烧饼的特点也是甜，慢慢地吃，慢慢地嚼，那种特殊的油香渐渐从齿间出。黄烧饼不是烤制食品，是烙制，上口酥香，糖干炉则是耐嚼，这两种饼都是要以品的功夫去对待，如若风卷残云般地吃，是不得要领。饮食不光是为了填饱肚子，更重要的是要你慢慢去领略。糖干炉和黄烧饼从什么时候开始有？有心者可以访耄耋于乡野，查资料于野史稗抄。说到保护民间文化，我以为，饮食方面还没有引起更多的注意。我们经常说到"改进"二字，其实，许多东西并不需要改进，而是要死死地固守才是。多少年来，我们是改进的太多而固守的太少。在民间文化日渐消磨的今天，你才会知道固守是多么不容易。

石涛说过一句话，是笔墨要当随时代，这是他的主张，而我的主张是笔墨不必当随时代！有当随时代的改进，有不随时代的固守，这样才会全面好看！民间的糖干炉与黄烧饼我认为不必改进，就要那个味道！你爱吃就去吃，不爱吃可以去吃比萨或海鲜馅饼！这是艺术法则，也是生活法则！唯此，生活才丰富！

关于小米

小米学名叫"粟"，黄米学名叫"黍"，许多人都分不清"粟"与"黍"。

黍在历史上的地位好像是要比粟高，古代做尺必离不开黍，十粒黍头对头排起来就是一寸，黍可以参与度量衡的制定，真是不能让人小瞧。而小米在生活中似乎要比黄米更重要，北方人，几乎天天都要喝粥，喝粥就离不开小米，坐月子女人，小米粥更是首选，早上一顿，中午一顿，到了晚上再来一顿。好小米熬出粥来是一派金黄，闻着也香，和大米完全不一样，大米熬粥就"棺材板"咸菜，再来两根油条，是北京的平民早餐，当然更北京的是豆汁焦圈儿加老咸菜。豆汁好喝吗？好喝，到了北京我天天都要喝豆汁，但豆汁再好都不可与小米粥同日而语。

我直到现在都不知道除了中国人，其他国家的人喝不喝粥，西餐中肯定是没有粥，在日本，好像也没有，韩国，好像也不知粥为何物。说到粥，北方的粥和南方的不一样，北方的粥简单，要变个花样也不过在粥里加些红小豆或绿豆，或者是和山药一起煮，喝山药粥。山药粥很好喝，黏黏糊糊，喝的时候还要炝些葱花儿在里边，很香。冬天我是要喝这种粥的，晚上，不吃别的，煮一锅山药粥，外边下着雪，

谷子

屋里人在喝粥，直喝出一脑门汗来。那年我去天津看望孙犁老先生，老先生说起当年在山西大同、繁峙养伤喝小米粥，尤兴致勃勃。

　　小米在五谷中最养人，身体弱的，大病初愈，都要靠小米粥来调养，没听过用大米来调养的。南方也好像不种小米，在南方，喝小米粥是一种讲究，不是生活中的常规性饮食。说到小米，再早，最有名的是山西沁州黄，产量极低，好像是只有面积很小的一块山坡地上出产的最好，煮出粥来颜色金黄，上边结一层"油皮"，口感特别滑爽。这样的小米当地人都不舍得用来吃稠粥，小米稠粥是干饭，但又和大米饭不一样，是黏黏稠稠的一团，临出锅要用勺子不停地搅，是搅做一团。小时候吃小米子稠粥，每人碗里放一块，然后趁热在碗里一颠一颠把它颠成个圆球。吃小米稠粥，菜码应该是山药丝老咸菜丝拌的凉菜，这凉菜又必得胡麻油炝几粒花椒才好，没听说过吃小米稠粥而吃炖肉，或炒一盘过油肉。小米还可以做捞饭，捞饭好像没小米稠粥那么好吃，小米捞饭好像是要有酸菜做菜码最好，也不宜大荤。所以说到小米是最最平民化的，说平民化好像也不对，大富大贵者也离不开小米，一句话，好东西谁都喜爱。

　　河北遵化的小米也好，颜色金黄不说，最好的地方是下锅十分钟就好，十分的黏稠滑溜，年年有人从河北往过带他们的小米。说到喜欢，我最最喜欢河北遵化的小米，因为它不浪费时间，很快就能喝到肚子里。但要说到好，广灵的"东方亮"却非其他小米可比拟。广灵东方亮小米经熬，粥熬好，喝到嘴里滑爽有加而米粒尚在，真正是粥的至高境界！如果喝小米粥，而不见米粒，那可能与玉米面糊糊差不多，北方人把用面做得近似于粥的饭叫"糊糊"，如果小米粥熬到跟糊糊一样，虽然小米的味道尚在，但已经不是粥，东方亮小米好，好就好在喝粥的时候米粒尚在，口感之好真是可以用"珠圆玉润"四个字来比方。

　　粟的另一个名字叫谷子，凡是中国人，几乎没人不知道谷子的。谷穗很好看，给人以沉甸甸的感觉，水稻和黍子都没它这种风度，高粱也没有，只有谷子，沉甸甸地垂着，在秋风里晃来晃去，给人以喜悦。谷子收割下来，不褪壳儿好像只能叫谷子，一旦褪皮，就只能叫小米了。在乡下，总是什么时候吃什么时候才褪皮，这么做，总能喝到新鲜的小米粥。小米有新鲜与不新鲜之分吗？当然有，刚褪皮的小米那个香！怎么比方那个香呢？还不好说。但就是香，如果是新鲜的东方亮小米，会更好，珠圆玉润的口感之外再加上小米独特的香。

　　我喜欢小米！更喜欢东方亮小米！

　　去年，印度朋友到我家我给他熬小米粥用的就是东方亮。后来与他再在北京见面，他还没忘掉那碗小米粥，他对我说，什么时候再到你家喝东方亮饮料？我笑着告诉他那是粥而不是饮料。在印度，可能也不喝粥，但我不知道他们那边有没有小米？金黄金黄的小米！

我的大同味道

赵佃玺

　　我出生在塞北的一个古城，也长在这座古城，这里，不算很大，但也不小，她承载了我人生至今的浓浓记忆。她是北国之锁钥，三晋之门户，京师之屏障，她有着独一无二的位置，她是大魏之都，辽金西京，明代王城，清代晋商通衢，她有着令人傲赞的历史。

　　地上文物，华夏一流，云冈大佛巍峨耸立，悬空寺巧夺天工；她拥有着丰富的文化资源：塞外风光、古城

威严，在这里可以饱览；走街串巷、鳞次栉比的民居，在这里可以体验；淳朴民情、风物荟萃，在这里可以展现；烈酒羊肉、宫廷御膳，在这里可以品味。她有一个美丽的别称"凤凰城"，也是塞上的明珠，她是我的家乡——大同。

味道是一个人对家乡最深刻的记忆。我的大同味道是黄酒的醇，是羊肉的鲜，是黄芪的苦，是陈醋的酸，是莜面的香……是这座城市浓浓的味道，是2300多年历史造就的独一无二的城市味道。

魏都京华

公元398年，大同成为北魏王朝的首都，她叫平城。巍峨的京都，吸引来不少的人口，平城人口150万，这些来自各地的人们，让大同的美食与异地融合。北魏王朝是草原上的王朝，牛和羊是饮食文化中不可绕过的话题，"羌煮貊炙"的饮食风俗流传至今，形成了塞上高原一道道的美食。

其中什锦火锅和涮羊肉成了有名的食品。平城城里的火锅可谓花样齐整：北郊的羊肉，东郊的黄花菜，南郊的豆腐……在锅里翻上几翻，捞上来，蘸上芝麻酱、酱油、香油、芫荽、韭菜花等佐料，味香扑鼻。数不胜数的平城特产打造了荤素爽口、不腻不淡的火锅盛宴。不管是入锅的菜品还是盛菜的器皿，老一辈的平城人都十足的讲究。

北魏的制铜业由来已久，有浑源李峪出土的战国青铜器为证，这火锅尤以铜制为佳，龙凤铜火锅最为闻名。泛着金紫色的铜制火锅，下面是烧得火红的木炭，锅内码着各式的菜品，在秋冬之际品上一口，真可谓是"平城涮羊肉，永远吃不够"，神仙也愿常住在平城。

辽金辉煌

平城作为京师的辉煌一直延续到辽金元时期，平城在公元 1044 年改名为西京大同。过百万人口的城市，逢年过节到处都是一副热闹之景。春节时分是一年中美食最盛行的时候，腊月二十三的各式麻糖，二十五的传统花馍，不仅好吃，而且还带着妈妈的手艺技巧。

辽金博物馆展出的城南出土辽金宴饮图，足以显现出当时盛宴的辉煌。那高瓶碗盏的餐具，那厨师忙碌的景象，以及像模像样的食客，还有清风摇曳的酒幌以及胡娘的招待，都显示了当时大同的餐饮味道。

正月十五旺火冲天的时候，品着黄酒，吃着烧肉，好不惬意！六月六是西京大同最美好的时节，登高之后，来一盘"西葫芦熬羊肉"，那是何等惬意悠闲呀！七月十五祭祖先，捏面人，进了八月初，满街满巷都是打月饼的灶火了，西京大同的混糖月饼满城飘香。留下了"七月十五捏面人，八月十五打月饼"之说。

每一个传统节日下的美食，都是西京大同人最传统的习俗，都是西京大同府百姓的智慧结晶。

明清繁华

大同不仅有着塞北的粗犷，也有着江南的精致。明清时期的大同虽然已经褪去了作为京都的繁华，但是一代王侯的封地也不容小觑。明朝开国皇帝朱元璋的第十三子朱桂被分封为代王，其封地就是现如今的大同城。代王朱桂生活奢华，王府建筑堪比故宫，号称"天下第一王府"。王府门前的一座九龙琉璃照壁，形制规模宏大，号称"天下第一龙壁"。

如此王府的膳食也一样可与宫廷媲美。凤趴窝、百叶烧麦，各类小食甜点也是王府广膳坊的拿手绝活。大同的美食之美不仅仅体现在名字上、味道上，还体现在背后的故事中。久盛楼（后改为凤临阁）美食的背后，有正德皇帝与凤姐游龙戏凤的佳话；宫廷膳食康熙爷的艾窝窝中，也含着大同传统的美德的故事；"天下第一烧麦"慈禧太后的百花烧麦背后，也有着令人难忘的历史。

北京紫禁城的御膳房，网罗全国各地的山珍海味，其中就有一道美食来自大同。艾窝窝是明清时期大同百姓家再常见不过的一道主食了。康熙三十五年（1696），康熙皇帝亲征厄鲁特蒙古噶尔丹部后，回归时路经大同。次日康熙帝只带随军大臣马思哈和将军莎布微服出巡，一览大同美景。时值旧历隆冬，行走了一日后，皇帝已觉腹中饥饿。正巧行至一户村民家，见一老妇正在制作糠菜窝窝，他觉此味甚香，便向老妇要了一个吃了起来。后来康熙皇帝回到北京，专门传来那做窝窝头的老太太，让她如法炮制，但康熙皇帝这时吃起来却觉得苦涩难咽。老妇人便讲了一句话："饥饭甜如蜜，饱饭蜜不甜。"康熙帝听后十分感动，因此，御膳房便有了艾窝窝。

金凤卧雪原名凤趴窝，在代王朱桂的广膳坊时已经发展得十分成熟，是大同府的一道名菜。当年慈禧太后西逃至大同巨乐堡，正巧外面飘雪，李莲英便对太后谄媚道："老佛爷，这是好兆头——金凤卧雪呀！"慈禧太后竟因为这句话就立刻要到这"金凤卧雪"的地方。李莲英就承诺到了大同府去找。等来到大同府时，慈禧便立刻命人制作那"金凤卧雪"。颜色透红形似金凤的炸鸡下是大同粉条和煮鸡蛋，再配上一些油炸豆腐，真可谓凤凰展翅，傲然雪上。金凤卧雪的鲜香让慈禧太后遗忘了北京城里所遭受的耻辱，她又恢复了如宫中一样的奢靡作风。

大同市井

  大同是用粗粮喂养起来的城市，莜面、黄米和山药蛋等杂粮是老大同人一展身手的绝佳食材。先说说这最具大同风味的莜面。你要是想品尝到最好的莜面盛宴，人们会告诉你应该去北郊，那里的莜面不仅质地纯白而细腻，那各种吃法也让你应接不暇。和好的一团莜面在手指和刀片之间变成了刨花状的莜面窝窝，整齐地码在蒸笼之中；在面板和手掌间就变成了莜面条条，粗细匀称地放在那里，在热气腾腾的蒸锅蒸出之后，将调好的花花菜或羊肉汤淋上，包您吃得连路都走不动了！

  "三十里的莜面，四十里的糕，十里的荞面饿断腰"。每逢生日、婚礼等重大喜事，每个大同人记忆最深的总是那口儿包着不同馅儿的油炸糕。将蒸好的冒着丝丝热气的黄糕，手上沾满麻油，揪成剂子，包上拌好的馅料，放到熟热的胡麻油锅里，看着黄糕在油锅里翻滚，总是感到由内心散发着属于家的安宁。

  再看看那老大同的市井香味，四大街上的各类小吃多得令人咋舌。"攉杏干子汤嘞！"这是老大同的吆喝，夏天听到这个，小孩子总会乐不可支，这是冰水儿，是过去老大同的"星巴克"。旁边的铺子就是枣糕，红色的枣泥，金灿灿的糕，一层码一层，真是忍不住地想来上一口。

  每当夜幕降临，卖开锅豆腐的就挑担而过，一碗豆腐汤，再加上个油旋儿或者烧饼，对于干苦力活的人来说便没有不知足的地方了。如今的薯条和汉堡虽然满街都是，但绝不如过去大同的熏肉套大饼，有着扑鼻麦香的白皮饼，中间夹的是经过老汤煮制、受过松树末或果树末熏烤的头肉，白里透红，色味俱佳。

  如今大同城虽已没有了回荡在大街小巷的叫卖声，见证过历史更迭的亭台楼阁也被岁月带走，多年后归家的游子记不清曾经的老大同样子。但在品尝到小区门口的那碗刀削面时，闻到自家蒸的黄糕出锅的香气后，就知道这是大同，是地道的大同味道。

打小长在这座塞北古城的我，爱着这方土地，爱着这些人，更爱着黄酒的醇，爱着羊肉的鲜，爱着黄芪的甜，爱着陈醋的酸，爱着莜面的香，爱着这座古城所承载着的历史回忆，爱着我的大同味道。

新时代风情

大同古城，遍布着各式各样的饭店。有"刀削面""黄糕炖肉""羊杂割""鸡杂碎""牛棒骨""五香兔头"……这些外地人欣喜的味道大同古城里到处都有。

大同的味道飘着浓浓古城的特有香味，因为它是从远古飘来，2000多年前的烤肉味和四面八方的饭菜香，包括了各民族饮食融合的"炖、烩、煮、熬、煎、涮"特色。

有着600年历史的"凤临阁"、从齐鲁大地走来的"济南春"，还有"迎宾楼"是百年的老字号楼上楼；"积德钰"的大杂、"刘老醯"的陈醋、正德皇帝的"百花烧麦"、康熙皇帝的"艾窝窝"、慈禧太后最爱的"金凤卧雪"……如今，大同饮食汇集了中国所有的菜品，还有那洋快餐的丰盛。"大同宾馆"接待了周总理和法国总统；"花园大饭店""弘雅"是改革开放后的领军人，诸多顶级的饭店享誉华北。京大高铁的开通，大同的风味将带到北京，带到全中国，带到全世界，大家都来品品大同的味道。

大同老火锅的江湖记忆

贺英

据说，世界上只有两种人，一种吃火锅的人，一种不吃火锅的人。而在大同，这个区分也被模糊掉了，几乎没有不吃火锅的人。老人们说：火锅，吃的不仅仅是食物，更是团聚一起的氛围；年轻人说：你可以不吃你讨厌的，但火锅里一定有你喜欢的；生意人说：没有什么事是一顿火锅解决不了的，如果有，那就两顿！文艺青年说：世界上最孤单的莫过于一个人吃火锅；大厨说：从来没有大同容不下的美食，从来没有火锅装不下的食材……

被称作美食城的大同，哪条街上没有火锅店？哪家大酒店敢没有火锅这个项目？哪个餐饮大佬敢小看火锅这个招牌？大同美食的半壁江山，一定是倍感温暖、自由、亲切的火锅。围炉聚炊欢呼处，百味消融小釜中。不拒荤腥，不嫌寒素，用料不分南北，调料不拒东西，呼朋唤友，围于一桌，挤坐一起，共食一锅，各取所需。热气升腾之间，暖意与柔情便让人沉醉其中。

火锅的起源众说纷纭，说是三国时期的铜鼎演化而来，也说是始于东汉，也说是蒙古人煮食牛羊肉而来……而大同风行铜火锅，却是因为铜器业的兴起。"五台山上拜佛、大同城里买铜。"老大同人的记忆里，一定记得院巷街，从清远街钟楼向南的这条街，自古是大同铜匠的天下，叮叮当当，从铜匠铺里传出的声音，响了几百年。不到两百米长的小巷有十几家铜匠铺，精湛的铜器制造、錾雕、焊接技艺，让大同铜器名声在外。大同的铜火锅"九龙奋月"曾作为国礼，于1973年送给访华的法国总统蓬皮杜。自古大同人喜欢用铜器，铜锅、铜盆、铜勺，但大同人最爱的还是铜火锅。

有着悠久历史文化的大同城，早已融合了农耕文明与游牧文明，市民的生活不仅精致细腻，更注重仪式感。老大同人过年在吃食上的仪式感更强烈。铜火锅作为过年过节最重要的吃食被符号化。老大同人的火锅，一定是那种锅口阔圆、炉膛宽深、火力强劲持久、亮闪闪的铜火锅。锅里放着招待至亲的好

厚重的大同老火锅

菜好肉，那是大同人的待客之道。也是这一锅热气腾腾的火锅菜，让我们更真切地认识这座古老的城市，更真切地品味她豪爽、包容、大气、和谐的气质……

老大同铜火锅里最有名的当属什锦火锅。这种吃法成于元代，锅底加木炭，锅内注高汤，色彩斑斓、荤素搭配的火锅菜，是记忆深处的老味道，经年流转，不曾减淡……据说，什锦火锅15种食材缺一不可。无论从颜色、营养价值，还是荤素搭配上看，都是完美组合。老大同人特别讲究，什锦火锅装食材的顺序也是必须遵循老法。黄焖排骨、丸子、冬瓜、娃娃菜、贡菜、黄花、韭黄、韭菜、油菜、虾、松茸、肥牛、牛肚条、竹笋片、小烧肉依次摆入锅内，最后点缀辣椒。这道程序叫装火锅，之后将特制的肉汤注入锅内。炉膛放入木炭，肉汤煮沸，排骨酥烂、肉丸香醇、汤汁鲜美、香气扑鼻，这便是一道正宗的大同美食了。尤其是大年晚上，全家人围坐一起，在满桌美酒佳肴的烘托下，老火锅端上来，热气氤氲中你看得见亲朋好友的笑脸，你闻得到妈妈为全家做的美味，你听得到杯盘碰撞的欢歌笑语，这才是美食带给我们真正的意义吧？它何止是口腹之欲，它更是你整个成长的记忆……人间烟火味，最抚凡人心。对大同人来说，能承载起这座塞上古城的记忆的非老火锅莫属，老火锅融进了四合院里那热闹非凡的家长里短，万家灯火下老少团圆的天伦之乐。

在大同火锅这个江湖里，也分着各种派别。除什锦火锅外还有港式分餐火锅、重庆火锅、海鲜锅、羊蝎子锅、菌锅……花样越来越多，传统吃法、新派吃法，摆的样式千差万别，涮到锅里的食材多种多样，一口不大不小的锅，却装下了一个宇宙。在大同，更有回民火锅与汉民火锅之分。不同的民族、不同的饮食习俗，在这个沸腾的锅里是千差万别的。当汉民将排骨、猪肉丸子放进锅里时，回民饭店则以大块牛肉替代，在食材上与汉民的什锦火锅大相径庭。

在大同四大街八小巷，到处有亮闪闪的铜火锅摆在店门口招揽客人，一年四季，火锅店的生意从不因季节而受影响。对老大同人来说，好吃的火锅店耳熟能详：鼓楼东街老火锅、老大同饭庄、九龙、明月轩、穆家寨、凯鸽火锅、老孙家、银鼎、秦妈火锅……街上随便拉住一个人，都能数出10个以上的火锅店。有时候不得不怀疑，成都火锅、重庆火锅虽占着大半个中国的火锅江山，但似乎在大同仍然是大同老火锅一统天下。老大同铜火锅牛羊肉、肥肚肠、海鲜、菌菜一锅装下，山珍海味、时菜河鲜，来者不拒，融汇出大同独特的火锅文化。

老大同人从未忘记，老火锅给了他们独特而丰富的人生体验，热气腾腾、香气四溢，无论你的锅里放着什么、你的筷上夹着什么，围在一起吃火锅的人，不是家人便是伙伴，不是兄弟便是朋友，温暖之感、归宿之感、亲切之感早已超越食物本身，成为舌尖的记忆。

苦荞的光芒

匪马

诗人王占斌在诗歌《像民歌一样行走》中赞美了家乡的荞麦：

三十三棵荞麦是我蛰伏在村庄的
三十三个弟兄。身材矮小，一脸焦黑
厮守着辽阔天空，习惯于畅想湛蓝

三十三棵荞麦兄弟将干旱植入清贫的身躯
仰天发出苍白的拷问，有如我游走的灵魂
一束偶尔的闪光露出了闪电的肋骨！

我想，诗人赞美的荞麦一定是灵丘特有的苦荞了。

大同灵丘，地处东南一隅，自古苦寒，九分山水一分田，海拔高，日照短，十年九旱。苦荞这种作物，偏偏喜欢在干旱凉爽的丘陵山坡生长。灵丘苦荞，品种优良，中国知名，就是在亚洲乃至世界，名头也端的响亮！

灵丘苦荞，黑灰色的色泽，三道道疙棱，相貌丑陋，品相一般，但它是灵丘人从生到死不离不弃的宝贝！婴儿呱呱落地，枕的是荞麦皮枕头，睡的是荞麦皮褥子，清凉去火尿不湿。辞别人世，街门口点燃枕了一辈子的荞麦皮枕头，青烟一缕昭告天地祖宗。大旱年景，坡梁荒田里撒上几把苦荞，就是救命的口粮。感冒难受发炎上火，吃一碗苦荞凉粉，苦荞味苦，消炎去火降三高，是"穷人的四环素"，是药食同源的天然绿色食物，一碗苦荞凉粉下肚，病也去了大半。

夏天，苦荞开花时节，几场连阴雨后，白白粉粉细碎的小花，突然绽放在层层坡田上，成片的苦荞高上云端，远远地望去，像一匹匹朴实简单的织锦。微风吹过，一片片飘满了雪花的海洋，起伏着，涌动着，荡漾着苦荞特有的略带着苦味儿的清香。灵丘有一首民歌，歌里唱道："三十三棵荞麦九十九道棱，小妹妹干好是人家的人！"苦荞生长的地方，就有比苦荞还要苦的日子，流淌着辛酸苦涩的眼泪，也会有一双双毛眼眼照着哥哥的悲欢离合！山西的作家知道荞麦，懂得荞麦，写过不少关于荞麦的文章，巧的是，房光、曹乃谦、毛守仁都创作过《三十三棵荞麦九十九道棱》，题目居然一样，应该是文坛逸事！

初秋时节，苦荞成熟了，它的茎秆由紫红变得黑红黑红的，深绿色的叶子打着半枯的卷儿，黑灰的种籽不再遮遮掩掩。一场小雨后，苦荞水淋淋湿漉漉的，三苗两苗轻轻地拔起，趁着湿乎劲儿，或背或拉拿回院子，堆在墙角屋顶，慢慢地晾晒。冬天到了，玉米谷豆收拾好归仓了，想起了苦荞，就让女人石碾上甩，抡连枷打，打整得干干净净，倒入小缸大瓮，雪花飘下了，一年的营生算是忙完了！

灵丘人种植苦荞，喜食苦荞。苦荞食物种类繁多，做法大致有以下几种：苦荞面条、苦荞面饺子、苦荞面菜团子、苦荞面饼子和苦荞凉粉。苦荞面灰绿灰绿的，不如小麦黍子筋道，口感苦涩，做面条、饺子、饼子时要掺入大量的白面才能做得成，才能下咽，有一定的技术含量。羊肉胡萝卜馅的苦荞面饺子是灵丘特色小吃，但灵丘人最喜欢吃的是苦荞凉粉，苦荞凉粉和黄烧饼，是灵丘美食的金字招牌。

　　说起来，苦荞凉粉做法极其简单，就像做普通的糊糊一样。先把苦荞面用冷水在盆里搪好，倒入烧开水的大锅里，最好是拉风箱烧柴火，一人拉着风箱掌握火候，一人用又粗又长的六道棱筷子或枣木拐子，顺着一个方向挨着锅底，使劲搅动，有时稀了还要往锅里均匀地撒干面，搅得愈费力，做出的凉粉愈筋道。如果搅动苦荞糊糊时偷懒耍滑怕烫手，功夫不到，凉粉肯定不筋道利索，弄不好锅底焦煳冒烟了，糊糊还没熟透。这样做出的凉粉就有一股煳粑味儿，不过也有人最喜欢吃煳粑了的凉粉，俗称"凉粉猴儿"，所谓萝卜白菜各有所爱。10多分钟后，苦荞面糊糊搅熟了，一勺勺舀出，晾在盆盆碗碗盘盘碟碟里，也可以像做玉米凉片一样，薄薄地抹在水瓮上，晾冷后取下，或细或粗地切成条块状，浇上用酱油、老醋、葱花、姜末调成的汤水，爱吃辣椒的搁上红红的油泼辣子，就吸溜吸溜地吃开苦荞凉粉啦。

　　苦荞凉粉儿是小吃，不能当正经主食来吃，小时候家里吃苦荞凉粉儿，一定要熬上锅红豆稀粥，有冷有热，炕上一圈大山药，蒸点玉米窝头，切一盘咸菜疙瘩，这样就凑成一顿丰盛的午饭。

　　灵丘人爱吃苦荞凉粉，卖苦荞凉粉历史悠久。民俗专家、灵丘籍文人邓云乡先生，在《荞麦面》一文中写道："卖苦荞面凉粉多在夏秋之交，山镇空气清静，夜似凉水，一灯如豆，繁星在天，一弯新月，遥挂黑黝黝山影上，手捧凉粉碗，边吃边看，此时此景此味，终生难忘了！"描摹了儿时吃凉粉的情景，字里行间流露出怀乡的伤感和淡淡的诗意。

卖凉粉、吃凉粉是灵丘的一大风景。公园里、柳树下，常见一堆人或坐或站，聚在一起品尝苦荞凉粉。卖凉粉的人坐在马扎上，左手托着放凉粉的小碟儿，右手轻拈一个细细长长的柳叶小刀，飞快地划着小小薄薄的粉坨儿，未划开的凉粉，巴掌大小盈盈一握，圆圆润润颤巍巍的形态，分明是秋夜里悬挂在高天惹人爱怜的满月，碧绿碧绿的颜色，如阳光下的荷叶。凉粉小刀水波一般舞动，划得极其飞快，唰唰唰，合辙合拍，音色清脆，简直是柳叶飞刀，看得人眼花缭乱。变魔术似的，刀刀无痕，凉粉坨儿被轻轻划碎，放入碗里，浇上香喷喷的葱蒜姜末盐水，轻轻搅匀，如柳叶弯眉，纷纷乱乱飘逸，小鱼般游动，美极了！简直就是音乐舞蹈般的行为艺术，你不由得暗赞一声好，忍不住也就来上一碗尝个新鲜！再放上几块筋道喷香的灵丘豆腐干，搁些油泼芝麻辣椒，就可以大碗吸溜了。如果卖苦荞凉粉儿的恰好是个女人，低眉顺眼的样子，飞快地划着粉坨儿，时而仰起俏生生的脸，原汁原味地喊一声"凉粉嘞！"韵味悠长，你一定会说："老板娘，再来一碗！"

一方水土养一方人，苦荞，是灵丘人不离不弃的兄弟，苦荞的光芒，太阳般照耀着大同灵丘这片古老的土地！

莜　面

王庆

出门在外，想念家乡成为一个绕不开的话题。

浑身有一种说不出的东西在隐隐作怪，就是对家乡美食的贪恋。

坊间有一句话说，养住男人的胃，就养住了男人的心。这是悄悄告诉给女人的。

山西人最出名的吃食是面，各个地方勤劳聪慧的山西人能用一双巧手做出数不胜数的山西面食，直让外界的人惊叹和羡慕。

山西的土豆很出名，又因山西人朴实敦厚，不善包装，被外地人称为土老帽。土豆是学名，山西人昵称其为山药蛋，就连文学前辈赵树理那一代创作的作品都冠之为山药蛋派，真是土得可以。

山西人爱吃醋，山西也盛产醋，吃正宗的醋还应该到山西。

其实还有一种吃食是莜面，莜面土气，在众多食物中知名度不高，但那是一种生生不息，让山西人、特别是大同人永远难忘的好东西。

莜面的营养价值我就不去多说（避开广告之嫌），这里只想着重说说莜面的吃法。

莜面有"三生三熟",吃了它很耐饥。"三十里的莜面四十里的糕,十里的荞面饿断腰",说的是过去地广人稀,山路崎岖,人们出门多以步行,往往身上还要背负一些东西,费力不说,最盼望能早早到达目的地。人们吃饱莜面能步走30里的路程,当然糕最耐饥,人吃饱了能步行40里。最不耐饥的是荞面了,走不了10里就饿得饥肠辘辘了。

30多年前,干部下乡都要吃派饭,轮到去谁家吃饭,村支书就会安排一户女人爱干净、会做一手好饭的人家。这家女人也觉得是无上光荣,她会一早把家收拾得干净利落,等待那下乡干部的到来。

一次,一位南方的下乡干部到大伯家吃派饭,大妈见稀罕的客人来,问客人喜欢吃什么?其实那年月根本没有什么好吃的,白面少得可怜,只有莜面是全家最金贵的东西了,大妈这样问客人也算是一种虚假客套。下乡干部说随便。大妈问:"你爱吃莜面不?""爱吃!爱吃!"下乡干部是客气,其实是稀奇,他根本没有听说过莜面为何物,只是想用油和的面一定很好吃吧?

大妈乐颠颠地挖来两碗莜面倒在瓷盆中,下乡干部以为这就能吃了,便上前去准备开饭,只是心里纳闷:为啥不给筷子呢?大妈说,还没有做好哩,这是生面。

大妈将半壶开水倒在盆中,用筷子搅拌。下乡干部就想,噢,原来没油用开水也行,这下该能吃了吧?可大妈说还不能吃。大妈嘴里吸溜着将烫手的莜面揉成团,下乡干部想,敢情还得讲个式样呢,上前又吃,大妈还说不能。

大妈从地下的水瓮后面取出一块方砖,在磨得光滑的一面倒点麻油,然后将揉好的莜面揪成一小块,在砖上上下一搓,用手由上到下在砖上使劲一推压,那莜面被推成薄如纸的一片。大妈用食指贴在这面上,用大拇指将面片的一角掀起,敏捷利索地往起一揪,顺势颠在食指上，然后很自然地卷成筒状，竖立在摆好的笼屉中。下乡干部想，这回咋也能吃了吧，肚子早饿得受不了了，真不知这莜面到底啥时才能进肚。"不行。"大妈还是不让吃。等满满一笼屉莜面窝窝（晋南人叫栲栳栳）蒸熟后，一股别样的清香扑鼻而来。这时大妈已调好了素菜盛在碗里，放在下乡干部面前，告诉他们可以享用了。

下乡干部吃得津津有味，大妈给他讲这莜面的"三生三熟"：收回仓的莜麦是生的，要淘洗干净在大锅里炒熟，这是一个从生到熟的过程；然后磨成面，又成了生的了，用热水冲熟，这是第二个过程；捏成窝窝形（也有搓成细条形的），再蒸熟，这是第三个过程。不知不觉中，下乡干部已吃得打起了饱嗝，一个劲地夸赞：一辈子也没吃过这么好的东西！

村里人说，莜面好吃，但它"腿"短。莜面是山区产物，水土硬，自然条件差，适宜在干旱少雨的坡岭地带生长，只有晋冀蒙这一带的人们才种植莜麦这种植物，也爱吃莜面。许多外地人吃不惯，更嫌制做的过程烦琐，所以他们绝对体验不到吃莜面的妙处。其实，莜面有好多种吃法，搓莜面就是一种很经典的吃法。此外，拍莜面饼子、压饸饹、下莜面鱼鱼等等都让人目不暇接，美不胜收。

有一年，我坐火车出门。邻座问我是哪里人？我说是天镇县。他一下来了兴致，说，我是阳高人。天镇阳高，糊糊拿糕，咱们可亲呢！贫穷二字立即将两个地域人的感情拉得很近。我们一路因为糊糊、拿糕两种食物就有了说不完的话题。那时人们肚里没食，为了求得一个肚饱，有时不得不采取一种自欺欺人的办法，比如半碗莜面，可以添半锅水，然后搅成大半锅糊糊，人们喝得津津有味，清汤寡水的碗里能照见自己的鼻头。但那时人们的乐观精神令人叹服，大家仿佛没有什么忧愁似的，笑说着"稀糊糊灌大肚"，打着饱嗝，知足而乐。

拿糕是一种做法简单的食物，但做法有一定的技术含量，手法拿捏不好绝对做不成功。少半锅水烧开后，一只手抓面不紧不慢地往锅里撒面，另一只手拿几双筷子紧急地搅拌。这时需要快火快搅，恰到好处。等感觉水面比例正好时，可改为小火，锅底添一点水，盖下锅盖小焖一会儿，然后揭下锅后再用铲子沿锅沿再仔细地抹一次，确保没有生面，而且使做出来的拿糕精滑可口。这时，夹起一块拿糕，蘸着早就调制好的素菜汤料，几乎不用多嚼，一口甜中带滑的拿糕已囫囵下肚，那个爽劲，真是难以形容！

农村人长年在田地里劳作，劳动强度大，但时间紧迫，就喜欢以这种做法简单的拿糕当食物。由于做的过程画面感太强，一位下乡干部给这种食物起了一个形象的名字：紧急集合！

我刚从师范毕业那年回乡教书，学校食堂糟糕得可以，那位人高马大的炊事员人长得憨笨不说，手指长得奇粗。一次给老师们做莜面，那莜面窝窝推得又厚又高，给人一种特别夸张的感觉。他怕蒸不熟，特意多加了火，结果蒸得过火了，莜面窝窝卧倒成一片，像扶不上墙的"死狗"。一位老师打趣说，你还不如当初干脆将和好的面按平放在笼屉上，然后用你的粗食指在上面戳几个窟窿来劲呢！

莜麦耐旱耐寒，产量不高，适宜在贫瘠的薄田里种，这些地方也多是国家级贫困县所在地。所以，很多人虽爱吃莜面，却在外人面前不敢或不愿说，莜面好像成为贫穷落后的代名词。还有，我们老家的人骂人愚笨便说那都是吃莜面吃出来的，倒也是，没听说哪位是吃海鲜吃傻的。如今，满大街的饭店都爱打粗粮的招牌，其实都是把粗粮细做了，只是价格不菲。人们到里边想要一盘莜面解馋，却再也找不到正宗的感觉。

北纬 39 度的卷行李

张驰

　　大约 4000 年前，一粒小麦种子落地中国，直至秦汉，水利兴，仓廪实，形成了南米北面的饮食格局。在北方的面食系列中，一种由耐寒作物莜麦制成的面食——莜面，深受处在高寒地区塞北人民的钟爱。

　　莜麦，麦之别种，春夏种，性寒，宜边地。北纬 39 度的大同，地处朔北，三面环山，丘陵起伏，正适合这种作物的大面积种植。在这里生长的莜麦颗粒饱满，入磨成粉，色泽白净，品味优良，其中富含丰富的皂苷素，能降低血清胆固醇、甘油三酯等，是延缓人体衰老，保持旺盛生理机能的上佳食品。先不说这莜麦耐瘠耐旱，在那个靠天吃饭的时代里解决了多少百姓的口粮。仅单论时下，这种低热量高营养的健康面食也备受潮男潮女的追捧。正是具备老少皆爱的特征，愈发让这种面食发扬光大了起来，面也不单是面了，经过了蒸、煮、炒、烙各色烹饪，成了大同人嘴里的"窝窝儿""鱼鱼儿""饺饺儿""绳绳儿"等等。叠词儿话的名字伴着乡音脱口而出，就像老醯儿一开口就能让人感知到地域的特色一样，这些淳朴的名词也载着浓浓的乡情化作了北纬 39 度这片土地上燃起的股股炊烟。

"讨吃子卷行李"是这股炊烟升腾下的一道特色美食。

大同话是有入声的方言，这种中古入声的发音让"讨吃子"的"子"变成了"日"，顿时食物也变得俏皮了起来，再加上简单的步骤，整个制作过程颇显轻松。于是，这种简并快的餐食常常作为千家万户的拿手菜端上餐桌，常有邻友闻香而来问道"吃啥哩"，主家往往都是带着浓浓的莜面口音，眉毛一挑答上一句"讨吃日卷行李"，众人皆笑。笑罢，好客的大同人还不忘添双筷子邀人坐下一起品尝这塞北一绝。岁月更迭，时光交替，有多少人放下手中的碗筷从这里走向了世界，又有多少人从世界回到了这里，为的就是一口家乡的味道。贾平凹说过，"人的胃是有记忆功能的。"故此，地方名吃"卷行李"也脱离了餐桌幽默和润滑关系的载体，幻化作"乡愁"的一部分，让北纬39 度成了客乡游子们魂牵梦绕的地方。

通常而言，让人口齿留香、回味无穷的美食总是需要一些特别的食材或使用一些特殊的制作方法，"卷行李"也不例外，除了地道的特产食材外，用莜面做成的"铺盖卷"也需要事先"粉"好。

晋北地区的"粉"是一道特别的工序，也是食材蜕变之始。当年的新莜面粉中撒上少量的盐，加水搅拌。出乎常理的是，莜面是需要热水和面的，这和它的特性有关，莜面性寒，必须经过"三熟"，方可进食。既有"三熟"必有"三生"，何谓"三生三熟"？首先是莜麦收割后进行脱粒，脱下的籽粒是生的，不能直接食用，此为"一生"。要将莜麦磨成粉，得先把莜麦除湿去毛，则须将其倒入锅内，下架文火炒出香味，此为"一熟"。将炒熟的麦粒磨成面粉，这就又成了生的了，此为"二生"。和面时再用热水泼熟，此为"二熟"。用和好的面制作各式面食，此时又成了生的了，此为"三生"。接下来就是添水加柴，或蒸或煮，大火烹制，此为"三熟"。相传清康熙帝驻留大同，曾尝得莜面做成的美味，回宫之后依然思其味，让御厨如法炮制却不得味，究其缘由，原来是冷水和面不好成型，且不易做熟，经过烹饪后还夹着生，自然口感不好。虽然故事无法考证，但是理儿却是这么一个理儿。热水慢慢浇于莜面中，再用筷子慢慢搅动，边浇边搅，搅得不稠不稀，但面成疙瘩状便是最好，过犹不及，大同媳妇们的巧手总是驾驭得刚刚好。随后，再把面疙瘩揉起来，揉个五到十分钟就要稍微加点力了，和好的面放入盆中静置一会儿，随着温度一点点散下，面团开始发硬，莜面中的蛋白质逐渐凝固，淀粉因吸收水分而膨胀变成糊状并分解出单糖和双糖，变得富有甜味且口感细腻。面团在空气中充分放松并发酵出味道后，"粉"的工序就结束了。面团和空气暧昧的这档子时间里，就可以着手准备馅料了。

自古大同地区就流传着"雁门关外三件宝，莜面、山药、大皮袄"的谚语，三宝之中的"山药"不是别的，就是赵树理先生"山药蛋派"里的那个"山药蛋"。虽然这东西不是稀罕物件儿，但和莜麦一样，北纬39度的山药蛋也出落得很别致，里外黄，淀粉多，入口糯。把它切成丝，再拌上胡萝卜丝，这对黄金搭档就构成了简约并传统的"卷行李"馅料。有传统就有创新，巧媳妇和勤劳的母亲们总能独创性地加入些野菜和时蔬，酸甜苦辣咸，五味令人口爽，满载着生活的珍藏，做出不同味道的"卷行李"来。

馅料准备好后，把正在和空气谈恋爱的面团拉起放在案板上，棒打"鸳鸯"一番，擀成大圆薄片儿，在上面均匀撒上馅料再卷成一个大卷儿，之后用刀切成10厘米小段，上屉蒸熟便大功告成。这与时下网红的"毛巾卷"有异曲同工之妙，虽说是一个"洋"，一个"土"，但土味美食却更接地气些，毕竟土豆胡萝卜要比可可淡奶油来得经济实惠些。

　　食面有卤，卷行李也不例外，一碗好的蘸料能让食物的味道升华不少。人们常常在一个大碗里盛上醋和酱油，里面加些盐和味精，再用葱姜蒜调味，最后滴几滴香油增香。也有里面拌上黄瓜丝、豆腐干和其他食材的，多寡随意，丰俭由人。蘸料往往做成了凉盘，还是水哗哗的凉盘，夹起热腾腾的"卷行李"就着凉盘的汁水大快朵颐，美得很。不过，我是喜欢蘸肉汤汤的。猪肉汤，慢着火，少着水，火候足时它自美。羊肉汤，肥不腻，汁发白，筋滑肉烂萝卜脆。鸡肉汤，肉质嫩，味鲜美，肉汁甘醇形不碎。这猪、羊、鸡若能选用当地放养长大的便是最好。原因有二，大同地区多山，气候凉爽，适宜动物生存，再加上家家有舍，户户有篱，蓄养的动物夏可避暑，冬可御寒，

莜面饨饨

所以肉质鲜美，这是其一。其二，历史上的大同一直处于胡汉文化相互撞击交融的特殊位置，使得一些来自中原食物的做法被引入了这里，同时游牧民族食物的一些烹饪方式也被带入了这里，于是便有了"羌煮貊炙"的加工方法，再经历数年的演变使大同的饮食烹饪独具特色。用这种特色烹饪炖出来的肉具有肉质纯净、水脂交融、香而不腻、鲜而不膻、烂而不黏的特点。夹起热乎的"卷行李"，沾上这样的汤汤水水，放进嘴里咬上一口，土豆的软糯、萝卜的甘甜，迸溅的汤汁再加上莜面软硬适中的口感，整个口腔的细胞都被激发了，味蕾在跳动起舞并沿着神经突触将这种欢愉传递给了大脑，由此便解了每一位食客的馋虫。

  至于为什么有这么特别的一个名称，是否与丐帮有关？也无从知晓，更无从考证。正是因为如此才显得这道佳肴的由来神秘而有趣，众说纷纭中有道是某位皇帝打仗路上断了粮，见有一乞丐卷着某物吃得正香，问其吃的何物，乞丐随口答道："讨吃子卷行李。"我国历史悠久，随便什么美食，动辄就可追溯个几百上千年，究其根源多半还能和某位历史名人扯上关系，譬如屈原与粽子、苏东坡与东坡肘子、包公和包公鱼等等。至于皇帝那更不用说，什么朱元璋、乾隆爷、光绪帝都是美食的发现者、命名者和推动者，而且以上诸位的舌尖上的轨迹也是颇有规律可循，朱元璋的底层生活，光绪帝的西逃之路，乾隆爷的江南私访。尤其是乾隆和光绪，而且说起光绪自然少不了慈禧。诸多美食是在乾隆下江南和慈禧、光绪西逃时发现和推广的，这些大人物可谓是大清鼎鼎有名的"吃货"。也有传，说是这道菜里的萝卜土豆红的红，白的白，纷纷乱乱犹如乞丐的铺盖卷，由此得名。还有观点认为，这"卷行李"是春卷的前身，后者是随孝文帝南迁发展而来。真假姑且不论，倒是颇有趣味，这里也不做推敲和考证了。话虽如此，但这道美食每每端上餐桌总能惹来一番热议，各路传说故事讲的也是有声有色，这为亲友聚餐平添了许多和谐欢乐而又热闹的气息。

　　不过历史上与"讨吃子"沾边的美食层出不穷，其中的"珍珠翡翠白玉汤"可谓妇孺皆知，但是这种食物在传说中沾了帝王之气，所以在名号称谓上雅了许多。雅也好，俗也罢，一方水土养一方人，一方山水有一方风情，"卷行李"生在北纬39度的地方，刚刚好！

忘忧大地黄花香

驰文

何以解忧？唯有杜康。

建安十三年（208），曹操平定了北方割据势力后亲率83万大军，直达长江北岸，准备渡江消灭孙权和刘备。那时，征伐四方的一代枭雄曹操大概就是吹着江风志骄意满地作出了这首内容深厚、庄重典雅的《短歌行》，其中仅用了八个字便道出了解忧的法门。

历经千年之久，这法门既见多了觥筹交错的气吞山河，也听腻了月下独酌的零落栖迟。最后往往尽落个"水调数声持酒听，午醉醒来愁未醒。"想来是这忧愁暂且是被乙醇麻痹了，这劲儿一过，该忧还得忧，毕竟这愁还是在那里。

所以何不如找个忘忧的法门。

从哪里去寻？2500年前便有人给出了答案。在我国最早的一部诗歌总集《诗经》中有《国风·卫风·伯兮》这么一首诗，诗曰：焉得谖草，言树之背。大致情景我估摸了一下，应该是一位蓬头垢面的妇人依着柴门望着远方，口里喃喃自语道：哪儿去找忘忧草呢？把它种在庭院的背阴处。其中谖草，即萱草，古代认为此草可以让人忘忧，又名忘忧草。

中国人民向来以食为天，既是传统文化使然又是农耕文明发展的必然，见面一句"您吃了么？"便可见一斑。相较于西洋文的烦琐，无论是生疏的招呼"How are you？"还是熟络的问候"How's it going？"抑或是老友相见惊奇相拥问上一句"what's up？"或者"What's new？"归结起来还是这么一个意思。终是不如一句"您吃了么？"简单、直接且了然。所以，这"忘忧草"的"忘忧"二字其中自然少不了吃货们的推动。

晋代的张华在其作品《博物志》中说：萱草，食之令人好欢乐，忘忧思，故曰忘忧草。竹林七贤的嵇康在吃的同时还在琢磨养生，他在作品《养生论》中提道："萱草忘忧，愚智所共知也。"又据一代药圣李时珍在《本草纲目》上的记载："萱，宜下湿地，冬月丛生，叶如蒲蒜辈而柔弱，新旧相代，四时青翠，五月抽茎开花，六出四垂，朝开暮蔫，至深秋乃尽。其花有红、黄、紫三色。结实三角，内有子大如梧子，黑而光泽。其根与麦门冬相似，最易繁衍。今东人采其花跗，干而货之，名为黄花菜。"这黄花菜因其色泽金黄，形似女红常用的针，所以又被人称之为"金针"。

想来这必是道美食，不然哪来的"食之令人好欢乐"，独乐乐不如众乐乐，于是便有了"干而货之"，走遍天下。

自古雁北苦寒，盐碱地青芨丛生，黄土坡瘠薄干旱，但这却正适合耐寒耐瘠的黄花生长。独特的气候条件和富硒的土壤环境孕育出苗大苔繁、七蕊色黄、角长肉厚、线条粗壮、肥硕整齐的大同黄花。脆嫩清口，久煮不烂的特性，让大同黄花成了素食上品，600年前便颇负盛名，盛名之下，便是万亩黄花种植田，一道风吹过，叶儿颤抖，簌窸窣窣，抖落了一地的阳光，留下了脍炙人口的"莫道农家无宝玉，遍地黄花是金针。"由此可知大同历来的黄花种植规模。如此种植规模再加上"宝玉"这样的形容词，大同黄花自古以来的价值便可见一斑。

有意义的往往不太容易，有价值的通常都很艰难。大同黄花的难不光是那种"足蒸暑土气，背灼炎天光"的辛苦，也不光是"力尽不知热，但惜夏日长"的疲惫，更多的是一种"披蓑半夜耕"的劳作。之所以需要"半夜"，是因为采早了，花蕾未长足，分量轻，产量低，蒸制后条子细小显褐色，质量差；采迟了，花蕾咧嘴或开放，蒸制后不仅产量低，品质也较差；若是再迟点等到天大亮，黄花完全开放，不但没有太多的经济价值，而且制作出的黄花菜也无法长久保存。所以，种植户们要趁黄花还未完全绽放，在刚过午夜时就下田作业。对于娇嫩的黄花，种植户是断不会像刈麦样手脚大起大落，而是先观察选取个儿大饱满、花嘴欲裂而未裂、色泽发黄、三条接缝明显的黄花，然后小心翼翼地用拇指和食指夹住花柄，此时还不能直接硬扯，而是从花蒂和苔梗连接处轻轻折断，边采摘边装进筐内，每一丛自上而下，由外向里，逐一采摘。头灯的点点微光照应着天上璀璨的繁星在深色的夜幕中闪烁，雨衣和黄花枝叶摩擦"沙沙"作响，偶尔会惊起几声虫鸣，想必这虫儿也是困倦极了，唧唧嘶嘶地嚷嚷几句又会沉沉睡去，四周迅速恢复寂静，好一幅星月夜下收黄花的图景。

对于食材来说收获仅仅是第一步，要成为一道美味还需要多道工序。其中最关键也是最重要的一道便是蒸制了。

刚采下的鲜黄花之所以需要蒸制，是因为其中含有"秋水仙碱"。这种物质在细胞有丝分裂的过程中能抑制纺锤体的形成，所以在现代农业领域常用来培育多倍体造出新品种。同时它也是让医生几多欢喜几多愁的药品。一方面，在多数情况下，只要使用得当，秋水仙碱对

在哪黄花盛开的时节

于缓解痛风导致的关节疼痛能起到立竿见影的戏剧性疗效。但另一方面，秋水仙碱常引起恶心、呕吐、腹泻等副作用，而且细胞毒性大，一旦药物过量几乎没有解救措施，甚至可能导致肾脏衰竭、骨髓抑制等致死性并发症，秋水仙碱的治疗剂量与中毒剂量十分接近，这些潜在风险大大限制了药物的临床应用。

鲜黄花的秋水仙碱主要是含在花药和花粉中。貌似有些美食总是伴随着些许危险，比如说耳熟能详的河豚，李时珍在《本草纲目》中就有关于河豚味美和有毒的记载："河豚有大毒，味虽珍美，修治失法，食之杀人。"然而河豚味美，素有"搏死食河豚"的说法。不过相比而言，黄花的秋水仙碱去除就简单了很多，只需要在箅子上摆放整齐，

美食飘香 / 607

盖严实锅盖，中火蒸制5—6分钟即可。刚出锅的黄花菜一般先放在室外搁置20多分钟，等温度降下去再去晾晒。这样晒出来的干黄花条形较好。

干制的黄花烹饪起来也不费事，或炒或炸或凉拌，丰富的口感层次分明。简单的只需起锅烧油，大火煸炒至黄花菜变软，加入食盐、生抽、蚝油等调味，翻炒出锅便是一道清炒黄花，快捷而又美味。因黄花中含有丰富的卵磷脂，对增强和改善大脑功能有重要作用，故人们又称其为"健脑菜"。复杂的就见厨工了，因其百搭常会给你带来意想不到的吃法。

雁北地区喜食糕，黄糕是正餐的主食，这种食物特别筋道，有文记载：昔日，雁北有妇为黄糕者，糕摭毕置盆中。一犬闻香而至，盗嚼黄糕。妇吓之，犬远逃。口中黄糕，绵牵数丈，恒不可断，状如草绳，强似鹿筋。妇以刀断之，黄糕回弹，缠犬于树，其状如蛇。这筋道的糕中往往包着黄花做成的馅料，放入油锅炸至表皮起泡、颜色金黄，出锅后的现炸糕咬上一口，那酥脆的口感，那咸甜适中的馅料，再配上甘脆爽口的黄花拌凉菜，蘸上油而不腻的黄花炖肉汤，那滋味真是让人咂嘴舔唇欲罢不能。

山西人爱吃面，这吃面的臊子中也少不了黄花，尤其是在素臊子中，黄花成了增味提鲜的主角儿。说到角儿不得不提一句，旧时，凡在饭店为母亲操办寿宴，这宴席美食的头角儿必定是"养心鸭子"。这鸭子的做法也讲究，要剖开鸭肚子，把黄花菜等塞添肚内，再用文火慢炖。这道菜荤鲜素肥，非常可口。当然这也与黄花所代表的文化意象有关。

不过黄花虽好，也要适可而止，食以载道，过犹不及。

荞麦花开

袁秀兰

我眼中的荞麦不是一种农作物，而是一种花。为什么这么说，原因只有一个，荞麦花开得太灿烂了。那缤纷的样子，是许多花不及的。荞麦开花的季节，每次看到地里的荞麦花，我的眼前老是不由得一亮，不知为什么心中会升起一种莫名的感动，好多难以忘怀的往事就会涌上心头。就觉得自己是荞麦花附近的一株草一棵树，或者干脆自己也是一株风华正茂的荞麦。仔细端详亭亭玉立的荞麦花，眼前会浮现出穿红着绿走在乡间小路上的农妇。春风或者秋风吹动着她们浸染着草香的头发和衣襟，忙忙碌碌，她们奔波在柴米油盐的生活中。

荞麦，别名净肠草、乌麦、三角麦。成熟期75天，北方可两季，一年生草本植物。茎直立，上部分枝，绿色或红色，叶三角形或卵状三角形。荞麦喜欢凉爽湿润的气候，不耐高温、干旱、大风，畏霜冻，喜日照，需水较多。生长在农村的我从小就知道，荞麦是一种适应性很强的作物。在十年九旱的塞北黄土高原，春天种下的豆子或者胡麻、土豆之类，因为干旱出不齐苗，需要补种的农作物肯定是荞麦。种下不久，作为替补队员的荞麦们，很快会齐刷刷地从地里钻出来。红色的杆，绿色娇嫩的叶子。如一抹淡淡的轻云，带着几分惆怅，在风中摇曳着。又宛如彩色的薄雾，挟着些多情的风，飘呀飘、长呀长。长着长着，粉嘟嘟的花儿红白相间次第开放，萌萌的样子非常亮眼。荞麦花开，土地一改往日的模样，一下子变得鲜嫩光滑。那蓬蓬勃勃如云霞般的荞麦花，泼一地浓墨重彩，使得山野天地、星辰日月都年轻无比。几番风雨，一地繁华。怒放的荞麦花经过风雨的洗礼，婀娜迤逦，丰姿绰约，绿的粉的黄的红的褐色的，满目霞光，荞麦花开久久长长，绚丽而又热情奔放。

荞麦花

风从远方来，穿越山水树木，跋涉千万里。荞麦们闻声起舞，轻歌曼舞，洋洋洒洒。阳光不甘示弱，它给荞麦们涂上了鲜艳的色彩。荞麦们开始流光溢彩，温暖着寂静的土地。蜜蜂、蝴蝶翩翩起舞，如醉如痴，流连忘返，情意绵绵。荞麦们就在这种娇美的漫舞中，开出一节又一节绚澜。亮丽了土地亮丽了山野，芬芳着田地与泥土，一地夏天的灿烂，一地夏天的芳香。"独出门前望野田，月明荞麦花如雪"。毫无疑问，荞麦对土地的感情是细腻的深情的。

荞麦的荣华随着秋的到来而渐渐暗淡。然而，惊奇的是，这些花们在临近陨落的日子，顶端偏偏呈现出最为灿烂最为瑰丽的色彩。虽然它们知道自己即将谢幕，即将化作尘泥。荞麦花开的时候，土地飘着清香，荞麦花的香是坦然而谨小慎微的，就像祖祖辈辈生活在山沟里的庄户人。如果天空有一双云的手，一定会抓住秋风的一角衣袂，留住荞麦花带给我们生机勃勃的气息。而此时，留在脑海里的情景却是红尘际遇中的一份美丽。

荞麦花开的季节，那又淡又艳的荞麦花一直牵引着我的目光，仿佛遇见它是我一生中的一个荣耀，一个幸福。荞麦花仿佛是我今生的闺蜜知己，那魂牵梦萦的羁绊，让彼此远离尘世的喧嚣，安然在一片花的秀色里，没有纷争，没有烦扰，静静地看山看水，轻轻涂上一抹香，涂上一抹荞麦花色，给沉静而又沧桑的心情，给灵魂深处一缕柔情温暖着曾经或者将来。

站在初秋的时光中，蓝天上白云朵朵，荞麦花漫无边际，汇成花的海洋。荞麦，花一样的质地却长出棱角分明的果实，令人尤为惊叹神奇。

资料上说，荞麦对土壤的要求不高，很多土壤条件都能适应，不过最好的还是较疏松的沙壤土，同所有的植物一样，荞麦种子的质量直接决定着荞麦的生长状况和最终产量。荞麦生长周期相对较短，生长速度快。荞麦虽然生命力强，但对肥力的要求也较高，如果在荞麦田里多施肥料，它也会以更大的热情给予回报。田间管理也是除草灌溉和病虫害防治，精细的田间管理还包括苗期管理及花期管理。也要及时清除地里的杂草，疏松土壤。荞麦是需水较多的作物，开花灌浆期尤其离不开水，所以要保证这一时期的灌溉条件。黄土高原夏末秋初雨水较多，是最适合荞麦生长的地方。荞麦是两性花异花授粉植物，结实率较低，无限花序，开花时间长，籽粒成熟不一致，从开花到成熟需要 30 天至 45 天。它的花会从下至上慢慢结籽成熟，直到收割，荞麦还在一边成熟一边开花。若收获过早，大部分籽粒尚未成熟。如收获过晚，先成熟籽粒容易脱落，都会影响产量。一般当植株籽粒达 75% 至 80%，变为褐色或灰色时即可收获。选择阴天或晴天早晨进行收获，以防脱落籽粒。收割后先晾晒，然后再脱粒晒干。我常常想，荞麦有时候多像那些年我们这些农村娃儿呀，对环境适应性强，风里雨里，粗茶淡饭，甚至饥一顿饱一顿也能慢慢长大成人。

荞麦浑身是宝。秋天收割后晒干，脱去荞麦壳，就是白色泛青的颗粒状果实。磨成面粉，颜色洁白如雪，抓在手中吱吱作响，晶莹如玉。荞麦面可做面条，可用手捏成猫耳朵、搓成荞麦圪坨，可烙饼，可做荞面灌肠、凉拌荞面，可熬成荞麦糊等等。荞麦面做出的面条，颜色有点儿黑，耐嚼，味道独特，吃到嘴里稍微有点儿怪怪的，涩涩的。人们常说"油荞面，醋豆面"。荞麦面食需要油大味浓的佐料相伴，吃起来才有滋有味。凉拌荞面的做法十分简单，荞麦面下锅煮熟，捞出过凉水，碗中放入一勺酱油，加入一勺陈醋，加盐。喜欢吃辣的可放一勺辣椒油，加麻油和自己喜欢的佐料搅拌均匀，浇在荞麦面上拌匀即可，再撒上香菜完成。也有的人不爱吃荞面，我就是其中之一。

不知道为什么我从小吃不下荞面那种怪怪的味道。母亲一做荞面饭，我宁肯饿肚子也一口不吃。有的人却就爱吃荞面，追着到有荞面的地方去吃。荞麦壳，也就是那黑色的荞麦皮，是绿色环保的枕头芯儿。在农村，刚出生的婴儿们都是铺荞麦皮垫子长大，家家户户缝制的枕头全装的是荞麦皮。枕着荞麦皮枕头，温暖舒适，凉不着热不着，有阳光和泥土的味道一直在相伴。荞麦壳性平寒，可以活血通脉、镇静安神、清心明目、益智醒脑、调和阴阳，对颈椎也有很好的按摩作用。但是荞麦属于粮食的一种，用荞麦皮制成枕头之后，不常清洗容易受潮发霉，吸收人的汗渍、头皮油脂之后容易滋生细菌，所以用荞麦皮做枕头芯儿要勤清洗晾晒。在农村，现在荞麦皮也是好几块钱一斤的香饽饽，不仅村里人用这种枕头，城里人也愿意多花几个钱，买到货真价实的荞麦皮枕头。枕荞麦皮枕头已成为不少人家一件雅致的事情。

荞麦杆可做柴草，或者生火做饭、熬猪食、焖羊料。乡村屋顶上炊烟袅袅，昔日穿叶戴花的荞麦杆化作一朵朵云飘向远方。

"荞麦面，白如雪，做出粑粑黑似铁""七月荞麦八月花，九月荞麦收到家"。念叨着这些关于荞麦的歌谣，枕着清香淡雅的荞麦皮枕头，就会想到大片大片白色或粉色的荞麦花，汇成花海涌向远方，涌向故乡。它们跟故乡的小路连在一起，跟故乡的风连在一起，跟我们长大成人的故事连在一起。荞麦花开，美丽的荞麦花纯净生动超凡脱俗的灵魂，让我们更好地亲近自然，回归自然，亲近泥土，回归宁静，善待大自然，回归善良。荞麦花开，无限美丽，它来自泥土纯朴的厚爱，它让我们久久魂牵梦绕。

黄　糕

李中美

黄糕是黍子脱皮、磨面之后再加工而成的一种主食。有民间谚语说：三十里莜面四十里糕，十里的荞面饿断腰。可见黄糕在面朝黄土背朝天的庄稼汉肚子里，撑起了天地日月。

黍子在我国种植历史悠久，是最早的农作物之一，成书于西汉的《黄帝内经》中说五谷：粳米、小豆、麦、大豆、黄黍。而《诗经·硕鼠》中，祖先们向不劳而获的寄生虫们发出了"硕鼠，硕鼠，无食我黍"的怒吼。在《论语》中也有关于黍子的故事，提到子路吃了黍子脱皮后的黄米饭。到了唐朝，孟浩然在《过故人庄》里说："故人具鸡黍，邀我至田家。"可见，黍子在不同朝代都有记载。不论何种说法，就黍子的生长特性来说，它是高寒地区的主要农作物，耐干旱，在贫瘠的土地上长势甚好。这也是它从远古经历无数的春夏秋冬能一路走到今天的主要原因。

我从小生活在大同地区，是吃糕长大的娃。年少时家境一般，不是特殊时节，家里不会吃油炸糕，只是蒸糕，不经过任何加工，我们

大同黄糕

叫素糕。素糕若蘸了肉汤吃或嫩嫩的炒鸡蛋，那也是极好吃的。可我小时候，多数情况下母亲只是烩山药、白菜、豆腐来蘸糕，这就让我对素糕讨厌了起来。

说起素糕的蘸料，品类也是很多的。

要是爱吃肉的人，炖点鸡肉、猪肉、羊肉，都可以来蘸糕。其实这个"蘸"字用在我们当地日常生活里是极不恰当的，我们平日里称其"肉泡糕"。就像西安的羊肉泡馍，但又不全像。羊肉泡馍只能用羊肉泡，而肉泡糕是多种肉类都可以泡，依照个人口味选择。但牛肉、鱼肉就和糕不相配，我也说不来为啥不配，就像墨斗鱼与韭菜炒在一起最合适，要是与西红柿或白菜炒在一起就不般配了，西红柿或白菜都会破坏了墨斗鱼已有的风味。这世上大概物与物之间天生就有般配与默契一说。

肉泡糕的肉炖的时候是须特别讲究的，要大火烹起香味，小火慢慢炖，直到汤汁黏稠，这样糕泡在里面就能把肉汤挂在糕上，有肉香也有糕香。

吃肉泡糕是要粗糙一些，千万做不得细嚼慢咽。糕在嘴里只要用牙咬几下就直接咽进肚子里，并且要有"咕噜咕噜"的响声。

我吃过最好吃的肉泡糕有两个地方。一个是我当年施工时，供应材料的魏日经常要请我们吃一顿肉泡糕，多数时间都选在海北子头的一家肉泡糕馆子。那家馆子并不大，只有六七张桌子，忙乎的就是夫妻俩和他们各自的母亲。两位母亲负责收拾桌子，安顿客人坐下，妻子负责上菜、收钱，丈夫就在厨房里干活。偶尔有熟人喊"老王出来喝一杯"，他出来推推让让地喝上一杯就又进厨房忙乎。

老王的肉泡糕馆子只卖羊肉和素糕。一小碗炖羊肉，一块素糕，还有两种小菜，一种是油炸花生米，一种是山药丝拌粉，山药丝拌粉里面炝了摘面花。最主要的是这羊肉泡糕实在是香得很，黄糕筋颤颤、黄崭崭的；羊肉切了小块儿，只有指头肚子那么大，肥瘦相间，炖得不是太烂，正好有点嚼头；肉汤有黏稠度，糕放进去能挂着肉汤。一口口下去，连回味都香得不行，于是下次就不由自主地又到这家馆子吃一顿，似乎能解解馋，隔一段时间再去。就这样，在那里施工几年，他家的肉泡糕竟然没吃够，还想吃。

后来离开了那个施工地点，也就不去吃那羊肉泡糕了，如今不知道他家的肉泡糕生意还是不是特别火。我想，应该还是会不错的吧。

至于猪肉、鸡肉泡糕，家乡出名的糕馆挺多，西街有家糕馆就不错，面积不大，客流量大，那味道的确是非常好的。

家乡吃糕不叫吃糕，叫楞糕。为啥叫"楞"糕？我想还是因为吃得多。对于特别能吃糕的人，还叫他"楞糕贼"。

一次回家乡，快到中午时，朋友们就提议到西街那家糕馆去楞糕。那是我第一次到这里吃肉泡糕，和我当年施工时吃到的味道当然是两种。糕是一样的黄崭崭、软溜溜、筋颤颤，猪肉、鸡肉和羊肉就各有千秋了。猪肉是农家的小烧肉，鸡肉是农户养的家鸡，两种肉端上来时，我闻着味道都觉得香的不行，用小碗各取了少许，分别泡糕，香的不仅仅是嘴与肠胃，还有记忆。直到现在，一想起来就想吃。

只是中年这段岁月，大概是人生中最错乱的光景了吧，总是忙得轰轰烈烈又空虚无比。每一次想着去吃一顿，可惜总因为杂七杂八的事情而错过。就这样一错过就是好几个年头，但是，我总是要想起香甜筋道软糯的肉泡糕。

遇到美食就像遇到相爱的人一样，总是念念不忘。

若遇上不吃荤的人吃黄糕，就用炒鸡蛋或煮鸡蛋来泡糕。炒鸡蛋里面放上大量的葱花，最好鸡蛋倒入麻油的热锅里翻炒几下就出锅。鸡蛋要半生不熟，要是炒干了就不好泡糕了。炒鸡蛋泡糕要加点醋，我是喜欢吃醋，加点醋，鸡蛋就没有了腥味，吃起来更爽口。也有人喜欢煮鸡蛋泡糕，鸡蛋煮熟捣烂了，加入葱花、酱油、醋、麻油，这样来泡糕也是极好的，但与炒鸡蛋的味道却截然不同。吃素糕的也可以把山药蛋、倭瓜、豆角三大件一起炖，炖成烂烂的，也称之为乱炖，留点汤，这样泡糕也是很配套的。

素糕还可以蘸辗豆面。辗豆面是小黄豆炒熟了，再磨成面，里面加入适量的白糖。素糕辗豆面，又叫辗豆面包糕，这得下手去包。

我在单位吃过几次糕，只要有辗豆面，我就会下手给大家包。辗豆面包糕也是个小技术活儿，糕捏成瘪瘪的，撒一层辗豆面包一下，再撒一层再包一下，这样翻来覆去地包，最后那糕就成了千层儿的糕饼子，软溜溜，一层一层看着都香，甭说有多好吃了。有一次，单位的刘夺就吃了三块辗豆面包糕,我那次也吃了两块。在我20来岁读到林海音的《城南旧事》时,她多次提到了"驴打滚"这好吃的,后来我寻思着这好吃的还不是个辗豆面包糕?应该差不多。

小时候,放学回家饿了,尤其是冬天,我妈会把炉子盖擦得干干净净,切一片糕放在火盖上。不一会儿,黄糕就变得软筋软筋,外面黄脆脆一层。妈妈有时还要给糕皮儿上抹一层油咸盐,这油咸盐就是盐里放点麻油,抹在热气腾腾的糕片子上,一会工夫就把油香给腾起来。忙往嘴里放,油香、糕甜、脆脆的皮……现在想起来都舌根生津。不知用现代的饼铛或烤箱,加工一块糕片来抹上油咸盐,到底能不能吃出当年的味儿来,我看未必。

那远古时代的人吃糕是何种做法呢?只是知道子路是用大黄米喝粥,其他朝代的人们是否也像今人一样,肉泡糕、鸡蛋泡糕、辗豆面包糕或油炸糕里面有豆馅儿和菜馅儿?我没有找到有关记载。那就让我来认真地记录下来关于素糕的吃法,若干年之后兴许有食客翻阅到了也可作为参考。

大同年味儿（外一篇）

彭富强

斗柄回寅，乾元启运，这是智慧的中国人与大自然之间最为默契的约定。每当这时，大地回春，亿万中国人迎来了一年当中最为隆重的时刻——春节。从上古神话里的驱避年兽，到现实生活中的辞旧迎新，春节在日复一日的更迭往复中成为不可替代的幸福期盼，被深深地刻入生命的年轮。

春节，也叫过年，这个中国人传承了数千年的传统节日，象征的是饱含亲情的团团圆圆，释放的是喜庆丰收的热热闹闹，讲述的是千家万户的和和美美。每到春节，人们辞别暮岁，创新启设，极尽一年所获精心装扮生活，并将吉祥、幸福、团圆的美意以美食的方式悉数呈现。

于大同人而言，腊月初八就是春节预热的第一波浪潮。

从能记事的时候起，我最最盼望的就是过年，尤其时近腊月，每天都会掰着指头算，到了腊八节我就不只是掰指头算了，我就会付诸行动。那时每年的腊八节我都会到大河湾刨一大块冰，与其说是刨不如说是拣，因为大孩子们会把冰里有杂草和树杈的冰丢掉，这时刨不动冰的我就会抱上其中一块最大的，不顾冻手的寒冷兴冲冲地拿回家里，用融化的冰熬腊八粥，没融化的直接扔进水缸，据说这样熬出的粥会特别香甜，缸里的水会越喝越多。

在今天人们的语境中，好多传统节日都与美食有关，又恰巧在大同这片热土上生活的人们精于烹饪、勤于劳作，融合了古都2300年的文化习俗，让不同的节日、同一节日的不同县区形成了各自独具特色的节日美食。而腊月初八这一天，腊八粥无疑是最大众、最知名的应节美食了。看到大铁锅里由红色、绿色、黄色等八种颜色汇聚而来的八宝粥，在冒着气泡的乾坤里徜徉，欢快地舞蹈着，忙碌了一年的人们仿佛嗅到了年的味道。

腊八节过后，热闹春节的序幕正式拉开。在农村，尽管这几年老百姓购置年货已不像前些年那样疯狂，但家家户户已忙乎起来。杀猪、宰羊、炸麻花、油果果、糕花花、蒸馍馍、压粉条、熬麻糖……在城市，人们也慢慢放下手头的工作，腾出时间备年节、下厨房、扫房子。就这样一首首一曲曲以过年为主基调的乐章，紧锣密鼓地演奏开来，

炸麻花　　　　　　　　　　炸糕花花

其实就一个字——"忙"！也不知道是年就应该忙，还是忙就是年，总之大家忙来忙去都有一个共同的心愿，那就是过一个好年。

在灵丘花塔，一户农家小院正在精心准备一道年夜饭的主打菜——压猪头肉，一个柴火灶、一口大铁锅，添水、生火、开炖。伴随着"咕嘟咕嘟"的声音，最初添的水不断蒸发减少，当肉融于汤，汤也成了肉，冷却、捞出、压制……

在左云管家堡，蔡军军正在忙着分割羊肉，当地大面积覆盖着中草药的丰美草场，为羊肉的品质提供了保障。颈肉作馅、肩肉切块、肋排肉连骨带肉……当然羊杂割也是过年必备的美味。

在广灵宜兴，几乎家家户户都会满载着丰收和喜悦磨豆腐。广灵水神堂的好水孕育出好豆，好豆磨出好豆腐，他们磨出的豆腐大部分都送给了远方的亲戚朋友。以前的石磨豆腐是以人或者动物为动力带动石磨转动，而现在的制作工艺是由机器产生动力带动石磨，既省时又省力。

在云州坊城新村，几位文化下乡的书法爱好者们正为村民书写着春联，以往"米面如山、酒通缸坊、牛羊满圈"的内容已经成为过去，村民们更多书写的是"脱贫不忘共产党，致富永远感党恩"。

不管是城市还是乡村，琳琅满目的商品让人目不暇接，老百姓都说可供选择的商品太多太多，现在都不知道买什么好了。

随着一个个心心念念想回家过年异乡人的回归，直到年夜饭前最后一趟航班和列车到达大同，准备了一个腊月的年夜饭就要闪亮登场了。这个一年才会有一次的"高光时刻"，终于可以揭开其神秘的面纱，以全新的姿态展现在我们的面前。

最为正宗的年夜饭，就不得不讲到老大同"八大碗"，提起八大碗，如今城市里的80后、90后们，大多无从知晓。而对于中年乃至老年的大同人来讲，八大碗也已渐渐成为脑海中的斑驳记忆。其构成诸如扒肉条、黄焖丸子、黄焖鸡块、糊肘子、酱骨头、过油肉、红烧鱼、八宝饭等等，总之是由八道菜肴组合而成的，由八只大海碗装盛，故称"八大碗"。大家可能会问，为什么都是肉，这是因为过去我们吃肉少、油水少，一年一顿的年夜饭盼望的就是多肉、多油。

关于八大碗的渊源说法很多，有说是三国名将赵云编创的，也有的说是北宋文学家苏东坡发明的，但均无史料典籍佐证。老大同的八大碗，追根溯源，最早盛行于清朝中期，当时集中了扒、焖、酱、烧、炖、炒、蒸、熘等所有的烹饪手法。大同有发达的餐饮文化，虽不敢和京菜、鲁菜、粤菜、淮扬菜四大名菜相媲美，但吃在大同却名不虚传。大同没有自己的菜系，却集各个菜系之大成。或许是处于农耕文化与游牧文化的交汇地，五方杂居，民族融合，造就了大同人海纳百川、包容豁达的品性，也衍生了包罗万象、简约实用的餐饮文化。过去的年夜饭只能在家里吃，如今去饭馆吃年夜饭也成了不少人的新时尚。

对于20世纪五六十年代的人来说，能当口当口地蘸上陈醋吃一片子扒肉条那就是年味；对于70后而言，能跪坐在长辈跟前听几句爹娘的教诲那就是年味；80、90后对年的感觉不明显，年夜饭更是吊不起他们的胃口，能看一出贺岁大片也许就是他们的年味；不懂事的小娃娃们已不像过去的顽童，牛气十足地穿上改拆过的新衣服，兜里揣着拆散了的鞭炮，出大街上一枚一枚地去响，而是盼望着给长辈们拜年得到更多的红包。

过去大多数人家的年夜饭从春晚开播前一直吃到春晚结束，因为这个期间要东家串、西家走，美其名曰"跑大年"，谁到谁家也是热接热待，摆上精心准备好的好酒好菜，酣畅淋漓地喝起来。三十晚上要熬个通宵，大同人叫熬年，也叫守岁，年长者守岁，有教化青年惜时之用意；年轻人守岁，有祈福长辈长寿之念想。熬年守岁，既是留恋似水流年的旧时光，也是憧憬美好未来的新期待。

　　一桌讲不完、品不够、常念想的年夜饭寄托着多少人的家国情，承载着多少人的幸福梦。年夜饭由过去的想复杂却复杂不了，到后来的想吃什么就吃什么，再到今天的想简单却简单不了，其内涵和外延已远远超越了年夜饭本身，成为中华民族文化自信百花园中一朵常开常新的绚丽奇葩。也有人说现在过年的年味越来越淡了，这绝不是"年文化"的衰落，相反恰恰正是人们对"年文化"越来越高涨的新期盼！

　　文化和生态是大同未来发展最大的优势。记忆中一朵朵满天流光溢彩的礼花被大街小巷璀璨夺目的彩灯替代；一座座熊熊燃烧的火龙被环保型"电光旺火"替代；一项项饮酒打牌等不健康的娱乐方式被广场舞和扭秧歌替代；一种种因循守旧的陈规陋俗被守正创新的文明新风替代；一桌桌八大碗七小碟的年夜饭被绿色健康节约的时尚替代。年是变了，变得越来越简单；年并没有变，年就在我们的心里，从未走远。

莜面山药蛋

　　金秋时节，雁门关外，圪梁梁上的麦田，不时传来年轻后生和姑娘劳作时的歌声："哥哥我在南坡上，沟里岔里，手提镰刀，二磨腰腰，上去一出，盘回一遭，嘶溜嘶啦，嘶啦嘶溜，割莜麦哟——亲亲！"

　　雁门关外三件宝：山药、莜面、大皮袄。足见莜面与山药在雁北人饭食中的重要。雁北即雁门关以北内外长城间，今大同与朔州两市管辖之地区，地处北纬 39 度左右，这里四季鲜明，日照时间长，土壤疏松，矿物质丰富，雨热同季，年降水量少，使莜麦和山药蛋在晚熟的过程中，最大限度地汲取能量，为优质的大同好粮提供了天然、绿色的基因组成。

雁门关外阴山余脉，历史上自然形成草原文明与农耕文明的分界线，也形成了黄河水系与海河水系的分水岭。相传，汉武帝时期战事不断，粮草接济困难，大将军卫青建议在此地驻地垦荒，以供军需。此种一经播下，耐干旱、长势好、产量高。汉军食后，体力大增，大获全胜。汉武帝大喜，亲自为这种谷物取名莜麦。

莜麦果实成熟后收割打场，去秸秆和穰，得干净的莜麦粒，先炒熟再磨成莜面，抓起一把闻就特香，捏好的莜面上笼蒸时在百十米外就能闻到其特有的香味儿。

在我国日常食用的9种粮食中，莜面的蛋白质、脂肪、维生素、矿物质、纤维素5种营养素的含量均居首位，光膳食纤维一项，莜面就是小麦的14倍。它还含有一般谷物中所没有的人参主要成分——皂苷。常吃莜面能促进肠胃蠕动及消化，消除肠内胆固醇，还有助于降低高血压、抗氧化，对高血脂、糖尿病、肥胖有疗效。

传统上所吃的莜面，与我们现在的莜面不太一样，都是"带皮莜面"，而我们现在通常吃的多是"精莜面"（也叫"剥皮莜面"）。"带皮莜面"有着自己独特的味道和口感，为了坚守传统，同时也是为了适应市场需求，大同当地的一些粗粮馆仍保留"带皮莜面"的传统做法，真可谓是昔日寒苦粮，如今真美食。在崇尚绿色、健康、营养饮食文化理念的今天，莜面凭借其清"三高"、不长膘、乡土味儿足的特点，已从"寻常百姓家"最平常的一道主食成为大同招待四海宾朋的一道"硬菜"。

三两个妇女围坐在热炕边，一边拉着家常，一边十指翻飞地揉、捏、搓、捻。这搓莜面也是个技术活，现在会搓莜面的年轻人越来越少了。她们预先在掌心涂一层莹润芳香的胡麻油，右手背驮一块莜面，在食指和中指之间夹住，随时夹下一块来，就着一块光亮润滑的釉面石板，用手掌顺势在坛盖上顺手一推，再用左手的食指卷成桶状摆到笼甑里，这一推一卷的动作，既连贯又和谐，如行云流水般舒展自如，便有了"一叶扁舟卷清波"的灵动与美好。捏好的窝窝薄如蝉翼，排在笼里，如蜂窝般玲珑剔透。蒸莜面的过程会形成呵水，大同及西口外一带的汉族，一直有"通过蒸莜面呵水来预测降水"的习俗。

在大同人的餐桌上与莜面如影随形的就是山药。山药原产墨西哥，明代传入我国，与莜麦一样对环境的适应性超强，耐干旱，抗风寒，适宜在高海拔高温差大沙地种植，产地范围比莜麦更大一些。其食用的是地下块茎，同样营养丰富，长相圆鼓鼓的，像个大块头的鸡蛋，大同人形象地称它为山药蛋。其开花的形状像马脖子上戴的串铃，因此学名也称马铃薯。有的地方叫土豆或洋芋。以赵树理为代表的专写山西农民生活等乡土题材作品的山西作家群称为"山药蛋派"。

山药传入我国北方虽然仅有300多年的历史，但也不知是山药天生爱莜面，还是莜面天生爱山药，300年前两者在塞上的一场偶遇，就像是一见钟情的恋人，不要任何催化剂，也无需任何黏合剂，让这两种习性相近、志趣相投、品味相合的山野粗粮，完成了一次穿越时空的邂逅。紧接着化腐朽为神奇，在古都大同演绎成一道道"拌和擀捏"开生面、"蒸煮炒焖"总相宜的大同美食，既增添了这座古都的人文气息，又让这座城的烟火气更加浓郁。

莜面和山药蛋确是咱大同的一宝，不仅当地人爱吃，外地游客也特别喜欢。莜面的做法和吃法有好多种，有传统面条状的莜面绳绳，麦香浓郁的莜面鱼鱼，轻薄适口的莜面窝窝……不过莜面和山药结合能做出来的花样就更多了，能数得出来的就有100多种，所以当地有"莜面山药蛋，能和百样饭"的说法。大致的种类有莜面加生山药，可做成老鸹含柴、山药囤囤、驴驮草、棒打灰青、皮沓皮、狮子大抖毛等；有莜面加熟山药，可做成山药鱼子、山药片片、山药饼子、山药猪耳朵、素油炒块垒等；可做成莜面加磨山药，有磨擦抿面、磨擦拔股、磨擦圪瘩、筋筋头、蒸磨擦片子、磨擦饼子等。

  人们普遍爱吃的磨擦抿面，又叫"抿拔股儿"，走在大同的街头巷尾，"抿拔股儿"的小店随处可见。做时要有特制的"抿面床子"和"抿面圪都子"。先把水烧开，将抿面床子架在锅上，把面丝放入床子当中有孔的浅池中。一只手按住抿面床子，另一只手握圪都子，将面丝由小孔抿入锅中，数分钟即可食用。调入农家自制的各种口味小料，炝点葱花，来点"摘摘面"，别忘了再倒点醋。用筷子调匀，连吃带喝，大同人讲话"那真叫个入格"。

  来到大同，随意走进一家小饭馆，"土豆爱上莜面"的故事就能在此品味，村姑手艺在此年代传承，土得掉渣的时尚刷爆朋友圈。每一道精工细做的佳肴都会勾起我们对山庄窝铺土炕小桌上的回味和念想，来大同吃一顿这样的"土饭"，味道里有儿时的梦、有黄土的情、大快朵颐后味蕾上的满足顷刻间将绵绵的乡愁化为一曲传唱千年的信天游：

  妹妹我在锅头跟前，白胳膊膊，银手镯镯；推的窝窝，薄圪凌凌；搓的鱼鱼，细圪铮铮；山药芥芥，白圪生生；调点芫荽，绿圪茵茵；炝点辣椒，红圪腾腾，吃莜面哟——亲亲！

第六辑

乡村风采

采凉山下可忘忧

刘照华

云如野鹤，天似穹隆

中巴车向北穿越山西雁门关隧道，内长城一线被甩在身后。从右侧窗口望去，隔着开阔的原野，雄伟的恒山山脉隆起它的脊背，虎踞龙行。下午的阳光从云幔中穿过，将柔媚的金光、飘逸的云影，梦幻般地投向恒山，那被照亮的山体，透出碧波层峦的肌理，像是从放大镜下呈送到你的眼前。

2021年7月22日，恰值农历大暑时节，山西北部大同盆地的上空，蓝天是那么高远，云彩们也真如野鹤一般，闲闲地、轻盈地翔集……瞧那云！——恒山如龙蛇般奔舞，而它的山体上方则是云团绵亘，二者上下呼应，如影随形。这云是厚厚沉沉的样子，积成巨大的体量，也拉成一条长龙，结结实实地悬停在恒山身脊上方，构成一种死心塌地的坦荡。有了这云，恒山多么气宇轩昂！只是，恒山可知这云的美吗？云州！我想到了次日要去造访的地方——大同市大同县，今已改为大同市云州区。自古以来，这一地区领受了云中、云州这样诗意的名字。古人所立地名，往往出于深刻体验，取法山川地理，或许，这北纬40度之大同盆地的秘密，就藏在这山环云绕的天地气象背后吧！

第二天一早，大同东城墙外广场上，"清凉古都，消夏大同"全域旅游季正式启动。当数不清的彩色气球向高空飞升而去，我瞬间领会了：天似穹隆。城市的楼群远离视线，四下一片空旷，这时，你找到了天地接合的感觉。这样的城市广场还不算牛吗？凉风主宰着这个清晨，气流中透着干爽，几位同行的作家由此聊出话题：盛夏在大同过夜，睡觉还得盖棉被子呢！

这是塞外古都的盛夏，不远处，一条名为"御河"的水道，蜿蜒在历史的表盘上；"魏都大道"的名字透着硬朗，是对北魏王朝高亢气息的怀想。它们让我想到了外长城没有挡住的大漠风沙，以及风沙里涌来的金戈铁马，一拨又一拨，一代又一代，一族又一族……南望中原，那些马上民族的野心在跳荡，但他们的心，一定先是因这片山环云绕的土地而喜悦了，一定是被放牧在蓝天上的这些云朵留住了，他们如同栖落在湿地上的候鸟一般留恋着这里——平城！云州！这些名字意味永恒。

我想到了这方土地的主人们。大同人的爽直中带着分明的自信，起落顿挫的语调间，能把一切快乐收得进，能把一切烦恼吐得出，从这样的声腔中，我听出了对一方水土的笃定。这高远的天空，这袅袅的祥云，这北纬40度的晋北风物……

云州故事——到唐家堡村来看"角儿"

这片土地上故事多，而这天我们要去探访的主人公，它的名字叫忘忧草。

忘忧草，单从这个名字里就能读出无数首诗呢！它的学名叫萱草，以能"疗愁"等药用价值而为"药圣"李时珍推崇，录于《本草纲目》；同时，它又是富含营养的美食，在人间烟火中流传已久，担负这个角色时，它有一个亲切而随和的名字——黄花。如今，大同市云州区成为全国绿色食品黄花标准化生产基地，书写着产业脱贫、乡村振兴的云州故事。2020年5月11日至12日，习近平总书记视察山西，第一站就来到云州区有机黄花标准化种植基地。

"今天，咱们就沿着总书记当天视察的路线去看看黄花菜基地。前面不远，就是总书记走过的'忘忧大道'了！"同车前往的云州区文联主席张宏的介绍，让我对"忘忧大道"上的黄花更充满了期待。

忘忧大道两侧，开始出现一片又一片黄花。它们一米来高，直直的花葶上挑着一簇一簇的花苞。偶或有那么一片，黄花已然明艳艳地绽开了身姿，如同一群骄傲的蝴蝶。然而开了的黄花是用来看的，而供食用的黄花菜，指的是花梗上将开却还未开放的花苞，当地人称之为"角儿"。"角儿"锁住了营养，花儿空留了颜色。

为什么有的黄花没人采摘却让它开了花呢？张宏告诉我，这些地块上的黄花看样子像是种下刚刚一年，而黄花种下的前三年里，苗子比较稀落，花苞次第成熟时也会较为分散，投入人力采摘不出活、效率低，很不划算，所以也会有任其花开花落的情况。黄花是宿根植物，苗子种下后会越长越多，在三年后形成密植规模，这时也就宜于集中采摘并能体现效益了。其实，也正是出于人力成本的考虑，以往农户与黄花之间的关系是微妙的：种的面积少时利润较高，而种的面积大了，利润反而会薄了。这是因为面积较小时，农户们自家就可完成采摘，而面积较大时，一旦盛花期到来，满世界的花苞一茬儿连一茬儿地成熟，须在短短时间内不停歇地采摘，外雇劳力不可避免，成本因而大大增加。更何况，采摘到的黄花必须在一定期限内完成晾晒、储存，否则就会变质，而这个节骨眼儿上恰是大同地区雨水频繁的时候，如果黄花因此而被"堵"在屋里晒不到阳光，那么这一场收成可就难说了。

如此的地产宝贝，虽然有着千年以上种植历史，但农户们对它投入的热情却有限。是的，尽管这黄花经济价值可观，可谁愿意让土地空等三年，把希望寄托在未可预知的收成上呢？说到大规模种植无忧草，农家的忧虑还不少呢！

车子进入西坪镇唐家堡村时，看到有农家临街摆放着簸箩，里面盛放的黄花沐浴着灿烂的阳光。那色调，是金黄与翠绿在北纬40度上的自然调和，修长的花苞绷着浅浅的弧度，紧束而又活泼，它们的个头儿真不小呀！那修长光溜的气质，真和吸饱了水分和营养的架豆角儿一般，让人分享到这片土地的成就感。

听说这些新鲜的"角儿"，是农民凌晨一点至三点下地采摘的。他们戴着头灯，把生命蓄积到开放前一刻的花苞一枚一枚摘下。这些花苞，个头长到了它的极致，是名副其实的"角儿"；而这个火候的"角儿"，如果不在夜间将其采下，一到早晨五点旭日东升、阳光普照，它们便会灿然盛放，将养分毫不吝惜地挥洒。盛放的花儿，不再是人们盘中的菜肴。其实，在盛花期里，能够如此精致地在开放前一刻连夜采摘的黄花，只占一定比例，受人力所限，那些无法在夜半采摘的花苞，只能提前一步，在其开放前的白昼里完成采摘了。只是，那"角儿"的个头显然不能和这簸箩里的相比了。盛花期里，每株花葶上，哪簇花梗的哪个"角儿"要开了、须今天采摘；哪个"角儿"快要开了得明儿、后儿采摘……这全得靠人的经验判别，现代机械无能为力，须是纯手工活计。

壮哉，黄花！

车子开到了盛花期的田野边，遍地黄花正迎接着我们下车。走近细看：它从地面伸出一簇条状细扁的叶子，势若兰草，只是更有野性的蓬勃，叶腋间挺出的花葶冒至齐腰高，簇簇花梗上，结出长长短短的花苞。花苞上微微起筋，俏俏的，带着油嫩的光，如一支收合的金碧色小伞，正做着"角儿"的梦呢！这些苗子密密地排满田野，各自炫耀着参差的花苞。田地里散布着戴防晒面罩的农妇，她们正在左右张开手臂，忙碌地采摘，不时有人将摘得的"角儿"添入地头的簸箩。

"请问老乡是哪里人啊？"我凑近打问。"俺们山东来的……"现场有热情的小温女士为我们讲解。她说，一到盛花采摘时节，便有来自山东、河南、安徽等地的专业采摘团队集中过来。今天摘了一茬儿"角儿"，赶明儿花葶上又有一茬儿须抢在花开前采摘，而且摘下的"角儿"必须当天上笼屉蒸过，否则即便摘到簸箩里，它也会偷偷开放呢……不仅生产加工的门槛儿高，吃的时候也得操心，必须处理其中所含的"秋水仙碱"，以免中毒……

咦？你说这小小黄花菜，咋的有这么多讲究哩！就连一同来访的大同本地作家李美平、张婧柽二女士，也不住地感慨起来。

小温说，唐家堡村农田约有5500亩，目前用于种植黄花的达4000余亩，这些土地通过流转，由合作社统一经营，农户除获取流转收益外，也可入股合作社参与分红。我们边看边聊，冷不防会被田垄边转圈喷灌的水柱追上身，浑身激灵一下子后变得更加乐呵起来。小温说，黄花对水、肥要求高，这也是制约农户们扩大种植面积的瓶颈之一。如今合作社规模种植，不仅节水喷灌、渗灌设施上得齐全，采摘团队组织有序，而且还增建储存、晾晒场所，引进了大型烘干设备，解决黄花浇灌难、储存难、晾晒难等问题。而这一切背后，最深厚的支撑，是党的兴农富农政策：不仅在扶贫助农资金上专设渠道，而且在黄花不产生收益的前三年，每亩给予补贴；黄花富含糖分，易受虫扰，其收成还受到天气、市场等制约，为此，对购置相应保险提供一定补贴，以排除"保障难"之忧……我不由得转着身子欣赏这宏大的场面，亘古以来，这中国北纬40度上的忘忧草，第一次长成了如此灿烂的图景。

小温指着习近平总书记视察当天深入田间与村民们交谈的位置，讲述着总书记对农户们的关切与嘱托，不少前来观光的人们也被吸引过来，大家纷纷拍照留念，将自己录入这意味深长的解忧之地、忘忧之地。不远处，红彤彤剪纸效果的标语牌异常醒目——"大同黄花·忘忧云州"。昔日产业脱贫的奋斗，如今接续着乡村振兴的蓝图。

算上周边与唐家堡村一样发展连片种植的，计有"忘忧七村"，标准化种植面积达1.6万亩，在引进物联网技术、实施有机种植智能管理、配套公司深加工项目等方面进展良好，不仅带动脱贫户，而且促进了质量兴农。这小小一处风景，却是云州、大同乃至北方黄土高原广袤乡村高质量发展的缩影——壮哉，黄花！

意犹未尽——好吃不过"一兜水"

站在黄花地间，环视周边敞亮的"忘忧之野"：东南，雄浑的恒山主体已然止步，又起波峰的是刚健峭拔的六棱山，据说，此山体质坚硬，岩棱如割，或许是以此标志着地势转向险峻吧；东北，一堆一堆分布着大同火山，或许那便是炽烈的岩浆划出的地缘线吧；向北，近处的山包之外，更有一座大山，苍茫静默，望之悠然，名曰采凉山，系阴山余脉，为大同市近郊海拔最高的山峰，也被视为大同的镇山……除此之外，我还知道，桑干河从这云州区南部流过，留下了一湾珍珠——册田水库……

在我们讨论六棱山所属山系时，一位领着孩子在地边儿穿行的年轻人，用京腔参与了讨论："或许燕山山脉与此间地势也有关联吧……""请问您是北京游客吗？"我以山西东道主的口吻向他打招呼。"哦，我在北京工作，老家就是这儿的。"他一边去追赶孩子，一边留下了会心的微笑。如今，这里的黄花和火山群，吸引了越来越多的人前来体验乡村游。

小温见我们兴致渐浓，故事讲得更加生动：传说唐太宗李世民当年辅佐父亲李渊，受命征战天下，他的母亲担心儿子安危，时时牵念，久思成疾。后来有人进献萱草供她服用，竟然药到病除。侍女们便将这种草种在宫室周围，令其望草而能解忧……的确，在中国传统文化中，这忘忧草具有母亲牵挂游子、游子深怀感恩的意味。唐代诗人孟郊《游子诗》说得明白："萱草生堂阶，游子行天涯；慈母倚堂门，不见萱草花。"他还在《游子吟》中一语道出"谁言寸草心，报得三春晖"。萱草，便寄托了人类最伟大的情感，用来指代母亲大人了。

聪明的小温将话题拉回到黄花上，她说，中国的黄花种植地分布在大江南北，但云州区的黄花品种是稀见的七蕊黄花；而且，因为火山岩浆冷却后富含人体不可缺少的微量元素——硒，所以，这里的土壤便孕育了富硒的黄花，这可真是难得啊！她这一说，引得我们忙又低头细品这云州黄花——这当然就是所谓得天独厚了。其实，开放后的黄花是非常漂亮的，它属百合科，与百合花气韵相近，而又独得田野气质。时下，已有专供游客观赏的黄花种植，听说还有用忘忧草提炼加工而成的美颜保健品呢！

张宏为我讲起了采凉山，最让我着迷的是山里的那片杏树林。据他描述，那结出的杏子叫"哈密杏"，真好吃啊，可如果要运出山去给人吃，就得乘它没有软透的时候，否则就经受不住运输了，可那样的杏子吃得还不过瘾。咋个才过瘾？要进到山里，坐在杏树底下现摘现吃，要挑那熟透了的杏子——熟得颜色变紫，而果肉几乎吃不到了，因为它已经化成一泡水了。就把那杏子皮剥开，对上嘴一吸溜，那个甜爽过瘾，绝对是独一份！

这种吃法的杏子有个传神的名字——一兜水。听着这故事，我真想这就上山走一趟呢。还有，采凉山上放养的羊，吃着采凉山的草长大，肉质鲜美，烹饪时只需清水和盐，不用其他任何作料，一口吃下去，香味满嘴里打转儿，美其名曰"盐煎羊肉"……这些美味，讲出了这片"忘忧之野"。

采凉山的"凉"是香甜的

采凉山一直往北，就连着架设外长城的地界了。而采凉山这个位置的"凉"，尚且不是苍凉，而是可以采集、享用的"香甜的凉"，有"一兜水"和"盐煎羊肉"为证。可是历史上，这些美味不足以让这里的农户致富。让"忘忧七村"真正脱胎换骨的，是脱贫攻坚，是乡村振兴。

我们来到不远处的易地扶贫搬迁村——西坪镇坊城新村。走入白高山老人宽门洞子的小院，路过绿油油的蔬菜，走进白瓷砖贴面、铝合金镶窗的阳光居室，他的儿媳妇正在准备午饭，小孙子满屋里走得欢实。

白高山把我们领进里屋，向南的窗子照进明晃晃的阳光，一盘土炕亮堂堂地连着南窗。炕头上的红漆小桌旁是白高山日常歇坐的地方，2020年5月11日下午，习近平总书记走进小院后，就是在这炕头上与他隔桌而坐，一起热热乎乎地聊起家常——这张照片就挂在墙上，画面中，他与总书记面对面交谈，儿媳妇盘腿坐在他身后，怀里抱着婴儿……说起这些，白高山笑容里满是光亮，他指着炕前玩耍的孙子说："那天，他才出生66天，当时睡得正香，可转眼间这就快一岁半啦……"外间墙上，贴着年画味十足的"贺卡"，印着布老虎与祥云图案，布老虎口衔红底金字的条幅："白逸锐周岁快乐。"

搬入新村前，白高山一家居住在大坊城村的土窑洞里，全村土地盐碱化问题突出。和他们村一同迁入这新村的，还有坡梁薄地上的西咀村。白高山说，他们家将多数土地流转给黄花种植合作社，只留少数土地，种些自家食用的黍谷。"黍"，就是用于做糕的黄米，也称软米。喜欢种些黄米的白高山和乡亲们，一定也擅长制作这北纬40度上的特产——大同黄糕。大同人待客的餐桌上，这一道"黄、软、筋、香"的美食是必不可少的。这特色黄糕里，一样吃得出采凉山地界上"香甜的凉"。

日子过舒坦了，没有后顾之忧，白高山的儿子便进城务工，学着操练手艺去了。

黄花乡里农家乐，采凉山下可忘忧。

大美浑源

郭 斌

永安寺大殿

金碧永安

浑源的好去处真是不少,除了著名的北岳恒山、悬空寺,县城里还有多处同为"国保"的古迹可览,比如永安寺。

《寰宇通志》卷八十一记载:"永安寺,浑源州治东北,金建。"如今,永安寺所在处为鼓楼街。叫街,其实是一条窄窄的小巷,但不能小看了这条小巷,这里几乎就是浑源城的文脉所在:在小巷里踱步,古州衙、文庙、麻家大院等古迹名胜叩门即入;稍往里,风铃倏忽,眼前已矗立着一座金代九层密檐砖塔的圆觉寺;再前行百米左右,看到一座上覆黄色琉璃瓦、金碧辉煌的建筑,这就是永安寺了。

寺院金碧辉煌?古往今来,用金碧辉煌这个词描摹的,只有一种东西,那就是皇家的宫殿。一座小小寺院,何以用如此别样的风貌示人?

永安寺坐北朝南,现存建筑是占地5000多平方米的两进院,是山西北部规模较大的一处元代建筑群。山门采用较为罕见的五开门式,其他主要建筑沿中轴线主次分明,左右对称。

进入前院,钟楼、鼓楼两面对峙,正中为护法殿,内塑四大护法天王,两面厢房分别是方丈堂、云堂。转入后院,高高月台上矗立的,就是永安寺的精华所在——传法正宗殿。这是一处元代遗物,殿前檐下正中悬挂着一块浮刻木雕牌匾,匾中书"传法正宗之殿"六个大字,是元初著名书僧雪庵和尚的手笔,已被专家断为雪庵绝品。新中国成立初期,国家文物局曾组织一批专家学者来这里考察,当他们发现这块"传法正宗"的匾额后,连连惊呼:"在这小县城,竟有如此文物珍品!"

这次考察,不仅发现了这一"珍宝",随团的著名考古学家傅振伦先生还做了另一件颇有功德的好事。在永安寺,他把一通名为《大永安禅师铭》石碑上的1000多字碑文全文抄录下来。这通石碑，后在"文革"中惨遭厄运。傅振伦先生的严谨治学态度，让这一珍贵的文物资料侥幸留存于世，实在是不幸中的万幸。

大殿前墙上砖刻有4米多高、3米多宽的两个大字"庄严"，书法苍劲稳健，署名为"太原龙山段士达"。殿后板门两侧墙上砖刻着同样大小的"虎啸""龙吟"四个大字，也为段士达作品。

与国内多数古建一样，传法正宗殿的建筑手法，也是采用传统的木骨与斗拱相结合的做法，庄重、简朴。殿身面阔五间，进深三间，单檐庑殿顶，殿顶中部以黄色琉璃瓦覆盖，四边则以蓝、绿琉璃瓦镶饰，顶部有五彩琉璃脊饰鸱吻两两相对，另有龙、凤、狮子、麒麟、天马等琉璃饰兽。它们造型生动、色泽艳丽、制作精美。殿内支柱沿袭金代遗风，减去前槽金柱，在保持合理承重的同时，最大限度地扩展建筑物的内部空间，既适应宗教活动的需要，又可节约木料，设计科学合理。

与其他寺庙不同的是，永安寺的主殿传法正宗殿内竟没有佛像。

在很长的一段时间里，永安寺曾做过县剧团的驻地，做过粮仓，也做过小学校，在多舛的命运变幻中，原有的佛像或被搬离，或被损毁。而在此后的修缮中，不知是谁的主意，没有千篇一律地在殿内重塑金身，这也算奇事一桩。

奇吗？如果你在这空空荡荡的大殿里，忽然发现四壁竟赫然人影憧憧、热闹非凡，你就会觉得，如果真的再摆一些泥胎菩萨出来，那才是真正的奇事一桩。

这就是永安寺内最具艺术价值的水陆壁画。

水陆法会是佛教寺院为超度亡灵、普济水陆一切鬼神而举行的一种重要佛事活动，特别是宋代以来，辽、西夏、金、元在大同地区割据对峙，动辄杀个血流成河、尸骨如山。厮杀与超度、牺牲与悲悯交替上演，水陆法会更成了超度那些忠臣烈士亡灵的重要事续。于是，在充满杀气和死气的长城沿线，水陆寺庙应运而生，水陆丹青层出不穷。

永安寺大致兴建于元代成宗、武宗、仁宗、英宗年间，此时水陆非常盛行。始建之人是浑源籍的永安节度使高定。节度使是武职，高定自然是从军之人，在那个杀来杀去的年代，高定刀下必有人命无数，随其征战马革裹尸者更是不计其数。后来，高定回浑源原籍发愿修建永安禅寺，想必超度这些亡灵是主要因缘。

大同知名学者李尔山分析永安寺壁画的由来时曾说："我们虽然无从知晓大寺落成时壁画是什么模样，但可以肯定地讲，我们今天能一睹华彩的永安水陆壁画，所体现的仍然是最初的这种悲悯精神。"

殿内壁画合计170平方米，画面上巧构各种人物882个，绘者试图通过这一种盛大华美的场景来表现宗教及人生理想。正面的佛教密宗十大明王像为元代画作，飞动的笔力下，形象巨状诡怪。明王为佛教护法神，其有智力摧毁一切魔障。为使世人醒悟痴迷，明王常以狰狞面目出现，棒喝迷途之人，使其知返。看壁画中一明王，蓝面赤发，面目凶恶，但其双手揭开自己面皮，其后却是一副大慈大悲的面容。这是否告诉人们，不管你看到的佛像现恶相还是慈相，其本质上都是慈悲的？

东西两侧墙上和殿门两旁，则绘有佛道合一的诸神画像。这些画为明清补绘，笔力娴熟流畅，色泽绚丽协调，人物刻画细致，同样具有较高的艺术价值。东壁有约18米长的重彩壁画，画面为天、地、人三界。上层为天界日、月、水、木、金、火、土诸神；中层为天干、地支、二十八星宿等诸神；下层为人间帝妃、文臣武将、黎民百姓、僧道等人像。西壁也为18米长的重笔彩绘，也分上、中、下三层。上层为五岳神帝、四海龙王等诸神；中层为十殿阎君、阴曹地府诸官像；下层是十八层地狱及厉鬼群像等。整个画面中，800多位六道中的神、圣、人、鬼，熙熙攘攘地朝向悲悯无边的佛陀，去接受他的超度。

说完壁画，话题再回到永安寺的"金碧辉煌"中来。

前文已述，永安寺的传法正宗殿殿顶覆盖的是黄色琉璃瓦，这在一般寺院是极少见到的，建筑用黄色琉璃瓦是封建帝王的专利，经皇帝恩准敕建的坛庙或祠堂建筑的屋顶上，也可以铺设黄色琉璃瓦。其他建筑，及官衙、王府等，均不得在其建筑屋顶上铺设黄色琉璃瓦。

永安寺并无半点皇家性质，其建造者高定贵为朝廷重臣，等级的规矩他应该是懂的，仅仅为了壮观气派、金碧辉煌而冒被诛九族的危险，他应该不会做。

当地民间曾有如此说法，高定早有谋反之心，建造永安寺并非其初衷，他本来是要建造一座将来登基用的金銮殿，后被人告发，为了掩盖造反企图，才将其改作寺院。

但是此说无资料可查，不免有牵强附会之嫌。在清乾隆的《浑源州志》中，纂修者浑源知州桂敬顺曾做过如此解释：永安寺，用黄瓦不合制度，但殿上设置皇帝万岁牌位，文武官员在此朝贺，用黄也合适，因此依从了士民的请求。这个说法同样勉强，佛寺是供奉诸神之所，在佛寺设置皇帝万岁的牌位显然不伦不类，且古往今来闻所未闻。

看来，黄瓦覆顶的永安寺，注定要为后人留下一个难解的谜了。

恒岳悬空

看过《笑傲江湖》的人，不知道有多少到过浑源境内的北岳恒山悬空寺？反正金庸老先生是未亲临过的。因此，在他的笔下，悬空寺成了"飞阁二座，耸立峰顶……二楼之间，联以飞桥"的情景。其实，悬空寺不是立于峰顶的，而是在悬崖之腰，是一座真正的空中楼阁。

小说虽是虚写，但倘若金大侠能让笔下悬空寺落于实处，那哑婆婆迫令令狐冲娶了仪琳并剃光他的头发；冲虚、方证怂恿令狐冲搅局五岳并派大会；"滑不溜手"游迅等人意欲加害令狐冲与盈盈，为夺《辟邪剑谱》自相残杀……一幕幕接踵上演的好戏，岂不更加悬虚？

大多数的佛寺，都是建在高大的平台上，让信众仰视圣者。道家建造的悬空寺更绝，干脆挂在半山上。笔者曾与作家王祥夫探讨，王

悬空寺迎来游客高峰

乡村风采 / 643

先生说，道家好奇幻，所以才想出这样一个建筑，百般炼丹升不了天，离天近一些也好！他的话是有道理的，道家建观，有"不闻鸡鸣犬吠"的理念。

事实确实如此，北魏太武帝执掌朝政时，嵩岳道士寇谦之为帝所宠，其苦心经营的道教成为北魏的国教。神䴥四年（431），在修建大道坛庙的基础上，寇谦之劝太武帝在京都平城（今大同）附近造一座静轮天宫。关于这座天宫的规模，郦道元的著述里说："台榭高广，超出云间，欲令上延霄客，下绝嚣浮。"《魏书》记载："必令其高不闻鸡鸣犬吠之声，欲上与天神交接。"

这么一个不切实际的建筑，当然是建了坍，坍了建，耗力费时，终无结果。这样的局面，连太子拓跋晃都看不下去了，他劝父皇，说这是不可能完成的任务。如果一定要建所谓的天宫，还不如选一个高山头建在上面，既有了天宫又省了人力、物力。他没有理解父亲作为一名道教徒对于成仙的祈望，这个天宫就一直这样建了下去。

到了太和十五年（491），太武帝、寇谦之都已作古，执政的孝文帝决定把皇家道坛迁移到桑干之阴、岳山之阳。迁建时，正是按照拓跋晃劝父皇时的建议将道坛建在"东山万仞之上"，这就是现在的悬空寺。因此，悬空寺实际是静轮天宫的孑遗，只是，当时的名称叫做崇虚寺。

其时，此起彼伏的战争，日益加剧的民族矛盾，让颇具雄才大略的冯太后和孝文帝注意到，仅仅进行政治和经济的改革是不行的，思想文化战线的工作也得好好抓。

怎样才能建立一个各民族、各种信仰的黎民百姓都期盼的和谐社会、和谐大家庭？

他们把目光投向佛、儒、道的三教结合，这么一个组合，肯定汇聚天下各流派的贤达，只要能统领天下贤达，那构建和谐社会则指日可待。在这个时代大背景下，悬空寺形成了独特的三教格局，直至目前，仍为国内仅存的三教合一的寺庙。

悬空寺有楼阁41间，主要殿堂17处。其中佛教11处，如大雄宝殿、雷音殿、千手千眼观音殿、地藏王殿等；道教5处，如太乙殿、纯阳宫等；三教合一1处。

这三教合一的地方名为三教殿，殿内供奉着佛、儒、道三教的最高领袖。释迦牟尼居中，庄严肃穆、佛法无边；左为老子，神态飘逸；右为孔子，为人师表。三家祖师同居一室，和平共处。有佛教的善男信女来拜佛许愿，也有道教的弟子打卦问卜，还有儒家的徒子徒孙们来求金榜题名。大家各敬所尊，互不干涉。有道是自古佛道不同山，这里却是一堂三教同结义，"不想成为和尚的儒生不是好道士"，这个荒唐饶舌的小段子，在这里成为一种耐人寻味的传奇。

除了被人戏称为"统战部"的三教殿，同样具有三教合流特征的还有关帝殿，这里供奉的关老爷，已不是那个为大家熟知的面如赤枣的大刀关羽的武将形象，而是正襟危坐的关圣帝君。在这里，他不仅是儒家推崇的与文圣人孔子地位并列的武圣人，还是佛教里护佑寺院的伽蓝神、道教里伏魔镇邪的天将。

1500多年过去了，留于后世更多悬念的，其实还是悬空寺建筑本身。

20世纪90年代初的一天，悬空寺管理处的许多工作人员经历了曾让他们无比心悸的一幕。那时是中午一点多，正在接待室休息的讲解员们突然感到地下剧烈震动，接着外边巨响隆隆，是地震！大家几乎同时将目光投向山崖间的悬空寺。"石头不断从山上往下滚，灰茫茫的一片，连悬空寺的影子也没了。"当时在场的讲解员王霞回忆说："心都提到了嗓子眼，以为悬空寺不在了。"那时，悬空寺内还有众多游客，包括一个42人的德国团队。结果烟消雾散后，悬空寺毫厘未损仍挂在半山，所有游客除了受到惊吓外，同样毫发未损。

由地震引发的悬崖滚石为什么没有砸到悬空寺？是借了佛法的威力，还是得到道家法术的庇护？其实，这是悬空寺自身的看家本领。其所在的翠屏峰是一个内收的弧形，它的位置恰好是这个弧形的最凹处，所以从山上滚落的岩石只会从悬空寺的前面直接落到地面，却沾不到悬空寺的一个边角，这正是悬空寺选址的巧妙之处。

巨石砸不到，那地震本身产生的巨大震动为何也奈何不了悬空寺？著名的古建专家罗哲文曾对悬空寺的建筑结构进行过专门研究。他发现，不但悬空的楼阁靠木材支撑在悬崖上，楼阁本身的框架结构也是由木质的梁柱组成，形成一个横梁立柱结合榫卯结构。这个结构是将一根木头凸出的部分插入另一根木头相同尺寸的凹洞里，在受到巨大外力作用时，部件彼此错动，能够吸收震能，当外力消失时又能恢复原状。这一结构的特性正是悬空寺在历次地震中能够幸免于难的主要原因。

距离地面80米之高，如此奇险的悬空寺是如何建成的？

根据寺里石碑的有关记载，当时的工匠首先悬绳作业，将山石打孔，完成托架整个寺院的横梁的布置，然后铺上木板，作为楼基。再在山下制造出所需的木质构件，把它们搬运到山顶上，之后，用绳索把工人和这些部件都放到山腰。在这里，工人们开始将一个个单独的构件拼装成一幢幢楼阁。当所有个体的建筑都完成之后，再铺上栈道，把单个的建筑连接成整体，这样便成了"蜃楼疑海上，鸟道没云中"的悬空寺。

晨钟暮鼓里，那个名为李白的诗仙曾站在这里错愕无语，他可以写下诸多如"黄河之水天上来""疑是银河落九天"等千古名句,但在这里,却绝了诗性,只捡了一块峭石,飞笔写下斗大的两个字"壮观"。之后,或又曾才思涌动,但终不能直抒胸臆,干脆在"壮"字右下方再加上一点,然后拂袖而去。

相比李白,旅行家徐霞客倒是在《游恒山日记》里对悬空寺大写特写:"西崖之半,层楼高悬,曲榭斜倚,望之如蜃吐重台者。"关于悬空寺,风流雅士们留下太多笔墨,但倘若建造天宫的始作俑者寇谦之和北魏太武帝地下有知,想必他们最想听到的,还是清同治年间的重修悬空寺碑记里的这一句——不知者以为神为之也。

让悬空寺声名显赫的,除其奇、险、巧的建筑特色外,其中的宝物也堪有分量。在大雄宝殿,有三尊脱纱佛像,是镇寺之宝。脱纱塑像,因其工艺繁杂,成像后轻巧精美而一向被视为天下雕塑之瑰宝。在中国北方,除悬空寺的三世脱纱佛像外,只北京香山碧云寺和五台山各留存一组。从全世界范围来讲,脱纱佛像也极为少见,日本东京大唐召提寺中供奉的鉴真法师脱纱像,一直以来就是被日本政府视为国宝的。

和许许多多祖先留下的宏图巨制一样,悬空寺也没能规避用门票换钞票的命运,它所尊崇的"三教合一"的宗教思想和它的奇险一道,正成为交易中的卖点。让我们欣慰的是,悬空寺的管理者并没有一味纵容践踏它的脚步,游客同一时间限量进入等措施,虽然常常让慕名而来的各方游客排起长队,但对于一座千年古刹来说,这种等候却显得那么弥足珍贵。

悬空寺的美,是一种伟岸、傲然,令人惊叹的大美,在影响宁静和安然的芜杂被去除后,它穿越在历史烟云中的挺拔身姿依然如故。

灵丘印象

宁志荣

行走于山西省灵丘县，四面青山，青翠扑面，路旁溪水潺潺，林间飞鸟鸣啭，仿佛置身于江南。这迥异于我想象中的塞外：飞沙走石，群山苍凉。灵丘之美，令人心魂荡漾，美似江南，她的生态环境之好，乡村风光之美丽，是新时代美丽农村建设的缩影。

塞外桃花源——花塔村

车随群山蜿蜒曲折，道路如巨龙盘旋，山上时而浮现一段明代长城，时而出现一个垛口，令人目不暇接。山重水复，柳暗花明，转过一个山涧，突然看到一个烽火台，屹立在苍茫如海的山峰之中，承载了多少岁月烽烟。我们来到了花塔村外，路口有个石质牌楼，上边写着——生态民俗第一村，两旁楹联写道："花塔荣春晖塞外明珠山外雨，三楼留胜迹明时长城秦时风。"既赞美了花塔村，也涵盖了花塔村的悠久历史。

花塔叠溪

若说马上就进村了，其实还远着呢！

2018年12月，花塔村列入第五批中国传统村落名录。村庄位于大山深处，四面环山。村民日出而作，日入而息，过着悠闲自在的生活，近乎与世隔绝。以前村民想要出山，必须翻山越岭，攀登悬崖，十分惊险。花塔村藏在深闺人不知，就像一幅美丽的国画，未曾被人披阅，保持了恬淡古朴，平添了不为世人所知的神秘。

进入花塔村，需穿过红沙岭隧道。隧道2米多高，宽约1丈，只能通过小车。进入隧道，好像进入一个清凉世界，隧道顶上泉水滴滴答答，一尺宽的水渠里流水哗哗，壁上高低不平，留下凿刻痕迹。这是花塔人自己开辟的隧道。他们为了走出大山，自力更生，克服困难，硬是在大山腹部，开辟了一条约一公里的隧道，连通了山外的世界。

车出隧道，觅得花塔，豁然开朗，气象万千。四望群山如屏，蓝天白云，树木苍翠，山风拂面。村口一条小溪，有村姑身着红衣正在洗衣，令人感觉仿佛又回到了从前。进了村，只见房屋建在路边山坡之上，错落有致，路旁是清晰可见的溪水，如银色的飘带环绕村庄。溪水边是一层层梯田，沿着缓坡而上，田野里有亭亭玉立的高粱，拔节生长的玉米，还有菜园、苹果园、桃园、核桃树、花椒树，四处弥漫着花香和果香。

时近中午，我们在一处农家乐就餐。院子里挤满游客，熙熙攘攘。我们找了一张桌子坐下，主人非常热情好客，落座不久菜就上来了。水是身旁的泉水，菜是地里的有机蔬菜，鸡蛋是当地的土鸡蛋，还有各种叫不上名字的野菜。山风吹来，那一阵阵清香、那一缕缕芬芳，让人体验到村民的淳朴、乡间的风情、大自然的恩赐。

饭毕，我们来到村委会，看到村里的生态规划、旅游规划、发展规划等等，花塔村正在迈着坚定的步子向更高的目标迈进。走在青石板铺成的乡路上，进出农家屋舍，充分感受到了花塔的气息、花塔的风韵、花塔的民俗风情、花塔的美丽，不愧有塞北"桃花源"之称。

塞北小江南——北泉村

北泉是个富有诗意的名字，是个令人魂牵梦绕的村庄，你来了一次必然想来第二次。从灵丘县出发，驶向县城东南数十公里，路边的唐河缓缓流淌，伴我们来到红石塄乡北泉村。

我惊奇于灵丘的水多、山青、村美。北泉村旁有一条河流——唐河，昼夜不舍，滋润着美丽的灵丘，之后流入河北省涞源县，最终汇入大清河水系。灵丘县坚持"绿水青山就是金山银山"的建设理念，推进山水林田湖草系统治理。如今的唐河流域水草丰茂，游鱼穿梭，鸟语花香，有塞上江南之称。这里还生活着国家一级保护珍禽——黑鹳，被称为鸟类中的"大熊猫"，被国家命名为黑鹳保护区。

迈入村口，就看见一座古色古香的木牌楼，上有隶书大字"农家乐园"，挂着一个横幅"魅力北泉欢迎你"，十分大气。只见一排排房子规则地分布在山坡上，亭台楼阁，胜似别墅，十分典雅。村里的巷道青石铺路，曲径通幽，充满了乡村风情。我们看见一户房门开着，就进到百姓家闲聊。听老人说，一个孩子在外上大学，另一个孩子到南方打工，老两口在家里种地，乐得自在。

我们踱步来到荷池，只见碧波荡漾，金鱼成群，游动不已。池里荷花成片，粉红色、褐红色、粉白色，赏心悦目。荷花池里是一座石桥，一直通向山顶。拾级而上是一座楼阁，陡立在高崖之上。荷花池

北泉风貌

的中间建有一座大型舞台，是乡村百姓的娱乐场所。倚栏而望，欣赏荷花，听着鸟鸣，看着浮云，闻着花香，仿佛置身于另外一个世界。如此安闲，岁月静好。

来北泉，令人难以忘怀的是大型实景演出《梦幻北泉》。天近傍晚，村里的街道上熙熙攘攘，不仅有大同周边的，还有北京、河北等外地游客。街道两旁摆满了雁北特色的小吃，有油糕、凉粉、荞面碗托、莜面饸饹、羊杂割等等，游客们一边品尝美食，一边准备看节目。

八时许，演出在荷花池的大舞台拉开大幕。灯光辉映的舞台上，全副武装的北魏将士，浑身铠甲，战鼓咚咚，马声嘶鸣；花木兰男扮女装，奔赴前线，勇敢杀敌；赵武灵王胡服骑射……

整个实景演出，让人屏住呼吸，一气看完。演员们的精湛表演，让各地的游客赞叹不已，掌声阵阵，不绝于耳。可是，谁曾知道，这些演员没有一个是专业演员，而且大多是中年妇女，男人出外打工，她们白天种地，晚上演出，在促进当地旅游发展中还增添一份收入。

北泉村打造"回归田园、融入生态"的旅游小镇，建设有机农业＋生态旅游＋美丽乡村，获得了"山西省生态文明村""山西省旅游特色村""全国绿色小康村""全国农业旅游示范点""全国生态文化村""2017年中国最美休闲乡村特色民俗村"等光荣称号，成为名副其实的美丽新农村。

车河有机社区——全国文明村

近年来，灵丘县大力推进生态文明建设，始终坚持以生态文明思想为指引，建设"宜居、宜业、宜游、富足、幸福、魅力"山水特色城镇。车河有机农业社区作为曾经的贫困村，在党的富民政策指引下，脱贫攻坚取得了胜利，2020年一跃成为"全国文明村"。

车河有机社区由上车河、下车河两个村合并而成，耕地1000余亩。从前，村民长期以种植土豆、谷子、莜麦为生，结构单一，村民一年到头，辛辛苦苦，收入不高，属于典型的贫困村。后来，车河村在灵丘县委、县政府的支持下，大力植树造林，加强水利建设，发展有机农业，开展特色旅游，彻底改变了山村面貌。

一条曲径通幽的乡村柏油路，将我们引进风景如画的车河有机社区。公路两旁是成片的有机农田，种植着有机杂粮、有机蔬菜。各种果树茁壮生长，长势喜人；抬头仰望，山上连绵不断的森林，郁郁苍苍，直接云天；身旁是碧波荡漾的溪水，潺潺流动，叮叮当当，奏响美好的天籁之声。据统计，村里种植有机杂粮和蔬菜700余亩，养殖有机鸡5万余只、有机青背山羊1万余只。

走进车河有机社区，天那么幽蓝，云那么洁白，草木那么青翠。更引人注目的是一排排二层小楼，设计别致，石砌的墙壁，美丽的装饰墙，楼前的小花园，充满古朴又现代的韵味，构成美丽的乡村山水长卷。如果不是亲眼所见，谁能想象，从前面朝黄土背朝天的村民，如今能住上这样档次的楼房，过上令人羡慕的幸福生活。

社区还开设了一个民俗博物馆，保留了农业文明的印记。长久生活在城市的人，来到博物馆，看到农民耕地使用的犁、耧、耙、磨，看到打粮食用的木锨、连枷，磨面用的石头碾子、石磨，织布用的纺线锤、织布机，以及农民家庭生活的各种日用品，仿佛穿越时空，回到了从前的乡村，与传统的农耕社会再次邂逅。除此之外，车河还建设了700平方米的展示中心、1500平方米的接待中心，使这个偏僻的小山村不仅能够进行会议接待，而且开发了乡村特色旅游产品，吸引了许多外地游客。

车河有机社区

车河有机社区环境优美，生态发展，农业发达，连续举办了多届"车河国际有机农业论坛"，吸引了国内外的农业专家和客商，成为闻名遐迩的有机生态村。车河有机社区是乡村振兴与生态文明建设的一张靓丽名片，也是一颗耀眼的"塞上明珠"。

短短数日，流连于灵丘县乡村的山山水水，惊异于新农村的巨大变化，令人感慨万分。灵丘地处塞北，山清水秀，生态美丽，产业兴旺，城乡和谐，新时代的灵丘人民一定能够书写更加辉煌美好的未来。

乡村系列

侯建臣

吉家庄印象

我现在还经常做梦，我好多次梦到一栋大楼，它已经是要拆的样子，然而我还是一直待在里边，我知道我应该收拾屋子里的那些东西了，然而我却一直坐在那儿不动。我不知道为什么好多次我的梦境大致都是一样的，有时候我想是不是在冥想之中我把某一个梦境重复了一遍。但后来认真地想想，似乎多少还有一些情节是有区别的。随着离开生命出发那个地方的时间越来越久，故乡老屋老院老物件在梦里出现的次数越来越少，而最初安身立命的这个地方出现的次数却多了起来。

其实那栋楼已经不存在了，印象中人们把那一片叫南关南街，那栋楼的编号是 23 号，但有一次邮局的人告诉我应该是工农路。不过我寄信的时候总会写成南关南街 23 号，基本上都收到了。在我的梦里，与那栋楼一起出现的，是两个老人，一个是吉大爷，一个是吉大娘。

吉大爷和吉大娘是那栋楼的看门人，我一上班见到的第一个人就是那个个子很低、腿罗着、头朝下眼睛朝上警觉地看着进出大楼人们的老汉，老汉话不多，经常只盯着人看，看得人全身不自在。吉大娘话多，吉大娘一说话，满楼道都能听清。我总怀疑是不是因为吉大爷不说话，吉大娘才提高了嗓门，慢慢就成了习惯。清晰地记得有一次在梦里，我问他们楼都要拆了，你们为啥不走，他们没说话。醒来后，他们的影子一直在我的脑子里，我就想不是他们不离开那栋楼，是他们离不开我的记忆了。

绕来绕去就说到吉家庄了，我是在去吉家庄的路上想到吉大爷和吉大娘的。

好多年前，吉家庄对于我来说，只是一个概念，就像人们偶尔说起的周士庄或者别的什么庄。走进吉家庄的时候，吉家庄便一下子成了这个世界非常具体的存在。吉家庄之南，是一群重叠的山峰，有马头山、殿山、小泉华山、马鞍山，它们属于恒山山脉。这些山本来是立体地耸立在那里，但从远处看它们就是一个平面，有人看着看着，就把它们看成了某一种很具象的东西——睡佛。站在远处看，高低起伏的山峰看上去就像是睡着的大佛。听人这么一说，左看右看确实有点像。再经人一指点，从西往东看，眼睛、鼻梁、双唇、下颌、脖颈、胸腹……轮廓分明，神态逼真，可不就是平躺着的大佛？

其实如果足够用心，我们到处都会发现佛的存在。特别是生长在大地上的山们，它们高低起伏的样子，原本就是让我们去想象的。因为有山和树，因为有河流和沟壑，大地就是佛，大地是包容一切的佛。因为高低错落，因为神韵无限，山也是佛，山原本就是站着的、坐着的或者躺着的佛。

与吉家庄有关联的，还有一条河流，不算大，但却有一个很雅的名字。"桑葚熟时，河水会干。"在大同我从来没有见过桑树，当然也没有见过桑葚在什么时候成熟，如此说来，在这地理概念上的北方，是曾经有过繁茂的桑树的，是曾经有过桑葚成熟的味道弥漫在某一个季节的；或者还有过一个季节，在所有的桑树下面能听到一种叫"蚕"的宝宝啃食桑叶的声音。过去是用来消失的，当所有的消失构成了过去的概念，一条河流所承载的已经不是一个名字，而是一种存在方式。我好多次站在这条叫"桑干河"的河流旁边，想象着它的丰满和枯瘦、充盈与沧桑，有一种靠近祖先的感觉。我不想去探讨它从哪里来，最终要到哪里去。我只愿意站在它的弱柳丛中，听其声潺潺，间或伴有一只陌生苍鹭的叫声，再有一群灰褐色麻雀飞过头顶，此时我是婴儿或者渴望恋爱的少年。

是在10万年前，或者更远的时间，一群人或者若干群人，敲打着石头，削磨着石片，然后结伴追逐披毛犀、普氏野马、扭角羊、大角鹿，他们把手里那些石头做成的工具一次次地扔出去，扔着扔着他们把自己也扔进了历史，扔进了这个叫吉家庄的现代村落的土地之下。是在4000年前，一群身披粗麻布片的人，把泥土做成不同形状的物件，然后放进熊熊的烈火之中，土与火的交融最终诞生了陶和瓷。那个敞口的凹形盘不就是大同盆地吗，它承接着上天所有的赐予，然后再赐予生存在这片土地上的生命；那个丰满的三足斝不就是稳稳地站在大地中心的女性吗，它莫非仅仅是用来喝酒，它其实更是大地之上、蓝天之下蓬勃生命力的象征。这些破碎的陶和瓷们，在吉家庄一个废旧的粮站吸引着人们的目光，并催生出一个新的产业——吉家窑。在吉家窑，现代工艺大师们的名字一次次雕在泥胎之上，并经过柴窑、汽窑、电窑烧出吉盏、吉盘和各种具有专利品质的产品。

我还走进了一排老房子。老房子里边摆着沾满尘垢的"上一个世纪"，或者老房子本身就是"上一个世纪"。那些烟们、酒们，好多都已经成为"曾经"；那些"三大件"（洋车子、手表、缝纫机）大多已经生锈；那些曾经的老物件里，有拨吊、二人罐、老酒壶……它们在时间的流逝中每天都有一层尘土落上来，直到有一天最终被埋掉，变成若干年以后的"古董"。站在这个曾经的"供销社"，我总感觉会有一个人走进来，是一个年轻人，他风一样推开门，要一盒官厅烟，打一壶散白酒，然后看着"三大件"，自言自语地说："等攒够了钱，把你们买回家，我就能娶媳妇了。"我想象的那个人的样子，就是吉大爷的样子。

吉家庄还有一个滑雪玩冰的地方，吉家庄正在打造"冰雪小镇"。从冰雪小镇出来，我突然又想到了吉大爷和吉大娘，我想到了他们当年带到单位的豆腐干，我想到了当年我对吉家庄的印象就是吉大爷和吉大娘的样子，就是他们带去的豆腐干的样子。我突然很想跟人打听一下吉大爷和吉大娘的消息，可是没有。把时间放在指头上算一算，他们应该是90多岁的人了，我怕听到什么不想听到的东西，那样他们再出现在我的梦里不知道会是什么样子了？

云州有个东沙窝

大同，到处都是景，你随便去一个地方，都能发现令你惊喜的东西，比如东沙窝。

那天，正好是晴天。天上无云，一蓝万顷。晴朗的天气，人的心情也会好起来。如果一个人的心阴暗了太久，在晴朗的天空下走走，兴许就能把那些积在心里的霉，一点一点地晒出去。所以我经常想，一个喜欢穿纯蓝色衣服的人，大致不会是抑郁症患者。

那天心情大好。见到的人都是想见到的，遇到的事当然也是想遇到的。整洁的新能源环保汽车，哼着小调，一路向东，把我们拉到了黄花盛开的地方，拉到了地火曾经欢唱的地方。然后，继续向东、向南，把我们拉到了东沙窝。

东沙窝是云州区瓜园乡的一个村子，跟它对应的，还有一个村子，叫西沙窝。原来以为这两个村子是因沙子而名，这样的名字很多，就像内蒙古的响沙湾、宁夏的沙湖。进了东沙窝才知道，与沙子无关，是因了石头。东沙窝紧邻桑干河，桑干河从源子河和恢河出发，一路又有壶流河、御河等很多支流汇入，桑干河的涛声从远古响到现在，把东沙窝的岁月也响老了。

走进东沙窝，就走进了石头的世界。

东沙窝

东沙窝的房子大多是用玄武岩建的，这些曾经被地火焠过的石头，黑红相间，奇形怪状，有的整块石头就像是一个蜂窝，因为它们以独特的方式浮在地表之上，被当地人称为"浮石"。这些石头本来是大自然发生变化的结果，但当地人因地制宜，把它们当成了建筑材料。走在东沙窝的街巷，就像走进了奇特的石头阵里，两边的墙从打基到起墙，可以说一石到底。不同形状、不同大小的浮石像一块块积木，被嵌在一起，严丝合缝，规规矩矩。有时候方方整整的方砖，盖起来的房子都是歪歪扭扭的，在这里，这些有着不同性格和面貌的石头们，却一下子整齐得令人不得不叹服，如果站在墙的一边斜着看过去，那整堵墙特别齐整，每一块石头都变得没有了"棱角"。站在东沙窝村的中心，东边是黑红相间的石头墙，西边是黑红相间的石头墙，南边、北边都是黑红相间的石头墙，站在这四面如一块一块小破布补起来的"大布"之中，你会感觉你正置身在一个神秘的世界。

跟许多北方农村一样，东沙窝这些年也变老了。房子老了，人们老了，就连蹲在树上的喜鹊和麻雀似乎也都老了。那些石头垒起的房子，肯定曾经年轻过，也肯定当时充满了阳光和激情，但现在也像是一群聚在一起晒太阳的老人了。它们有的基本还算完整，但好多已经开始坍塌，或者已经坍塌得不成了样子。而这种相对完整中的不完整，却更给这奇特的"石头村"增加了不一样的韵味。穿行在石头街上，走进一个个残存的大门，就走进了一个个杂草替代了足迹的老院。老门老窗、老井老缸，褪去了色彩的老窗花已经把心事说尽了的样子，而老磨盘却与风对抗着，纹丝不动地斜睨着天空，嵌在中间的铁柱仍然不甘心，坚挺地述说着过往。偶尔的一个院子里，会看到一个或者两个老人也如那砌墙的石头，睁着跟那些石头有同样颜色的眼睛，淡然地看着，也不问啥，只就看着，把这石头老院的时光也看老了。

人走在东沙窝，仿佛就走在时光的深处，如果不是你刻意让自己成为某一种存在，一不小心就感觉只有那石头存在着，只有那时光存在着，你只是一块被时光甩出去的石头。

村子的南边，有一堵老旧的照壁，也是用石头垒起来的，那种形式的照壁，曾是特殊时代的产物，模糊地还能看出以前上面写过的语录或者别的什么痕迹，但如今已经破败不堪，只能看到周围的石头在不断掉落的过程中，露出它们本来的面目。离老照壁不远的地方，一个石头砌起来的老戏台，高大宽敞，卓然立于一个看似广场的地方，墙还在，梁柱还在，房顶却破得不成样子了。可以想见当年这里的热闹景象，帝王将相粉墨登场，才子佳人风度翩翩，婉转悠扬的地方调红火了这里的日日夜夜。而今物非人非，那一幕一幕的大戏早就散场了，有着石头一样性格的地方调，也是远了。

看那空旷的地上，原来也是石头，东沙窝原本就是筑在一块巨大的石头上的。细看，整个东沙窝似乎是被一条很大很大的鱼驮着。

越过破戏台，往南，竟然闻到了清爽的气息。抬了头朝着远处望，一望无际的水面展展地铺开，波光粼粼，鱼跃鸟飞，一下子感觉到了另外一个世界。

一群山羊从广场的老戏台后面走过来，一个放羊人手提鞭子，哼着小调，仿佛也是从时光深处钻出来的。听着放羊人的歌声，再回望那些垒在墙里的石头，我一下子感觉那些石头都在唱歌。

此情此景，让我也忍不住随口哼唱了起来：

一块石头嵌东坡，东坡石头垒家窝；
家窝里面住家父，家父爱唱牧羊歌。

吴城的杏叶红了

吴城的杏叶红了。

当秋风端了它的颜料盆从田野上空掠过,一片片田野黄了,一片片田野灰了,一片片田野紫了,一片片田野橙了……有的地方还留着夏天的绿,却已经不是夏天完全的绿了,边缘上已经溅上别的什么颜色了。似乎秋风并不是有意要让什么地方黄、什么地方灰、什么地方紫、什么地方橙的,它似乎只是随便地走过,那颜料盆并没有盖严,各种颜色的颜料就随便地洒出来了,于是东一片黄、西一片灰、南一片紫、北一片橙,或者黄灰紫橙杂杂地混在一起,把蓝天之下的世界就变成颜料的世界了。

而有一片,是红色的。

一大片的红从什么地方落下来,还没来得及落地,就被那等待很久的杏树接住了。

那是浑源,那是吴城,那是一个杏树们拥在一起晒秋的地方。

晒,是一种生命状态。没有谁不期望享受晒的过程,但跟所有的过程一样,当你晒着什么的时候,另外的什么也就从你的身边溜走了。

一棵棵杏树站在吴城的旷野之上,就是一个个壮硕的男人,就是一伙行走在路上的人,或者就是一群在岁月中舞蹈的人。而这一群红脸蛋的人就是方言,就是乡土,就是能够扯住远方脚步的北方民歌。

其实经常能够见到红叶,正如经常会看到好多东西一样,见过也就见过了,并没有太当回事。很早以前,一到了田野里隐隐约约能够看见草色的时候就兴致勃勃地走向了村子前边那几棵杏树,站树下面高高地抬起头来盯着上边看,然后绝望地摇摇头。那时真是对那几棵杏树充满了期待。从杏树上最先看到的是花,先是粉骨朵儿,突然某一天就齐刷刷地开了，让周围一下子就灿烂了起来。当花儿慢慢地飘落，心里最最期待的"小老鼠"出现了，它们拖着小小的尾巴，绿绿的，让心再也静不下来了。树叶就是在那"小老鼠"出现以后开始长出来的，随着一片片树叶舒展开，"小老鼠"们就隐在树叶里了。这时就到了施展爬功的时候了，三下两下地爬上树枝，蹲在某一根树杈上，紧紧地盯着一个个"小老鼠"，恨不得它们在突然之间就长大。到了秋天一场又一场风吹过，树叶开始变红，并逐渐由浅红变成了大红，但那鲜艳的红色并没有太吸引还在树枝上寻找的目光，其实那些"小老鼠"们随着慢慢地长大，还没到成熟的时候早已经被祸害光了，但还是期望能出现奇迹，希望看着看着就有一个熟透的杏儿躲在某一片树叶后边。但当那红色慢慢枯下去，等到的最终只是一片树叶落到脸上

浑源县吴城

乡村风采 / 663

或者头上,再飘落下去;另一片树叶又落到脸上或者头上,再一次飘落下去……

最早对红叶感兴趣是很久以后了,读了梁衡先生那篇《香山红叶》,知道了大片大片的红叶连缀到一起也会成为非同寻常的景致,便也想象着红叶的好了。那年在鲁迅文学院学习的时候正是秋天,与几位同学结伴去北京西山看红叶,一路寻觅一路盘桓,等下了山也没有见到期待中的红叶,才知道有时候别人说出来的话并不能真的去相信。

市文联通知说要组织去吴城看红叶,吃惊不小,自己总感觉吴城应该是南方的一个城市,比如江苏或者浙江。后来通知的人说,哪里啊哪里啊,吴城就在浑源。于是从网上查了查,原来吴城是浑源的一个乡,位于县境的北部,下辖吴城、下辛安、翟家洼、北大仁庄等10多个村子。浑源是一个神奇的地方,一条河流从这里出发,因其名为浑水,浑源便有了自己的名字。这里不仅有北岳恒山,还有神奇的卧羊场山、穆桂英山、胡子岭、马鬃崖、翠屏山、凫风岭、龙山、千佛岭等等;不仅有历史悠久的浑水,还有唐河、神溪等等。浑源历史悠久,据记载始置于西汉,定名于唐,在漫长的历史发展过程中发生过许多事情,留下一个个传奇故事。那么在吴城这个听起来很南方的名字背后,肯定也有着许多为人知、不为人知的内容。

天地间的红在吴城是以红叶的方式展现的。

远远地看,那一大片杏树林拥在一起,都是盛装登场,都是精心打扮了的。它们所体现出来的红,都是从黄中脱胎而来的,便就不显得太艳。那轻轻浅浅的红浮在叶子上,叶子又浮在枝之上,枝又浮在干之上,而那干浮在大地之上,于是这所有的一切就都浮着。似乎这所有的一切都是为了让这浅浅的红浮起来,又似乎这所有的一切都是这浅浅的红用看不见的力量带着往上浮,不是静态的浮,而是动态的浮，一直向上动着，会在不经意间就浮到更高的地方去。

走进了杏林，就融进了红叶的世界。感觉所有的红叶都朝你拥过来，伸出了手、敞开了怀，恨不得一下子把你围住。所有的红叶都是热情的，温暖的血液在它们的茎脉里涌动着，温暖的问候从它们的喉咙里一出来就变成了晃动着的"沙沙"声。站在这热情中间，总想把手贴近那红，总想把脸贴近那红，也总想把心贴近那红，然后让自己也成为那红中间的一抹或者一片。那红似乎也有着一样的想法，开始似乎还有些害羞，扔了一片下来，又扔一片下来，然后再扔一片下来。试探似的，那第一片就落到了脚边，不敢太近也不愿太远；那第二片就从身边擦着飘下去了，经过了身体的好多地方；而那第三片，就大方多了，先是飘到了头上，顺着一个方向，是耳朵的方向或者脸的方向，柔柔地抚摸着，不忍一下子离开的样子，盘桓良久，最终还是不情愿地飘落了，顺从着所有的相聚都是告别的开始的规律。看地下，那一片就是一片的依恋，那两片就是两片的依恋，那一片、两片、三片、四片……聚集在一起就成了浓浓的依恋，让人一下子就彻底融入那无边的秋的依恋里了。

长城边上"杏花园"

风，刮过了一股，又刮过了一股。

风是放牧的好手，风一刮，天边那群闲散的云就开始动了。

那堵墙，一直是站在那里的，没有听到过它说累，然而是，它肯定累了。你看看，你看看，它是不是露出了疲惫的样子；你听听，你听听，它的骨头里是不是一直在发着"我好累我好累"的声音。

没有什么事情能瞒过北方的那些树，是一些老榆树了，它们只是不说话，但它们总能看到好多东西、听到好多东西；它们只是不说话，却把这好多东西都记在心里了。心是最好的眼睛，心是最好的耳朵，心是最好的书本，北方有好多这样的树，你以为它们已经成为枯树或者正在成为枯树，可是它们的心还活着，心活着，它们就一直活着。且看着、听着，把看到的和听到的东西都记到心里了。

这里是阳高县的长城乡，长城乡肯定与长城有关，那长城就在这里粘着，粘了好多好多年了，还在粘着，且还要一直粘着。比如这长城乡所在的村子，就有一个奇怪的名字：二十六村。为什么叫二十六村，有人说是离阳高县正好26华里，怎么可能？这肯定是臆断的，二十六村一定是跟长城有关的。比如十九梁，比如二十边，比如西二队……因为与长城有关，长城乡大多数的村子都是含有长城元素的，二十六村、十墩、镇边堡、小二对营、大二对营、西三墩、六墩、砖墩洼、正宏堡、堡子湾、十九梁，看这些名字，脑子里就会出现一个大致轮廓：一道长墙高高低低向两边延伸，周围墩台列布，堡营相望，一棵棵老杨树替代了戎马，风一吹发出了如号角一样的声音……

长城走得累了，在这里歇了一下，一个墩台依着几棵老榆树坐下了；一个翻修过的老院子前一头驴吃草的声音，正在把日子磨碎。一群人从远处来到这里，与长城相会，他们也累了，径直走进了"杏花园农庄"。

杏花园里，砖铺小径，石围花池。院子中间，石墙砌就的草庐古朴自然，红辣椒串、长蒜辫子挂在檐下，笨拙的坛坛罐罐摆在窗台上。帘篷低垂的小阁雅致幽静，一个方桌，四个长凳，坐在里边博弈品茗，流连的风都是为你搓耳揉肩的好手。春夏时节，挺立在菜畦间的桃树、杏树有的还在开花，有的已经花落果挂，还有几棵似乎是刚刚栽种不久的苗儿，怯怯地生出几朵花来，怕见人的样子，一闪一闪，然而终能从那表情里看出快乐与兴奋来。几丛细竹一看就是从南方移来不久，虽然在这人生地不熟的北方有点孤寂，但或许在天渐渐暖起来以后，它们会如去年一样青翠。院子西南篱笆墙里的狗一直叫着，一直叫着，看到来人，它是兴奋的，它的叫声也是开在这农家院上空的花朵，狗的叫声永远是开在乡村上空的花朵。狗叫的花朵是独特的，它总是最先让人感觉到村庄旺盛的生命力。五间正房窗明几净，鲜亮的油布铺在炕上，有鸳鸯戏水，有盛开牡丹；院子西边，两个浑圆的蒙古包显得特立独行，给整个院子增加了不一样的色彩。

杏花园原本是一个农家小院，跟这个村子其他所有的院子一样，在坚持中逐渐衰老，在守候中慢慢破败。然而在某一天，一个女子回到了这里，许是在外边的世界里走累了，许是那颗心一直就徘徊在一个叫"故乡"的梦里，站在老屋老院旁边，她的眼前一大片记忆中的杏花开始绽放，且越来越灿烂。于是，带着梦带着对杏花的记忆，她回到了这里。许是这里的雅致、温馨，"中国摄影杂志社摄影创作基地""大同摄影家协会风光摄影学会创作基地""北京山水摄影俱乐部阳高摄影基地""北京光影 E 族摄影基地""山西省摄影家协会摄影创作基地""北京拍客摄影基地""长城人家""阳高县作家艺术家创作基地"等等都落户这里。

这位女子就是张月英。作为一个农家女子，这位省人大代表在外多年打拼，但一直没忘长城，一直没忘长城脚下她的乡土。"家乡空气好、风景美，有蔚蓝的天空和壮观的古长城。春天，人们可以尽情地观赏杏花；夏天，可以站在山坡上放眼观看雨后彩虹和婆娑晚霞；秋天的杏园里红叶蔽日，长城内外也是一派金灿灿的丰收景象；到了冬天，长城四处白雪皑皑，一派'北国风光'。"家乡的美，始终牵绊着张月英的心，终于有一天，她带着梦回到了故乡，投入到家乡脱贫的大军中，办起了融"吃住行游购娱"为一体的农家乐，吸引五湖四海热爱长城的人来到这里，也带动附近的农户投入到产业脱贫的队伍当中。"乡愁唯在乡村留，旅游莫忘乡村走。"张月英还是一个作家，她辛苦地经营农家乐的同时，还不忘创作，一部反映农村脱贫奔小康的长篇小说像乡村脱贫攻坚工程一样，即将脱稿。

到了吃饭的时候，厨房里是张月英忙碌的身影，院子里却已经飘满了浓郁的饭香。羊肉是当地的散养羊，加上传统农家的做法，鲜嫩可口，回味无穷；猪肉炒黑山药，是用地道的猪肉炒冻完的黑山药片，吃起来有点发筋的感觉，让人一下子吃出过去的时光。看着这院子，闻着这味道，真的是"长城脚下酒肆高挂杏黄旗，朔汉深处农家巧烹百姓餐"。

到了夜晚，乡村是寂静的。望远处，长城隐约可见，静默得就像渐渐洇开的水墨。抬头望，天空那么净，崭新的星星就像在清澈的水里泡着，一伸手就能触到它们。躺在这乡村的夜里，身心都变得轻轻的，感觉所有的梦都是甜的了。

致敬桑干人家

——云州区吉家庄采风漫笔

姚桂桃

在过往的岁月中,"桑干河"只是我脑际的一派浩荡,太阳照着,波光粼粼,荻花瑟瑟。河边漫步的莎菲女士神态自矜,面目微茫。我大抵并无多少探究土改故事的热情,遂放弃阅读这部小说,唯余《太阳照在桑干河上》这个诗意沛然的书名,偶有跌宕。

及至昨日跟着市文联桑干河冰雪小镇采风团启程,脑际的这个名字才再一次被唤醒。桑干河冰雪小镇……桑干河,冰雪,小镇,一时间,温暖与凛冽交错的意象在三个词组间跌宕暗涌,令我雀跃躁动,欢喜莫名。

这样一个难得的和煦冬日,去到一个祥和安静的村庄——云州区吉家庄。安静的街道,照着太阳,偶有老人缓步走过。街头十字路口售卖白菜的小平车上裹着棉被,小贩表情落寞。磨面房里电机嗡嗡,三两村人进出忙活,方透出几分腊月的气象。

采风第一站,在那个镌刻着"发展经济,保障供给"的古旧建筑里,刹那的熙攘喧哗,让这个仰层上糊满旧报纸的小屋子一时间飘摇动荡，如同时光长河里一个荒芜的岛屿，突然迎来一群陌生人，对着那些饱含岁月尘垢的旧器物手足欢歌。茶壶、座钟、马蹄表、花茶、算盘、煤油灯、小人儿书、"三转一响"、毛主席纪念章……旧日时光打马而来，扑面而至，让这群人猝不及防，便与自己的童年生活、孩提记忆相遇。

在吉家庄供销社，在这个业已成为供销博物馆的屋子，在这些琳琅满目的旧器物上，大家的创作激情突然之间被激活。

如果说，那些年代并不久远的记忆可以在糊满报纸的仰层下轻易打开，那么，面对吉家窑，面对黑陶，面对工匠，面对张福荣教授的"窑变"描绘，我想做的便是穿越色受想行，检点阿赖耶识，抵达4500年前的汹涌大河。观想先祖渔猎采集，种植纺织，制作石杵与黄泥的梦想，以及怎样生息、怎样劳作。

步入吉家窑陶瓷文化产业园区，大家的创作激情再一次被点燃。在展厅，在窑口，在工作间，在中国人民大学吉家庄考古国际研究基地，一行人时而感动时而慨叹，深感相见恨晚。那些简单陈列的复原唐代中国九大名窑之浑源窑——黑陶、黑釉剔花、茶叶末釉、酱釉艺术展品，端然自持，散发天然光芒，令人爱不释手。另一个展厅，那些出土的石杵、陶罐、黑陶斝、穿孔石刀、磨制石斧、骨锥、骨簪，携带着千年前的桑干文化信息，散发天籁余韵，宁静浑朴。

由静物到动态，由器具到艺人，采风活动层层递进，目睹现场大工匠手里一坨黄胶泥瞬间羽化而登仙成为一只线条流畅的花瓶；小工匠手里徐徐转动蘸釉挂釉，一只只泥碗旋即面目华美生动；女工匠纤纤玉手里一只陶碗须臾剔透花开玲珑，内心不由得升起对这些手艺人的倾慕和礼敬。我甚至思忖，那样日复一日专注于一件事何尝不是一种心物默契的修为，年深月久当见禅定功夫，如同六祖慧能的舂米，若遇善知识，开悟见性亦未可知，说不定如张教授那样的陶瓷艺术导师，已得黑陶般若三昧。

收回思绪，围拢窑口，不知道那口柴窑里曾谱出过多少篇土与火的碰撞，力与美的乐章……和煦冬阳下，伫立在那一口端然不动的柴窑前，隔着红砖窑门，在张福荣教授的描绘中，我的眼前仿佛有看不见的火焰在升腾。那些红色的火苗一团团欢舞，一缕缕低吟，它们以欢舞的指法、低吟的旋律，拨弄那一窑宴坐的陶瓷，那些被热烈弹奏的器物，那些静谧的杯钵碗盏罐瓶釜鼎，它们的胚胎腼腆喑哑，等待生命诞生的火焰洗礼，等待高亢交响之后的焕然一新，卓然而立。

4500年前，吉家庄的先祖就在桑干河畔如此繁衍，生生不息。考古学家发掘的吉家庄遗址就在吉家庄村南百余米的桑干河南岸台地上，总体面积接近94万平方米，是大同地区最大的新石器时代文化遗存，属于新石器时代著名的仰韶晚期到龙山时期的文化遗存，这些文化层遗物之丰富，亦令人叹为观止。举凡灰坑、灰沟、灶、道路、房址、陶窑、墓葬等均有分布。

其发掘出土的夹砂灰陶罐、泥质黑陶斝、穿孔石刀、磨制石斧、

乡村风采 / 671

骨锥、骨簪等精美器物居然达40000件之多，保存完整的就有310多件。最为重要的是，首次发现大同地区龙山时代的三座居住址（房址）和保存较为完整的一座陶窑。那些残破的陶片、瓦当，焉知不是先祖的梦想之作。

拥有如此悠久厚重的历史底蕴，拥有如此丰饶"奢华"的文化背景，安居桑干河拐弯的地方，我突然间明白了为什么小小吉家庄村敢以浩大桑干河小镇命名，实至名归，吉祥如是。遥及先祖，近至网红，以及那些研学制陶的艺人匠人，守候雪场的农人乡人，如果有一个称谓可以概括，他们无疑都属桑干人家，值得我们感恩和礼敬。

走笔至此，也突然想起习近平总书记的一段话："让收藏在博物馆里的文物、陈列在广阔大地上的遗产、书写在古籍里的文字都活起来。"

吉家庄、吉家窑、桑干河小镇，乃至云州的火山、白登、古堡、墓群、瓮城、驿站、睡佛、土林，这些从历史走来的遗产遗址遗迹，无一不在云州区"金、木、水、火、土"的城市"东花园"布局中"活"起来，生动活泼，让我们得以望见山、看见水、记住乡愁，增进文化认同，坚定文化自信。甚至哪怕只是一位老者关于桑干河"背河"的描述，亦令人感怀家乡的文明递进和城市精神。由此，云州乃至平城的文物文旅庶几可以行稳致远，大幅提升。

春行花塔，寻梦桃源

英子

你说这世界，连川藏 318 线都快堵车了，还能到什么地方寻到人迹罕至的清净之地，寻到你心目中的那片陶渊明笔下的世外桃源？尤其是在旅游大潮的冲击下，还能有哪一个角落不被自驾、穷游、旅行社大队伍"沾染"？所以，出发前，我对人们传颂已久的花塔并没有多少期望值，估计早已是商业味道淹没了山野村落的古朴。

同行的伙伴们各有任务，领着四个学生拍微电影的周老师；一直想用心拍拍花塔的摄影人天缘、禾子和虎平；只有我，随便看看，随便拍拍，随便写写。花塔，对他们来说，轻车熟路，那里的风光、村落、村民早已进入他们的镜头。天缘的包里放着一些花塔村民们的照片，这一次花塔行，还想把上次拍的照片送到老人们家里。

大同城内的春天已是一片花海，灵丘的大山却还是光秃秃没有半点绿色，直让我怀疑，花塔真的是最早触摸春天的地方吗？车行两个半小时到达那条著名的红沙岭隧道。这就是 20 年前历经 7 年时间全靠花塔村民拿简单的铁锤、镐钎器械和双手，开凿出来通往外界的唯一通道。而这条隧道只能容纳一辆车进入，真担心对面如果有一辆车往出开，该由谁来倒车？车入隧道，恍然以为进入人体内脏，凿痕累累的岩壁像不像食道？也许正是这条隧道打破了原来深藏于山里的人们的平静生活，让这个小村子成为外界人趋之若鹜的桃源梦境。

出洞口，豁然开朗，花塔到了。盘山而下，这座四面环山、绕河而居的小村就在盆底。果然树木绿意浓浓，桃花夹杂其中，河水潺潺，牧羊成群，仿佛桃源胜境。其实村子不大，300多口人，沿河而建的民居都在石头垒砌的坝上。一排排老房子坐北向河，一条街道临着河坝，村民们或闲闲地坐在街边坝上观望从外面赶来的游客，或忙着和灰凿石砌石墙，或提着东西悠然闲逛……河沟里是一丛丛的杨树和一片片农民的小块田，还有一大群羊被牧羊人赶到河边饮水。据说，耕地没有牛，只靠人力，这也就不难想象一幅男耕女织的田园风光图。

花塔，果然没有让我失望。老宅院里的粉的桃花、白的梨花正开得热闹，石墙、老屋、鲜花、泥墙、青瓦，闯入我们的眼帘，完全是一幅幅令人心动的画面。石阶上坐着聊天的老太太，从巷子里走出来扛着农具的老爷子，追着我们推销核桃和鸡蛋的老人，都有一张纯朴微笑的脸，他们似乎已司空见惯了这些闯进村子寻新猎奇的城里人。

投宿一家现代版的农家乐，居然有无线网，这让我怎么也无法理解，就在大门外坐在石头上的老人还住着快要倒塌的老屋，仿佛还是民国时期的生活状态。

天缘做的第一件事就是挨家送照片，他熟悉拍过的每一位老人的住处。那些在他镜头里或埋头劳作或开心而笑的老人们，我有幸见到了他们本人。显然，这一天成了花塔老人们的节日，他们收到了意外的礼物：摄影师为他们拍下的珍贵照片。一位白发苍苍的老人在细看她和儿子的照片时，不住地抹泪，她没想到还有一位陌生人如此有心。

所以，在我们住在花塔的两天，一条不长的街道，老人们相聚在街头巷口，都在谈论一位大个子摄影人，他们拿着照片互相传看，也不断地在游客群里辨认天缘。所以，你就不必惊讶在街上突然有人问你：你和大个子是一起来的吧？

当然大个子摄影人天缘拍片不是为了猎奇，不是为了获奖，只是出于对古村落的热爱，出于对那种古朴生活状态的喜欢，真实地用胶片、用数码记录下许多即将消逝的场景和画面。而花塔的老人们都盛情邀请他走进家里，上到热炕，用最质朴的方式回报他：夏天来，我们有桃子。

羊群归圈、夕阳落山的时候，一位老人从街上走过，找她的儿子回家吃饭。我们有幸走进她简朴但收拾干净的家里，一锅面条和一点炖茄子就是一顿晚饭。花塔人的生活就是这么简单，可能是大山的阻隔，让他们对生活、对物质没有那么多的要求，守着青山、绿树、山泉、薄田、羊群、鸡狗，一代又一代传承，这像不像陶渊明的"采菊东篱下，悠然见南山"的调调？

而花塔也把别样的美留给我们。周老师的微电影有一个镜头，身着汉服的侠士在梨花树下挥毫泼墨。场景布好，拍摄开始。恰在此时，一阵清风，雪白的梨花纷飞如雨，飘落于菜畦、石墙、书案、绢衣、斗笠……如诗如画的场景惊呆了所有人。这也许才是花塔最质朴的美。

花塔的夜，繁星满天，北斗星亮得好像就在头顶。温度同样低，居然还有太阳能的路灯照明。就以凉亭、吊桥、桃花为前景，摄影人整夜守在外面拍星空、星轨。而我抱着一床薄被，冻得一夜无眠。

花塔的晨，则是另一番景象。满耳都是鸟儿清脆的鸣叫和潺潺水声。大山环抱的小村，阳光很晚才会照进来。爬到河对岸的山上，鸟瞰这片土地，突然生出一些莫名的思绪：多少年来，人们就与这条流

淌的小河相伴相生，就与这些绿树、石头相依相偎。袅袅升起的炊烟，霞光一点一点照到屋顶、树梢，年复一年，日复一日，来了又匆匆而去的游客，喧嚣过后留给这座小村的仍然是孤单与落寞。年轻人多半离开，去城里打拼，只有老人们仍守着逐渐残破的老屋，虽有桃花点缀春天，但更多的是一个人留守的寂寞。

适逢周六、日，一辆辆开进花塔的车子载来了更多的游客，他们既是花塔旅游业发展的支持者，又何尝不是这环境的破坏者，丢在林间的垃圾，被踩坏的田垄，汽车的喇叭和掀起的尘埃搅乱了一切平静……花塔，难守桃源情。而我，还是喜欢它遗世独立的那份平静与寂寥……

离开时，几个人不约而同：花塔，就相约最美的秋天吧！

六棱山下的风

西伯郎

一

六棱山并不算出名。大概除了当地人，没几个人能叫得出它的名字。

我的老家在大同县（现改为云州区）采凉山南麓，也就是在汉刘邦被匈奴围困的白登山东侧的山脚下。隔着10多万年前的似乎还在浩渺着的大同湖盆地，天气晴好的时候，可以很清晰地看到南面一长溜迤起的氤氲着的青色山峦。

这些山峦，西段的马头山一带，延绵数十里，组成了著名的大同睡佛。睡佛跟云冈大佛侧影极为神似。这里的山顶，探险者还发现了古人穴居的洞窟；山下，吉家庄乡所在地，2017年开始至今，由中国人民大学考古系和山西大学考古系陆续发掘出距今5500至4000年的新石器人类生活遗址，挖掘出古人类居住的房屋、地穴、墓穴，人体遗骸、动物骨骼，祭祀物、崇拜物、装饰物及古人生活所用的各种各样的众多陶制器具残件。

东段，就是六棱山一带。

我最初知道六棱山，并不因为它在本县中多么有名，而是有报道说六棱山上发现了汉白玉石林。汉白玉过去是明清皇家专用石材，高贵得很呢。石林在北方众多的土"馒头山"中也颇显稀奇。因而，云州区东南方，与阳高、广灵交界的六棱山也在我心中很有些神异色彩。1989年"大阳地震"，次年，我刚当记者就受派去震中堡村采访。堡村就位于六棱山脚下。那时仰看六棱山，色泽如黛，雄厚如堵，山峰郁勃直向苍穹，给我留下了极深的印象。

去堡村要穿越桑干河。桑干河上有一座铁索桥遗址，叫"普济桥"。同行的老资格记者不断指指点点，言语中满是崇敬地说：这就是"六大人"建的桥！桥头还刻着"六大人"写的一首诗！

我疑惑：六大人？什么"六大人"？但不敢发声。

过了桑干河，南面高耸厚重的山势很快黑黝黝地汹汹逼压，越来越重。不久路过一个小山村，老资格记者说：这就是大王村，"六大人"的大王村！

于是，我们一行人一起趴在车窗看。

大王村无非就是任何山脚下都比较类似的一个不起眼的北方小山村。低矮的窑洞，土坯房（有一些是砖挂面），石头墙，和一些标志着"这里有村子"的杨树、榆树或柳树。山村的绝大部分都隐掩在土气茫茫的塄畔之中。

村南，豁然就是一道斧劈的山峪口，蒸腾起氤氲莫测的峦气，显得颇有灵异而神秘。顺着山的峪口迤逦望去，布满了洪水冲刷下来的大大小小的花岗岩卵石。除了巍峨的山影，似乎眼前的一切，都被山洪裹挟过的卵石挤压着，吞噬着，掩埋着……

但那时，大王，"六大人"，我只是随便听听而已。我更多的注意力集中在六棱山下灾民抗震自救的新闻挖掘上，只不过是顺便多看了几眼六棱山的雄姿。

二

不得不专程去大王村，试图拜谒"六大人"。

作为云州区（原大同县）籍的所谓文化人，不知道历史上本地最具荣光的"六大人"，简直有些寒碜，有些太不像话，甚至有些太不负责任。

而且，我自号"山汉"，作家王进老师和王保忠兄知道后都别有深意地说，"六大人"也自号"山汉"！——这让我震惊不小。我期待拜见"六大人"简直有些迫切了。

从史书记载看，"六大人"的确应该被后人永远铭记。

"六大人"叫李殿林，字荫墀，家中行六。他当过吏部左侍郎、邮传部尚书、协办大学士等高官，是清末三朝元老，宣统皇帝的老师。所以当地人尊称其为"六大人"。"六大人"被乡梓敬重，绝不仅仅是因为他官做得大。他胸有家国，腹有良方。光绪二十六年（1900），他赴任广东乡试主考官，中途听说八国联军攻破了京津，急返向慈禧、光绪条奏"保护东南方略"。他思想宏阔，锐意改革，任江苏学政时，奏请朝廷"裁武试，废八股，用策论，改书院，设学堂"，率先在江苏倡导现代科学教育。他刚正不阿，廉洁奉公。当邮传部尚书，他大力整顿吏治，调查发现问题，及时革除积弊。他一日内弹劾上百名贪官污吏，使国家极大地增加了收入。"六大人"还时时关心故乡山西的建设和发展。山西驻京诸会馆及云山别墅毁于庚子兵乱，他号召山西在京官商集资修补，并在晋东馆设立晋学堂，便于同乡青年就学。山西巡抚向英国人出卖矿权，大同籍留日学生李培仁愤而蹈海，李殿林集合在京同乡上疏争辩，迫使清政府备款赎矿。山西文水、交城等县，在禁烟中戕杀无辜，激起民众变乱，李殿林派员调查，遂制止滥伤枉杀。……"六大人"不仅是清廉有为、卓有政声的政治家、改革家，还是有名的学问家。晚年的"六大人"并不贪恋权位，辛亥革命后，"六大人"主动辞官，回原籍养老。他研究《易经》，写诗赋联，著有多部著作。他还是颇有名气的书法家。他的书法端严肃劲，清毅卓然，书如其人。"六大人"去世后，受到退位皇帝溥仪的感念和哀悼，被追赠为"国相"，谥"文僖"……

100年说长不长，但毕竟已经成了倏忽而逝的历史。

我终于满怀希望地站在"六大人"曾经站过的地方，百感交集。历史这个最无情的巨轮，100年，仅仅过了约100年的时光，就已经把六棱山下"六大人"曾经显赫的故居碾轧成了一堆乱石，几乎踪迹全无。

"大阳地震"后，位于震中附近的大王村同其他灾区山村一样，整体移民搬迁。房屋是叫人住的，不是空着摆着叫人看的。何况"六大人"只是文化人心目中的"六大人"，何况早就改朝换代，"六大人"也就成了可有可无、上不了台面的人物……于是，老村子连同"六大人"的故居就越来越破败，越来越荒芜，最后同山洪冲刷的沟滩一样，也都变成了面目全非的乱石滩。"六大人"故居的标志，只剩下乱石滩上两棵显眼而孤独的本地绝无仅有的榆叶梅！据说，这两棵榆叶梅是"六大人"亲手栽植。

这期间最感人的一个故事是，村人全部搬迁后，只有一个人不挪不动。这个人就是愿意终身守护"六大人"的孙辈李润汉老人（李家行辈以殿、垣、润、培、纪排列）。大约在1995年，大同作协主席、著名作家王祥夫来参观"六大人"故居，听了李润汉的故事，他突发奇想，剑走偏锋，写成了一篇农村空巢老人盼望儿子回归的亲情故事，这个故事就是后来获得鲁迅文学奖的短篇小说《上边》。而出生在距离大王村不远的另一个山村的作家王保忠，他撰写了长篇散文《直臣李殿林》，开篇就是从这位至死不渝守护"六大人"故居的可敬汉子入手的。

但李润汉，仅仅是唯一的一个个例。

李殿林种的榆叶梅

新的大王村已经整体搬迁移民到村北的一个叫筠地的地方。筠地，其实原来是"六大人"的墓地。可能"六大人"希望终年之后像王羲之一样休憩在茂林修竹之间，但不无遗憾的是，早在特定的历史时期，他的坟墓就被同村人甚至同族人挖开彻底毁坏了。能抢劫的被抢劫了，能瓜分的被瓜分了，能砸的也就被砸了……"六大人"几根还没有石化的狗都不啃的骨头，就被后人又埋回原处，任凭一个残缺的石像狮子一头扎进荒草遍布的土石堆……村人都知道筠地风水好，都谋算着筠地，觊觎着筠地。恰好遇到地震，恰好有机会整体搬迁，好风水与其叫死去的"六大人"独占，不如全体村民共享……筠地从此再也不是"六大人"的筠地，成了全体大王村人的筠地，有人甚至把在外地的祖坟也迁到了筠地……

山下罡风正紧，我裹紧了衣衫。蹙着眉头再次打量南面峻拔高耸的六棱山，打量不远处通往峪口的大大小小石头遍布的野地，打量眼前这个被民居围裹的"六大人"的小小坟茔。坟茔光秃秃的没有一根草，周围也是明晃晃白亮的空地，我疑心这里已经成了孩子们玩耍的一个操场。

操场？像！路过的村民说就是操场。

但，这还有点"六大人"筠地的样子吗？

我不知道现在的大王村民和后人对"六大人"是忠孝还是忤逆，是守护还是破坏，是亲近还是疏离……我真的不知道，"六大人"离世并不久远的山村，为什么会成了这个样子。

想当年，"六大人"一家真是出尽了风头，兄弟五人，一位廪生，两位举人，两位进士，这是何等风光啊！尤其"六大人"，最后位同宰相！

当然，声名显赫的"六大人"在大王村也有两处故居。一处，为清代建筑，李殿林幼年的住宅，据说，宅前还有三座石牌坊，上书

"进士第"；另一处，是民国元年（1912）李殿林还乡后，为自己修建的一所书斋，名为"养年别墅"。

……但无论"进士第"故居，无论"养年"别墅，这一切，一切的一切，都烟消云散，已经成了渺茫的几乎不能记起的回忆。

三

六棱山下这个大王村，叫我更感到渺茫，也对我震撼最大的，还不是"六大人"，而是这样一段几乎不可信的历史记载："元丞相脱脱墓，府东百二十里大王村，有碑记，大同李氏，其后也。"

——大王村的李氏后裔，竟然是元代丞相脱脱的后人！？

脱脱？谁是脱脱？脱脱是谁？

说脱脱可能很少有人知道，但如果说康里巎巎、康里子山，读过历史、研究书法的人就应该知道了。康里巎巎，元代著名的书法家，字子山，号正斋、恕叟，又号蓬累叟。西域康里部色目（元代属钦察汗国，今属哈萨克斯坦）人。他忠直清廉，积极推动汉文化发展，促进民族文化交融，一生深得元代帝王器重，曾任礼部尚书、奎章阁大学士、江浙行省平章政事等，谥号文忠。他博通群书，尤其以书法名天下，擅楷、行、草等书体，与书史上赫赫有名的赵孟頫齐名，史称"北巎南赵"。他的书法，师法虞世南、王羲之，善以悬腕作书，行笔迅急，笔法遒媚，转折圆动，自成风格，有《颜鲁公述张旭笔法记卷》《谪龙说卷》《渔父辞册》《柳宗元梓人传》《临十七帖》《李白诗卷》等墨迹传世。康里巎巎的书法在世时就极为珍贵，《元史》记载他"善真行草书，识者谓得晋人笔意，单牍片纸人争宝之，不翅金玉"。他在当时有影响的门生很多，而且明代书法名家宋濂、宋克、解缙、文徵明等，也从他的书法中汲取了大量营养。康里巎巎祖父、父亲都在元朝任显职，其弟康里回回也是一时俊杰。至正五年（1345），康里巎巎"以江浙行省平章政事赴京，不久感热疾卒"。

京，应该指元大都北京。也就是说，康里巎巎于盛年51岁因回京偶感"热疾"病逝。但因为清贫，或许还因为他在南方就职，家眷不在身边，事发突然，总之下葬都成了问题。不过可以肯定，他一定被下葬，被埋在一个地方。他在京城有那么多有名有权的门生故吏，有那么多亲朋好友，有那么叫人敬重叫皇家信任的名声，他的下葬肯定不是大问题。但康里巎巎具体被埋葬在哪里？找遍手头能找到的所有资料，都没有相关记载。历史很多时候就是这样，有头无尾，有始无终；只记录"需要"，不记录"不需要"。

令人惊讶的是，他竟然被葬在大同！

隔了一个水火不容、灭掉元朝的明代，想来，清人所修的《大同府志》不会凭空捏造什么。何必呢！志书的记载必定是有来由的，其来由无疑就是根据大王村李氏墓地立祖的墓志铭。也就是说，元代丞相脱脱就埋在大王村，其后人也生活在大王村，而被元朝皇帝赐姓李。

墓志铭还证实了一个事实，康里巎巎，当时人们大概都不叫他那么拗口的名字，而是俗称"脱脱"。

脱脱？脱脱。这是不是很令人惊讶的名字？

尤其令人惊讶的是，这个看似平淡无奇的小小大王村，如果不是历史记载，谁能知道，土石遍布的贫瘠土壤，竟然还埋藏着如此多的秘密！而且，拥有如此久远历史的大王村人，竟然也如此齐心协力地集体失忆？

山下罡风又起。树头呜咽着，土崖低吼着，几块滚圆的石头也发出奇诡的笑声。

四

  古代，六棱山下的大王村无疑是具有得天独厚的交通便利条件的。

  我曾经到过应县的东安峪，雁门关一线翠薇山北麓靠近峪口的一个山村。当地人传说，他们是沙陀人的后裔。那里的李姓，跟后唐李克用有关系。老年人还记得，侵华日军挖工事，曾经挖出众多古墓，墓墙有朱砂彩绘，用陶罐装着骨灰，陶罐里还有一个五代制钱。……东安峪峪口往南通往代县、忻州市区，但很狭窄，山路崎岖，只能过人和马，不能行车。它并不像大王村附近的六棱山峪口。

  六棱山峪口道路就比较宽敞，我曾多次从这里驱车往南行走。过了六棱山谷，西达浑源，东去广灵。我印象最深的是，山沟中还有一个叫"香水寺"的小村，村中心有一棵七八个人都抱不住的古树，树上缠着很多很多红的黄的布条……无疑，守着六棱山峪口的大王村是个可以进退自如的交通要塞，既可以南下浑源、广灵，也可以北上草原、大漠；既可以东进北京、张家口，也可以西去大同、呼和浩特；既可以径直潜藏到高耸嶙峋、一望无际的六棱山间……

  历史上，1600多年前的北魏，甚至更早的汉代，大同，甚至整个山西，都曾多次安置和移居过各民族的百姓。东安峪可能是其中之一，大王村也可能是其中之一。由于地处农耕文化和游牧文化的中间地带，大同地界的民族移居是常态，民族融合更是常态。有文化学者甚至归纳，大同，就有一种显著的民族融合的文化内蕴！

  但，我一直不能理解，元朝显贵康里巎巎，史书记载他不是这里的人，也并不在这里做官，但去世后竟然安葬在大同的大王村！

  那么，他到底和大王村有着怎样的渊源呢？

  六棱山静静耸立，不做任何回答。

六棱山

荒草离离。草木是有根的，人也是有基因遗传的。但为什么，我们竟然找不到600多年前康里巎巎的一丝踪迹？他的坟墓是被人为盗掘毁坏了吗？是被洪水冲毁掩埋了吗？……总归是，被历史风云刮得无影无踪了吗？

因为便利，反而需要阻塞。因为宏伟，反而需要潜藏。

大王村，荒凉的石头遍地的大王村，莫非就是一个还远远没有被发掘的古老潜藏之地？

五

功夫不负有心人！

真真想不到，在我行文到此的时候，跟大同有名的民俗收藏家张格老师闲聊，就聊到大王，聊到"六大人"，聊到史志记载的康里巎巎的碑。矢志弘扬地域文化的张格老师笑着说，"六大人"父亲的神道碑、元丞相脱脱的神道碑，都在他这里！

我相信我的眼睛一定睁得那么大！

哦！原来历史真的不会轻易消亡！它总是以某种别出心裁的方式巧妙地显现。它平时总会以某种不可思议的方式默默潜藏！

"六大人"父亲李增桂的神道碑，是清光绪十八年（1892）所立，黑色玄武岩石质。碑文介绍与公开资料大相径庭：原来，李增桂也是进士出身，曾任清朝光禄大夫、工部尚书！而且依李增桂年谱，"六大人"不可能是其父11岁就生的六公子，"六大人"并没有活到74岁，而是64岁！

这些，大同著名史学家、书法家殷宪先生活着的时候，都已经勘校、验证。张格老师甚至还有殷宪先生在该碑拓片上的详细题跋。

但张格老师收藏的所谓元丞相脱脱神道碑，我看了觉得只是一通李家立祖的碑记。碑首镂空刻楷体"碑记"二字，四周粗糙的云纹，正文右首竖行，刻着并不规范的大大小小的楷书"元始上大夫脱脱左丞相"10个字。左侧，依次是李家始祖、高祖等姓名。——这只能说明，李家承认脱脱是他们的远祖，并不能证明康里巎巎就埋葬在大王村。

反而是，我在多方查找跟"六大人"相关的文章中，突然看到了其中一张照片。照片是一块石碑，一半插在土地里，露出的部分有规范的大小一致的镂空楷书："奉训大夫大同路……"

"大同路"的叫法，只有在元代出现。也就是说，跟"六大人"很多墓碑在一起的这块元代碑刻，我揣测才更可能是脱脱，即康里巎巎的原始墓碑，或证据！

只是遗憾，我看不清更多更详细的碑文。

由此断定，清代《大同府志》绝不会是虚妄地依据传言记载历史。

历史就是这样，该叫谁看到什么，就叫他看到什么；不该叫看到的，机缘不成熟，也许永远看不到。

就像一般人站在大王村"六大人"故居那片乱石滩上，谁能分得清哪块是卵石，哪块是碑石，哪块是"六大人"或者脱脱玩过用过的赏石呢？

依然这样的感觉：谜一般的大王村，谜一般的六棱山，谜一般的历史！

黄花公园：心灵深处的诗意田园

宋元林

黄花主题公园位于云州区西坪镇唐家堡村，是云州区打造的"忘忧大道"中一处集黄花观赏、采摘旅游、亲近自然，感受农村生态美的乡村旅游景点。

小暑过后，又是一年黄花黄。我与家人驱车前往黄花公园，去观赏万亩黄花盛开的独特美景。连日来的雨水，将云州大地洗濯得郁郁葱葱，青碧喜人。挺立在原野上的黄花愈发娇艳可爱。

车行至绿叶和金色黄花造型搭建的"忘忧大道"创意彩门前，就开启了我们的忘忧之旅。忘忧大道西起云州街玄武岩公司对面，东至昊天寺脚下，途经路家庄、唐家堡、下榆涧、下高庄、贺店五个村庄，全长14公里。

进入景区，一幅奇美画卷立现眼前。蓝天下，一望无际的金色花海，蔚为壮观；烈日下，成片成片的黄花仿佛要与阳光争辉，热热闹闹展示着它的娇媚。金黄、橘黄、鹅黄的七蕊黄花，风拂花动，如波似潮，淡淡的甜香在微风中飘荡。田埂边一排草编的涂了颜色的十二生肖造型，增添了乡间的野趣。满眼的美，美得铺陈坦荡，频频激活我笨拙的抒情。"萱草虽微花，孤秀能自拔；亭亭乱叶中，一一芳心插。"古人的吟诵声顺着田垄流淌，奏响花与诗的乐章。

路旁村庄，一排排红瓦、橘黄色墙或白色墙的房舍错落有致，白墙上绘制的图画和致富标语生动活泼，所经过的每个村庄，给我同样的感觉：漂亮、干净、整洁、新奇，像在童话世界里。

说到大同黄花，可谓历史悠久。最早种植于北魏，那时作为上品走进了皇宫里的御膳房。隋唐之后，大同作为北方著名的"茶马"之路中转站，工商业极其繁华，老百姓经常在市场上用黄花交换商品。明代，大同代王府盛行黄花入宴，黄花作为贡品进京后，朝廷还把黄花作为重要的出口商品，远销东南亚。云州区从那时起大量种植，即享有"黄花之乡"的盛名，至今已有600多年的历史。明末清初，云州黄花的种植、贸易、流通得到空前发展。蒙汉贸易、同贡互市、市井交易，黄花店铺拉成了一条长街，"黄花街"的名称保留至今。

自古钟灵毓秀之地，必出英雄俊杰、佳丽美女；从来奇山异水之域，定产珍玮瑰宝、佳禾灵草。云州区地处火山群与桑干河畔，这里的黄花得火山灵光的孕育，桑干精气之滋养，"苗大苔繁，肉厚角长，七蕊金黄，营养价值极高"，被列为全国四大黄花产区之一，并通过了国家商标局的原产地商标认证和八个国家级品牌。

听文化人讲，黄花的花语一是代表母亲，二是爱的忘却。在黄花公园入口处有两组铜制人物像，座基正前方分别镌刻着"母亲花"和"忘忧草"金色大字，结合人物造型表达的意思以及人物旁边的铜制书籍介绍，恰好诠释了其内涵，特别应景长知识。

"母亲花"雕塑座基上，一位着古装母亲怀中的小男孩正张开双臂扑向手持黄花、梳抓髻的小女孩，仿佛在喊："我要，我要，给我！"

旁边一本打开的铜制书籍上书：唐代诗人孟郊的《游子吟》中曰："萱草生堂阶，游子行天涯。慈母倚堂前，不见萱草花。"《诗经·卫风·伯兮》中曰："焉得谖草，言树之背？"朱熹注曰："谖草，令人忘忧；背，北堂也。""谖"与"萱"同音，谖草就是萱草，"背"与"北"相通，指母亲所居住的北房。

千年人风雅，一草寄纲常。古代文化中，把萱草赋予母爱、亲情思念及忘忧意象的诗句很多。就连元代著名画家王冕的题画诗中都有"灿灿萱草花，罗生北堂下。南风吹其心，摇摇为谁吐？慈母倚门情，游子行路苦"的感慨。作为处于农耕民族与游牧民族交界地带和重要战略地带的大同，历来战火频仍，烽火不断，当地所产黄花也就滋生出非同一般的情愫，形成了别样的亲情文化。

"忘忧草"雕塑座基上，一位手捧书和草花的老先生，那一定是尝百草、著《本草》的医圣李时珍了。书中介绍：黄花俗称金针菜，学名萱草，又名忘忧草，唐代诗人白居易有诗云："杜康能散闷，萱草解忘忧。"三国时期著名思想家嵇康在《养生论》中也提道："神农经言中药养性，故合欢蠲忿，萱草忘忧，亦谓食之也。"明代医药学家李时珍在《本草纲目》中解释："萱草谓之谖草，谖是忘记的意思，而萱草性凉味甘，可入药，有利水凉血、清热解毒、止渴生津、开胸宽膈、令人心平气和的功效，可帮助病人解除病痛，消除忧愁。"故黄花被称为忘忧草。

在公园的木质栈道上，穿行着观赏黄花和拍照的众多游客。园中新出和长足的花蕾错落参差，金光闪闪。一株株，一朵朵，如同娇嫩活泼的少女，挺拔着少女的腰身在风中轻歌曼舞。花蕾上飘逸的蜜香引来无数的蜜蜂，微风送来阵阵泥土的清香，和着这芳醇的花香，沁人心脾，让人欣然忘忧，陶然忘机。远处田间采摘的农人和近处畅游花海的游人构成一幅别样景致。如诗如画，不是远方，就在当下。

随着大同黄花的声名远播,去云州区感受宋代大文豪苏东坡笔下的"莫道农家无宝玉,遍地黄花是金针"的不俗美景,已成为每年盛夏的热门打卡地。

李二口:文化生态铺就致富路

乡村振兴视角下,"微度假"的旅游风向标带我打卡李二口村,让我见识了天镇李二口"国家长城文化公园"的不俗风采。

天镇李二口因长城而美,保存尚好的明长城,随山体走势雄浑蜿蜒,烽堠相望,在沧桑中尽显奇特俊美,极具代表性。尤其境内1632米长的倒T形"错长城",凭山借势,雄奇俊伟,在全国长城"家谱"中极为罕见,与新平堡"九烽连珠"、白羊口"小八达岭"并称天镇长城"三奇",被列为首批国家级长城重要点段和国家长城文化公园重点项目,为全省"长城、黄河、太行"三大旅游板块中长城板块的主打品牌。

天镇县逯家湾镇李二口村地处阴山支脉南麓,明长城脚下,距离天镇县城12公里,是典型的长城脚下的古村落。曾几何时,山西省的国家级、省级贫困县掰指头数过来,天镇及其相邻的阳高县,总在穷字头的前几位。近年来,当地政府深入贯彻落实习近平总书记视察山西重要讲话,聚焦打造国家长城文化公园"首都接山西"的第一地标,坚持保护与开发并重的理念,初步形成了以李二口为龙头的长城文旅产业发展大框架。短短三年间,这个以种养业为主,贫穷落后的沟峪小山村,依托明长城旅游资源,把长城元素与古村落文化内涵有机融合,华丽蜕变成了名副其实的旅游民俗村和文旅新地标。

当我们进入这个称作"景区"的古村落,首先映入眼帘的是村口竖立的一块黄色巨石,上书红色字体"李二口村"。巨石阴面有石刻文字，标题为"唐王赐名李二口"，介绍了李二口村原名杏儿沟，因唐王李世民曾在此经历的生死际遇而更名。路边指示牌标识的旅游接待中心、丰收节广场、停车场、九曲黄河灯阵、土特产品店、窑洞民宿、特色土菜馆、旅游公厕等正规的景区设施令人耳目一新。

李二口村位于狼卧山南脚下，东傍河沟，南贴长城，依北山坡走势而建房。我们沿着鹅卵石铺就的小路顺坡而上，一路上见村景、民俗在方寸天地里显现别样风味。青砖灰瓦的房舍，依山势、顺坡势铺陈，古韵悠然，错落有致。不远处一池浅波以路点缀，小溪潺潺、小亭春风，没有想象中的"枯藤老树昏鸦"，却现"小桥流水人家"的江南水乡景观。水系对面路右侧仿古商铺有序相邻，各有风味。村后山腰庭院层叠，回廊环绕，花格菱窗，人景相谐的山水田园景致，营造出一种怀古读诗的文雅气象。长城环抱的李二口村，已然远离了传统的田园色彩，羼入了诸多现代物质的光华。远远望去，黛色的长城、雄浑的山脉、精致的村庄，构成一幅艳丽的水彩画，小村子就挂在画轴底部。

李二口村在易迁和提升乡村颜值的基础上，大力发展林木瓜果产业和生态观光游。目前，村里有林地 2000 多亩，村内有百年以上的老树上百株，家家户户院内都种有杏树、李子树，每年春夏之际，绿树成荫，环境宜人，特别是每年春天杏花盛开，秋天杏叶染红之时，形成了杏映长城和长城红叶两大美丽景观，吸引了数以万计的游客前来旅游观光，许多摄影家、书画家也慕名前来摄影、写生。与此同时，李二口村历史上就有种植瓜果的传统，由于当地土质沙性大，气候寒凉，生长期长等原因，所产的瓜果香甜可口，营养丰富。他们又适时发展了 30 多亩大棚瓜果采摘园，吸引周边以及本地的城里人前来休闲采摘。加之几届长城节、丰收节、杏花节等多项活动的成功举办，游客数量呈直线上升趋势，为天镇长城旅游积累了可贵的人气口碑。

此外，园区内持续打造的特色鲜明、品位高端的文化馆群——黑陶展览馆、红色文化记忆馆、民俗文化体验馆、茶马文化记忆馆、天镇历史陈列馆、"石头记"大观园等，以高站位的文化定位，多层次展现这里的历史文化、红色文化和茶马丝路文化，与不远处依山势蜿蜒、沿山脊攀升的长城景观交映益美。近期，众多名人工作室如董耀会长城文化工作室、中国金融作协主席阎雪君工作室、著名书画家叶建波工作室和当代著名音乐人张亚东工作室等的入住，给这个小山村带来了丰盈的文化亮色，注入了全新的精神内涵。

李二口村每家每户日常的生活则是活态农耕文化的展示元素，大片宽阔的原野，和原野上大片果树，在蓝天和黄土间的春花粉、夏苗绿、秋叶红、冬雪白，还有牧羊人长歌、窑洞炊烟、看家狗短吠、大公鸡鸣叫，以及弥漫在空气中的粪土味道，组成了饱含"乡愁"的原生态风貌。

风华长城岁月歌，如今的李二口村已从一个贫穷落后的沟峪小山村，变成一个吃农家饭、住山野店、游"错长城"、玩古游戏、读天镇史为一体的边塞文化旅游大景区了。乡村振兴的花朵在希望的田野上美丽绽放，一个最具文化底蕴的长城古村落向世人讲述着全新的故事。

印象浑源（外一章）

韩众卫

饱满的五谷舔舐着镰刀，一场风接着一场风，复归空旷的田地，安静如初。

从一块飞石说到青铜，说到还未完全碎裂的黑陶，说到遥远的祭祀就像说到遥远的梦。芦苇在《诗经》的河畔复活，青草养肥了争鸣的鼓角，一棵虬曲的老树，在秋风中讨价还价，究竟该以什么样的姿态，活着，抑或死去。

想找一个出口，远离瘠薄的春天。想叫醒一柄铁锹，掀起滔天巨浪。想种下一颗种子，给尘世一场绝美的爱恋。想和你在炉火旁修炼，想掏出内心的闪电，想用汗水浇铸一粒粒动听的钟声，而苦难的过去，缄口不言。

那就向南吧——那夜的南风吹绿了山岭，吹开了每一条沟壑，芪花簇簇窄窄爬上山坡，野玫瑰星星点点，古栈道默默穿过窑口，枝头，石磨，你能听到，堡墙外的呐喊声，比垛口升起的云层，更为惊心动魄。

是谁点亮了凤凰山的灯火，是谁掠过神德湖的水面。那是怎样的一汪绿啊，莲叶田田，鹭鸟在水，先民在兹，凤凰于飞。涟漪一圈一圈荡来漾去，律吕一声一声不绝于耳，如何祈福遇到一个好年景，荷叶上的露珠会告诉你，所有春风的模样。

以一条河流命名，就是所有爱你的理由。河的两岸，辛勤劳作的男人女人，他们善于用汗水刻画，越碱越涩越真诚的土地。阳光从不吝啬，对河流对大地对劳作的赞美。生活就是如比，越过草滩，每一个溅起的泥泡，都是一个无法忘怀的你。

是满坡的杏林最后把秋风掬起来，俯拾之间，是盛大的宴席充盈天地。我知道，倒春寒早已将因果种下，一场大旱开头，无异于雪上加霜。后来的雨水如何丰沛早已无济于事。现在，这无尽田野里剩下的，是一片紧挨着一片的杏叶，黄了，红了，抱紧秋风。这最后的坚持，你来与不来，无关紧要，你知道就好。

男人们挽着衣袖，用杞柳编织闪亮的日子。女人们摇摇摆摆，浆洗陈年的时光。七月，向日葵牵引着麦芒，迎接闪电、雷鸣、月色和晨风。每每想到盛夏的傍晚，炊烟四起，暮色越来越低，就会有太多的冲动，撞向无名的空。

总是会无端想起，那些被夜雨打湿的黄花。起风的时候，它们摇曳，冲动，生香，让人忘掉失落已久的青春。忘却美好的事物总是不堪一击。很多时候，它们高扬着脸颊，仿佛眷顾会在下一刻来临。这样最好，若没有收获的期待，谁又会在意一簇一簇的花开。

绕过柴树沟和大石头，就看见破兑臼若隐若现，山坡上的树木早已换上了秋装，齐整整地相拥着柏油路通到山顶。野玫瑰一闪而过，却红得醒目，一些石头禁不住诱惑，在路边摔得七零八落，多像酒醉后蹦出的每一个词语，尽管语无伦次，但虚无恰到好处。

浑源古城：丽土而生

提及浑源，就得说到北岳恒山，说到几千年的烽火，说到苍茫和沧桑，这些古老而又熟悉的词汇。

可扼幽云之咽喉，能瞰三晋之雄阔，自古北国万山之宗，兵家必争，若浑河，若唐河，殊途终可同归大海。

是时候说出见证，说出古栈道了，说出三月的灼灼桃花，点亮一座城池，龟城蛇街就铺满了锦绣春风。

八川归浑，河水日夜流淌如斯。诉不完汉唐气象，南来岚气斜倚石桥。神溪水绿，古老的故事随风传唱，月色撩人，是牌楼内醒着的钟鼓声。

晴远楼的曙色，多了几分凝重，和成恒的招牌，平添一缕熏风，南营巷的传奇，该有几许壮烈，庆永兴的来历，自是亦幻亦真。

浑水的曲折诠释着必须百折不挠，恒山的耸立昭示着就该化垂悠

神溪湿地

久。休憩心灵，半人，半佛，半仙。吐纳真气，是儒，是释，是道。

是的，相遇本就是一件幸福的事，何况是在浑源，是在古城，一个你可以自由放纵心灵的地方。

你可以想象，一座书院的静谧，足以叫醒一个沉睡的王朝。今夜无月，正适合咀嚼经卷里的岁月。

正是年少的光景，恒荫葱茂，素心阁中独坐，恰好遇见，最美的四月，吻上枝头的春风。

你不必挂怀塞外秋寒，露重为霜，谁人可以承受，也无须在意，夕阳在断崖上肆虐涂抹。

若有轮回，可以遇见自己，我愿意卸下所有的伪装，任磁峡的烟雨，复制一城山色。

我们搬运木头，砖块，滚石，只为一睹历史的真容，只为在亮灯的一瞬，驱散心底的迷茫，找到家的方向，让最美的自己，重新绽放。

这样就好，让拥挤的街道更加宽阔，让热闹的街市依旧繁荣，让匆忙的人生片刻安宁，让空寂的心灵回归本真，这样就好。

可亭廊漫步，回眸青春的模样，可楼台闲坐，希冀人世的芬芳，可临风泼墨，触摸前朝的风雨，可纵情吟唱，邀醉晚来的霞光。

此刻，我需要重新认识你，就像与最初的自己相遇，我能想到，这世界本该有的样子，你从未改变。

淹留在历史烟尘中的浑源古城，历经磨难铅华洗净整装待发。此刻，可以说出的回忆迷醉了谁的眼眸。

我知道，没有太多华彩，所有砖木都有泥土的芬芳。无需太过炫耀，每点灯火都是黎明的方向，手握紧，风再大，无非烟云过眼。

我相信，守护家园的种子，来自每一粒微尘，点亮希望的时节，拥抱每一次温暖，心相通，路再远，梦想就在前方。

二十年守望凌云口（外一篇）

靳吉禹

初识凌云口，始于 1998 年。因为这个豪迈大气的名字，与之结下不解之缘。

20 年前，城西各村出行的交通工具主要依赖几辆老旧的中巴车，坐车出门成了一件备受煎熬的事情。当时，村与村之间交通连接多是坑洼不平的砂石路，车过之处尘土飞扬。首次城西行，沿途的村庄唯有凌云口给我留下了抹不去的印象，这个依山傍水的村落，级级攀升的梯田里长满了蔬菜和果树，一条清溪绕村而过。一年四季，次次进村都会给你不一样的惊喜。时光荏苒，我从未间断对凌云口山水美景的探寻。

2006 年，我喜欢上了摄影，差不多用了一个月的工资买了一台尼康牌卡片机。一有时间，我就带上相机出去寻找风景。每次陪妻子回娘家，去凌云口摄影成了一个保留节目，至今在我的电脑硬盘里还存有当时拍摄的一些片子。按现在的审美标准，这些照片难上档次，但这些不可重现的历史的留痕却给了我保存下来的理由。每次浏览这些老照片，都会有一番感慨。这些年来，凌云口的变化可谓沧海桑田！

2009年，正是博客、贴吧、论坛和QQ如火如荼的时候。我在网络上开始"安家"，把自己的图片文字搬到这个虚拟世界，因此也结识了不少志趣相投的朋友。记得，这一年我骑着摩托车带着儿子"探秘"小峪沟，拍下大量的风光照片，凌云口的自然美景让我兴奋不已。夜里，边赏照片边写《凌云口的秋天》，随即发到了QQ空间，数天之内阅读量竟飙升至480多人次。不少网友看了我的这篇游记，慕名踏访凌云口，与我交流赏景感受。不久，这篇散文居然刊登在《大同日报》"云冈副刊"上。在这一段时间里，浑源吧、大同吧、新浪博客上冒出

龙山凌云口

大量关于凌云口的图片和文字，乡村旅游蔚然成风。这方藏在深闺人未识的自然山水，开始被大量热爱旅行的"驴友"所追捧。此时，凌云口的交通状况已经有了很大的改善，"村村通"水泥路在小峪沟内延伸了很远很远……

其实，凌云口的美景古已有之。在《徐霞客游记》中就有这样的描述："一逾岭北，瞰东西峰连壁陦，翠蜚丹流。其盘空环映者，皆石也，而石又皆树；石之色一也，而神理又各分妍；树之色不一也，而错综又成合锦。石得树而嵯峨倾嵌者，幕以藻绘而愈奇；树得石而平铺倒蟠者，缘以突兀而尤古。"

今人眼中，凌云口四时之景皆有可人之处。春天，杏花、果花、桃花、梨花争奇斗妍，最好看的当数一种叫"黄香蕉"的苹果花，粉红娇艳似佳人，这种水果也是凌云口的名产。夏天，万木葱茏，站在六郎城鸟瞰凌云口，整个村庄宛若一块晶莹剔透的翡翠。秋天，各种树叶灌木被秋意浸染，赤、橙、黄、绿，斑斓如画。冬天，小峪沟内冰雪奇景、山石嵯峨，冷艳之美令人神往。

凌云口在新媒体时代，为愈来愈多的人所熟知，乡村旅游持续升温。最近几年，每至周末节假，周边城市的游客或举家，或携三五好友，开着私家车、骑着自行车来凌云口戏水赏景，烧烤娱乐。

多年来，凌云口的好山好水好风景却未能给勤劳朴实的村民带来好光景。纯净的山泉水浇灌出的水果、蔬菜却卖不出好价钱，好年景丰收的农产品却频频遭遇滞销的困扰。随着国家扶贫政策的深入推进，旅游扶贫的春风吹暖了凌云口。这个风光旖旎的小山村被纳入旅游名村目录，国家的扶持政策唤醒了沉睡多年的旅游资源。裴村乡党委政府适时打出了"山水凌云"的旅游牌，景区基础设施建设日渐完善。停车场、牌楼、长廊、凉亭、大水车、景观石刻、花田以及修砌美观的戏水岸屿等旅游要素不断丰富，凌云口风景区规模初现。

漫步凌云口，山水林田、屋舍牛羊，光影变幻、移步换景，随手拍下即是美图。全域旅游的大规划、大构想，正在一天天地变为现实。不久的将来，旅游公路网将凌云口、龙山、李峪等乡村旅游资源串珠成线整合为浑源全域旅游大景观。如今，凌云口的党员群众，正在谋划着吃旅游饭、发旅游财，让"乡村旅游"成为"拔穷根、摘穷帽"的又一利器！

二岭村：春天的邀约

二岭的春天来了。

二岭村的乡亲们拿出满满的诚意欢迎四方宾朋前来赏花踏青，念古怀旧。

二岭阳坡上的山桃花开得正艳，关帝庙前的百年古木——复叶槭萌生出娇美的叶片，共产党员周贞芳故居前的老杏树挂满了还未褪净花被的酸毛杏。街道两侧的常绿乔木经过春雨的滋润，苍翠欲滴。

春天是活力四射的季节，大家该出来舒活舒活筋骨，去自然山水中陶冶一下性情。此刻，总有人想着舍弃城市里混凝土浇筑的楼房和四轮轿车，驾一挂马车带着父母妻儿，一路向北，寻找精神的原乡，触摸原始的农耕文明。

"浑源向北，有村二岭"。在这黄土筑成的村子里，在二岭艺术客栈，你对土地的所有向往，在这里都可以找到寄托。看看这写满时间印痕的老榆木河捞床，装小物件的柳编盒子，挂了釉面的瓷质食盒，定会想起远去的小脚奶奶。生前，她就成年累月在这样的灶台间熬粥蒸馍，压苦荞河捞面，烙玉米发面饼。夜里，她盘腿坐在热炕头上，

二岭村民宿

打开柳盒，凑在昏黄如豆的油灯前，为一家老小绱鞋缝衣。即使在物资极度匮乏的时代，她用农村妇女的勤劳和精明仍能把一家人的衣食经营得滴水不漏。

儿时的记忆中，富足就是坛子里有油，大瓮里有米有面，水缸里永远有用不完的清水。走在二岭艺术客栈的临街广场，不同时期、不同式样的家居老物件琳琅满目，相信总有一件能打开你的记忆密码，拉近你与乡愁及黄土地的距离。

小磨盘和河卵石把40余间客房前宽阔的院落分割成形状各异的田园菜地。地边柳条编制的花式篱笆，居然努出了星星点点的柳芽，真是"无心插柳柳成荫"啊！如果你来得刚刚好，就可以在院子里体验一把种菜的乐趣，把一个个"小念想"种在二岭村的黄土地里。待到盛夏再来客栈，在院子里随手摘一篮自己种植的黄瓜、葫芦、豆角，还有那人见人爱的西红柿，即刻下厨烹炒，与最亲近的人分享劳动的喜悦和甜蜜。

二岭村背风向阳，光照充足，夏无酷暑，冬无苦寒，宜居宜游。这里最不缺的就是黄土，老窑洞是技艺高超的工匠用黄土抟成的，院墙是泥拓坯子垒砌的。平生走过很多地方，还没见过哪一个村子像二岭这样"土"得纯粹。新建的民俗客栈仍然传承土窑洞的"基因"，高灶、土炕、大洋柜，墙上还有老早的手绘公园风景挂件。在灶膛里燃一把柴火，睡在热乎乎的农家火炕上，重温爷爷辈"老婆、孩子、热炕头"的简单朴素的幸福。

晚上，燃起一堆干树枝，老乡在火堆里早早烀上一筐大土豆。大家可以与来自五湖四海的朋友们尽情联欢，扭秧歌、吼民歌。高高的二岭村，远离尘世的喧嚣，没有城市彻夜不灭的景观照明。此时，你可以与亲人依偎在一起，静静地享受"听风、看月、摸星星"的浪漫与惬意。歌罢，舞罢，人手一颗又面又烫的土豆，就着村人腌制的白萝卜条、蔓菁片儿，不必拘泥于文雅的吃相，尽情享受地道野餐的乐趣，这个味儿定会让你此生回味无穷。

如果你想走出车水马龙、高楼林立的城市，暂时忘却"大数据""云计算""人工智能"的烦恼，深度体验一下新农村的休闲生活，请你呼朋引伴、携妻带儿，特别是要陪着年迈的父母，趁着春光正好，趁着游兴正浓，走进二岭民俗艺术客栈。这里有淳朴厚道的浑源人精心准备了一份感动在等着你们！

第七辑
现代诗章

古城的十缕时光（组诗）

黑牙

云冈石窟

午前入云冈观佛

又来迟了
没成了佛，成了众生

众生结伴行，忘了将
耳机里的道白，调成诵经声

幸好所有的石头
都在打坐，没空交流

幸好所有的人
只是指指点点，并未上前问讯

万事有因，我们来到此处
像是赴一场约会

万物有命，凡天下情物
皆是你我被放逐的灵魂

这些修行者，有的裂石而去
有的石中浮沉

这些远行者，一边双手合十
一边想着人间种种

觉山寺中少一人

多日未见，天又矮了几分
蓝色玻璃浮在头顶
有海的辽阔，也有纸的单薄

前面的老者，缓步而行
身后的油松，静默而立
四周的空气，渐渐恢复了澄明

石头结束了旅程，定居谷中
夏日的雨水和风
将它们打磨得光可鉴人
流水向来不腐，在昆虫的
触角上，结满珍珠
在草木的血管里，埋下涛声

太阳斜靠着朱红色的山墙
身形略扁，目光悠远
仿佛下一刻，便会遁入空门

悬空寺的两个方向

沿金龙峡东侧山路
前行十数里

有苍松被巨石举起

枝桠搭在云端

远望像极了一株硕大的

失忆的棉花——

忘了季节更迭

忘了骨肉俱已进入暮年

忘了是植物

忘了度过的每一个黑夜白天

也曾血脉相连

若是在进山前

朝右侧翠屏山方向眺望

会看到数十根长木

破崖而出

用深褐色的肢体

将一座寺庙托在空中

登者可避风雨

可见云烟渺渺

可从鸡鸣犬吠中脱身

可遇见几个同样被轮回

和喧嚣驱逐的良人

九龙壁时光

那时，蹲在窑前

低头为琉璃瓦定形的人里面
有一个是我

那时，我穿着一件
月光做的短衫
汗水似珍珠般挂在上面

手中的活十分粗糙
碗里的饭菜十分粗糙
唯有你，甚是细腻

九龙壁

七百年不是时间
青石板路也不是路
袄裙、凝脂、远黛，也不是梦

我想我回不去了
府外小街上的宅子太贵
我们就在城外小河边安家落户

我是匠人，必然要度过一段
铸壁的时光。我是痴人
只为一人，忘却前世和来生

总有时间散落风尘

文瀛湖边
时间被一粒粒丢弃在草地上
有时明亮，有时暗淡
我曾看到一个老人
捡起一粒时间后，瞬间变成了青年
也曾看到一个少年
握住一粒时间后，转眼便
沧桑满面

我始终无法分辨它们
好多次，我坐在一张粗木椅上

文瀛湖

看着前方不断闪烁的时间
度过了一天又一天

在东葫芦头村

醉了，醉了
葫芦脱手而去，还未落地
跌跌撞撞的人
已消失无踪
葫芦代替饮者，醉卧山中

葫芦口流淌出一道泉
泉旁长出一棵松
松前升起一座房子

我经过时，泉水
仍在流淌，树木满山遍野
房子韬光养晦
隐于繁华人间

几个稚气未脱的少年
从葫芦口飞奔而出
身形敏捷，眼神纯净
头顶翩跹着几只蝴蝶

在文瀛南路

公园门口的长椅上
我等候一个走失在雪夜的人
空气中的咔咔声并未散去
一台老旧机床隔着模糊的光
锻压一块锈迹斑斑的铁
春天的袍服包裹着相似的身体
托举着一张张迥异的脸
这天地间的发掘者
再次恢复了人间的秩序

熟悉的场景不断涌现

又不断碎裂和消散

熟悉的人一个个走向远方

又一个个从尘埃中折返

我相信时间并无恶意

它只是还原了万物本来的样子

我相信神并没有操控这一切

他们也要顺从各自的命运

紫塞长城

土壤是紫色的

草叶、柠条是紫色的

一往无前的阳光是紫色的

因此，在黄昏时分

这些缄默的城墙

会裸露出紫色的肌肉和骨骼

裸露出一道道

风雨不能抹平的

紫色的疤痕

我相信这些紫色

并非岁月的锈迹

并非泻落的晚霞

甚至也同遥远的厮杀声无关

这些犹如风铃草般
漫溢在大地上的紫色
是时间重新愈合的痕迹
是服从了命运的安排
却改写了一段历史的
一卷散落的帛书

弥陀山上

时间太久，它都不记得
自己是一块石头了，见到我后
笨拙的身子往里挪了挪
空出一个阳光充足的位置

人影渐渐多了起来
沙石间的瘦草，因为紧张
不停地颤抖，这些
刚刚有了立足之地的植物
对脚步声分外敏感

几只灰咕鸟在枝头交谈
它们语速急促，我只隐隐听到
几个同生活有关的叹词
这就够了。这让我知道
我还尚在人间

时间太久，我已不记得此行目的
不记得这些石头
哪一块是它，哪一块是我
哪一块还披着人的肉身
经历尘世的翻滚

淤泥河畔

它使我悬空，我把它叫做桥
它不挽留任何人
我觉着它还是一条路

狭窄的河面上
漂浮着被人类流放的事物
和几道牛羊丢失的叫声

我的影子从芦苇丛穿过
他拘谨的模样
使我想起了阳台上歇脚的鸽子

前方的淤泥河水，断断续续
跌跌撞撞地流向远方
这熟悉的场景，令我忧伤

夜宿云朵驿栈（外三首）

子夜

云朵客栈

可以在窗前看山，看奔涌的河水
或醉卧草丛，手摘星辰
可以在绵绵秋雨中

接住一片思凡的云朵

还可以看见桃花一样粉红的岁月
可以在一座小桥上
捡起一些流失的音乐

每个人都在和山水对话
向大山掏出内心的丛林
向流水说出我们一样的奔跑不歇

醇香的酒，想见的人
怎么能不醉呢，怎么能不肆无忌惮地
笑一遍

觉山寺

当众山环抱之中出现一座寺院
当僧侣云集，香火鼎盛
母亲早已不在了

觉山寺，我把它看作一位帝王
与山水的对话
他无以言说的痛
就这样，在山中矗立了千年

经过多少次修缮,才有了今天的平静
才能在风雨中打坐
对尘世的光阴微闭双目

寺内的砖塔也一样超凡脱俗
不与山峰争高,漫长的岁月里
只在自己的庙宇修行

游唐河大峡谷

我在北方行走
在笔架山下,沿着唐河
在很多人走过的路上行走
我只是想走一走
像这里的河水一样,越走越清澈

也有很多人
曾从峭壁之上的栈道走过
那高高在上的路,我爬不上去
我习惯了在低处,看着日子从山顶掉下来
不慌不忙

我还想用力地喊一声
完成一次吐纳
或者惊起一只不问世事的黑鹳

再为自己拍张照

把剩余的路装进去，把高山流水装进去

把微笑也装进去

松柏不乱

这是我在灵丘邓峰寺见到的场景

山南长柏，北坡长松

以山脊齐分

那传说中的邓云峰兄妹二人

吞下多少尘世委屈

才能感动上苍，以松柏不乱示人

人世间总有那么多清规戒律需要遵守

就连这苍松翠柏，都是各站其位

未能幸免

沿着北坡一条小路

慕名去拜访一棵八百年的老松

只见它依然精神抖擞

树干粗壮，树冠高耸入云

这么多年，不知道它的根是否已延伸到想去的地方

只这身体，仍正襟危坐

为后辈儿孙树立榜样

印象大同

于立强

上　篇

在古长城以南
在雁门关以北
在太行山以西
在黄河以东
大同像一位盛装少女
迎朔风挺立几千年
血液在她的御河里流淌
北岳和云冈是她的双眼
大同，我的大同
这片土地铮铮有声
曾经的石头和铁器
记录着遥远的荣辱与慨叹

哦，大同，我的大同
是许家窑人在晨曦里启开柴扉的　我的大同
是野马、披毛犀、原始牛悠然走过的　我的大同
是赵武灵王跃马扬鞭胡服骑射的　我的大同
是匈奴铁骑来去无踪的　我的大同
是秦皇汉武注视与思虑的　我的大同
是一个叫鲜卑的民族创造了辉煌的　我的大同
在北魏平城的苍穹下
以云冈石窟为封面的一部大书
展开了百年吉祥的图景

哦，大同，我的大同
是大地苍茫风雪万里的云中　我的大同
是薛仁贵李克用的云州　我的大同
是契丹女真的西京　我的大同
是明清重镇，是听见了辛亥革命枪声的　我的大同
是在平型关重创了日军的　我的大同
是毛泽东走向北平时双脚踏过的　我的大同
是在新中国新时代换了人间的　我的大同
见证了无数奋斗与失败，
又见证新时代走向繁荣昌盛

我看见，大同背靠着茫茫草原
睁开了她美丽动人的
深邃的眼睛

下　篇

"山环采掠，水抱桑干"
大同盆地有家乡

曾经怀抱乌金孤芳自赏
随风翻飞的煤尘滞缓了绿色的呼吸
那些尘封了千年的古迹长久地尘封着
不为世人所知
这古来征战之地
在失去水分以后
山峦成为历史暴起的青筋
沟壑的伤口血色全无

然而，当铅华洗尽之后
我还是想把你比作一位姑娘
美丽的姑娘，大同
我愿意是照在你身上的一缕阳光
用柔情和火
透视你日渐光洁的容颜

仿佛只是眨了眨眼
路边杨柳就舒展了你柔美的身姿
御河公园为你穿戴鲜艳的裙裳
七峰山、采凉山、恒山成了你盘起的秀发

高高的城墙像一串珠宝

闪耀在你的脖子上

山绿了，水清了，楼高了，路宽了

钱多了，生活好了，人们笑了

迈一步，再迈一步

大门就会打开

触摸到好日子竟然就在抬脚的瞬间

大同，我的美丽的姑娘

在你的身上我看见了

已经呈现出来的和正在呈现的奇迹

打造文化的文明的

秀美的家乡

依然如火如荼

九号线的交响曲（组诗）

宋彩文

A

太阳石的宫殿，曾经是
机械革命的伤疤，火的号角，驭风或者
酌月

从侏罗纪公园溅出的一些星光，砍伐随着砍伐，截一节古木，歌起歌歇

注定要用石质的韵脚
也只能一伤再伤

在你们远离一盏矿灯的弱，之后
黑色的大海，光芒淹没了我的脚踝

B

要凌空，要在高处与大地的熔点对视
必须被狼窝山的绿
俘虏，必须在黄花中酣睡

小小的萱草科植物，锚定瓜园乡，许堡乡
像是旗上绣好的金菊

吮吸，不止饮宴它羸弱和吻别

大地这时如苍穹漫画，你看看，小孩们笑眯眯地跑来了
院里有，场面上有
在阳光的背影里，也有

C

不知道那汪远远的蓝
扣押了几只词

只剩湖底
瘦而且美，它的经文有五种译本

土的故事一向凄美
借用黄昏，类似埙音

鸥汀支琴，随意落珠，远处苇岸，骄阳足够骄傲

D

五万只蜜蜂提花桶
在东葫芦村，赴一次春天的约会
在龙山，在龙蓬峪，在西门沟村
天路上
葳郁的绿像一次抒情地借喻

柳兰借喻了油菜花
独活草借喻了野蒿子

鸟鸣题头，野兔泼彩，大美浑州，毓秀含英

今夜，恒山顶上的风
声如鸣珮
是我醉卧山隅情难自禁的独白和自语

美哉，浑水之源
雅矣，北岳巍巍

月华池（组诗）

刘华煜

流淌的月光

汩汩的声响，来自远山之巅
那是神明一样流淌的月光
什么都对，月光之下所思所想

太阳把偎在墙根的雪堆
最柔的部分，升为云朵
桀骜不化的部分扣紧大地
已经镂空的形体
作了冬天的骨骼，此刻
正接受月光的洗礼

"我要糖果。"月光下

一只刚踏入城池的脚

不小心踹开一蓬枯蒿

此时，微尘轻扬

该有狐仙走出柴门

幻化出，一进灯光辉煌的院子

月光灯光辉映，案几上瓜果飘香

更有一盘甜腻的糖果

什么都有，月光之下的月华池

调焦，镜头对准残垣

释放十亩闪电，所取景物

形散神不散

最先登上边墙的那个人

被溢满城池的月光感染

仰首明月，想以狼嚎抒情

气出丹田，却哽在喉咙

从白天开始等月亮，日月的间隙

画家阿曼在寒风中，蘸着调色盘里

盖着冰碴的颜料，画下凛冽的山川

在空巢的枝桠上，召回远去的喜鹊

给涤荡无存的枯藤，从风中擒回

几片蜷缩的枯叶。画布上意境的取舍

让站在她背后的人，学会了写诗

开在北纬三十七度上的花

北纬，三十七度

东经，很宽

从火山群到桑干河畔

坐拥这个地理坐标

属于云州日照下的万亩黄花

阳光，顺着茎叶

蓄根这方水土

桑干水，火山土
是灵与魂的融合

一方水土养一方人
这样的表达太单薄
在云州，黄花根植在
一方水土与一方人之间

月夜登临恒山

走，上恒山去
走，今晚月圆
饮尽最后一杯黄芪酒
北岳，已酿出月光

夜色覆盖一层
薄雾覆盖一层
熟悉的景观，朦胧中
恰似抵达的另一个远方
同一座山为背景
让我们不重复自我

云雾缭绕
空旷的对面
高耸一座远山

"这是云折射的假山"
"山顶应该有积雪"

错觉竟然如此美妙
下山后，都觉得
那山也低了一截
询问道长一样的守山人
说，此山是真

高低，是眼界

龙山行

龙山绵延百余里
大半个上午
我们把自己
镶嵌在一片鳞甲里

几亩条形油菜花
正值花季
蜜蜂比游人准时到来
盘旋在花丛间
有一亩油菜花
就有一亩蜂鸣
北岳龙山山谷

已是大自然的音响

应景播放天籁之音

花前留影

不浪不得，唯美的姿势

此时莫问年岁

藤条编织的凉亭下

几个手掌扣紧磨盘

像是启动，许是

来年的恒山探岳

罘，黑陶之魂

桑干之水

火山泥土

武周煤炭

四千五百年前的三元素

凝练成历史碎片

一片，两片……

每一片的发掘

都是欣喜

一件，两件……

每一件的捧出

都惊心动魄

两万件出土器物

供奉般，逐个排列

拉素坯

上彩釉

烧窑火

舁，还魂

黑陶，复活

没有文字记载之前的历史

实物远胜于文字

桑干河两岸的大地

厚重于片牍

文瀛湖之春

天还那么冷

春天便立于日历

冰那么厚

我立于文瀛湖

一个北方最赶趟儿的人

一条干渠，伸向正北

待坚冰消融，孤山水库与文瀛湖

由这里对接春天

水波叠加，可听涛声

会唱歌的石头

潜伏曲径两旁，灌木丛里

音乐此起彼伏，一路走来

仿佛踏着波浪，这天籁之音

复苏大地的浮生物语

野里村

秋风起，莜麦仓促成熟

田里的土豆，野孩子一样

从地里冒出来，顺着劲风

藏入地窖。三十里乡村路

落叶跑起来，轻飘飘

瞬间飞向虚无

这些都缘于巍山的盖顶风

从秋天盖下来，山沟里的路

每一截都有了野性。邻村东岗

在野里的下游，公鸡逆着风

本是引颈长鸣，变成了曲项短歌

方山永固陵

万泉河水远远小于北魏

我们依然逆流而上，这是历史的线索

辞别水路，盘至方山半山腰
侧目回望，山下的疆土豁然开阔
青砖漫道，用侧立的棱角
踮起后人的脚步
这山，不得磨损
不得降低母仪天下的高度

把陵墓当作山峰
可以原谅这个错误的比喻
这里唯有蓝天更高
更高的是，漫过丘陵的阵阵松涛

绿色柠条是忠实的守护者
一圈一圈，沿着丘陵向上盘旋
守土固本，该有拓跋的血统

陵墓坐北朝南，正前方是远方
远方是更辽阔的疆土，方山
三面凌空，一艘向南行驶的北魏方舟

夏都旅游写生基地

围墙要低，门楼要高
让季节穿门越墙
屯住夏天，在此定都

邻近北边，白云之下
边塞百里长城的脊梁
蜿蜒在摩天岭。八台托起
哥特式教堂，擎起一片蓝天

三屯村，圈起一片风光
屯画家，把这里的风光描摹
屯诗人，在这里吟唱景色
屯游客，一遍一遍
翻阅如诗如画的山河

夏都旅游写生基地

丰腴的河，披着火焰上山（组诗）

石囡

守口堡，口吐发酵的谷粒

那时候云雾正像一群绵羊
挨个翻过山头
那时候黍子们捧腹大笑
笑出很多个秋天

守口堡，如果把一壶老酒置于你的怀中
那山上的流云，便是古人的醉须么？
还是说，秋风起时
边墙墩台都必须先把酒杯满上

坐在山坡上的诗人，口吐发酵的谷粒
黑豆，红谷，金米

大白登,下马涧,尉家小堡
只要轻声念出它们的名字
便能让你的爱情决堤

偶遇一个叫丰收的节日
但是你我都把它当作重逢

在杏花园农庄,与一串红辣椒大被同眠

在杏花园农庄
我与一串红辣椒大被同眠
把一千年当成一天
把乳头山上堆雪的荞麦
错当成湘君的信笺

没错,我可以超越物种的界限
来爱你,或被爱
我的挣扎是花朵的挣扎
与一株野葡萄相比
我的羞涩还缺一点野蛮

有一个村庄叫二十六
我数来数去总是数不清楚

黑水河,披着火焰上山

秋风,烈度六十
更烈的是黑水河
驱赶一万匹野马
披着火焰上山

稼轩兄,且慢!
别再让青山妩媚摇晃
灯光起时,所有的色彩都是探戈
你我再舞一曲
上阕是半壁江南,挑灯看剑
下阕还你个丰腴的北方

但是今夜

没有任何酒能把我醉倒

不要李杜，也不要东坡

左手守口，右手参合

一左一右两个兄弟

我们默默对酒正好

吉家庄，将白天与黑夜切块分种

有人埋首甲骨，把青铜豆重新烧制

变成吉家庄的"吉"

有人在黑陶上刀耕，关于大地

关于另一个春天的预谋

寂静蔚蓝，烟火蔚蓝

漫野疯长的黄花像一场叛乱

当人群散去

我胸口已种下十万亩乡愁

是的，一粒种子可以穿透时间

请不要说两手空空

请将白天与黑夜切块分种

让它们在归途相遇，让它们相爱

只需咽下一粒自己播种的粮食

便会治愈长久的失眠

如果一朵花是一只鸟
那么当它们飞翔，大地便成为天空

在唐家堡，谁能高过一株黄花

骄傲的食粮，蘸着桑干水跳舞
骄傲的萱草世家，正将石斧收割
而我是唯一的目击者
等待群山和旷野将我拘捕

在唐家堡
谁能高过一株黄花？

我淹没在绿色的海里
放弃挣扎，像淹没在唐朝
像暴雨的航船上，那绝望的水手

也许我该在这里再出生一次
灵魂用熔岩洗涤
洗掉我的贪婪和固执
就像唐家堡洗掉贫穷与荒凉

请原谅，我讲不出"火山"这个词
我怕一开口
所有的爱情都开始燃烧

云州，高过天空的手

我们迟早会在炊烟里回家
用一生去堆积忧愁
然后用一个早晨去遗忘

没有任何心事会瞒得过一朵花
没有任何道路会躲得过一个村庄

此刻，你该抓住一只手
世界上最美丽的手
结茧的手，粗大的手

像根须一样伸向地球的手

高过天空的手
正握着你的鲜花和河流

云冈，石头上的图书馆

在云冈，天空如盛夏的地中海
被打翻的夜空，有星斗落入石头

武周山横卧，令一片高原倾斜
五万尊佛像，如五万部书卷压皱时光
刹那成为千年，王公脱帽
饮食男女手捧竹简，短葛换了罗衣

古人们来来往往，刻满难懂的字迹
篆书森立微笑，汉隶苍茫远望
而马上的魏碑来去，如雕刀砍削纵横
剖开石头，找寻历史的真身

一把雕刀来自秣菟罗
肉身丰饶，等着大地来收割
天地肥厚
而生民激荡，有如武周川的水波
是谁由南而北

让印度森林的王与嘎仙洞的鲜卑相遇?
《摩诃婆罗多》的众神在东方种植慈祥
《代歌》中的猎人手执骨箭
用迷失、动荡与理想
在石头上刻下:众生平等

一把雕刀来自犍陀罗
它带着地中海的咸
顺路吆喝了奥林匹斯山上的众神
将神庙的廊柱编织成船筏吧
再带上亚历山大图书馆的火焰
让它在石头上焚烧!

船只经过港口
留下大师，带走思想
暮光经过黑暗
留下尘土，带走疑问

是的，必须有拓跋的闪电劈开时间之幕
是的，必须有一座城
摆开阵脚，喝退群山和草原
仅用半句经文，便将整块大陆包容

南国与北漠，东亚与西亚
亚洲与欧洲，荷马与屈原
将注定在一把雕刀上相遇
在石头上刻下：天下大同

一把雕刀来自轩辕
它经黄河长江之水淬炼，滴入干将的血
它在《诗经》中巡游，背负北冥的鲲鹏

儒家、道家、墨家，名士们由南而来
蹚过生死之河，抛掉华夷之别
他们微笑着，叹息着
拿起雕刀，衣带上却留有青鼎的余温

请拉紧缰绳，莫让战马将熟睡的植物惊醒

请小心权杖,太重的权杖,会让山河失衡
帝国城池,已用剑气和战鼓打造
那么留更多的空白给粮食和诗歌吧
我有石头的天空
面朝蔚蓝,只种植思想和爱

柏拉图的山洞,苏格拉底的刁难
老聃的长须,嵇康的琴声
同时在武周山灵岩寺中苏醒
此刻,请面向东方
看这座雕刻在石头上的图书馆:
它不仅是一个王朝的背影
它不仅是一个大陆、一个时代的回音
那些亚历山大遗落了的
那些被践踏过的,被冲刷过、焚烧过的
将在石头上获得永恒

历史没有远去（外一首）

郝志远

平型关大捷纪念馆将帅广场

时间已经走去很远
从一个记忆着痛苦和屈辱的世纪
走进新的世纪

那一个日子

却永远定格在那里——

1937年9月25日

一个普通到不能再普通的地名

包括那些很难记住的村名

蔡家峪　老爷庙　小寨　东长城

和一个重大的事件关联起来

"平型关大捷"

成为让中国人扬眉吐气的一个词汇

犹如漫漫长夜里点燃了一支光芒万丈的火炬

在国难当头　民族危亡的时刻

在中华民族最危险的时候

是一支挥舞着镰刀斧头的先锋队勇往直前

是抗日民族统一战线的旗帜下

奋不顾身的中国军民

用血肉筑成新的长城

蓝天记得

大地记得

那一个夜晚

居高临下的射击

威震四海的爆炸

血与火汇成灾难中的喜庆

那英勇冲锋的姿势

那壮烈牺牲的豪迈
长城　雁门　黄河　恒山
回荡着那一个沟坎里壮烈的呼喊

一座纪念碑上
刻着烈士的名单
他们曾经是
鲜活的生命
他们也有父母妻儿
还有的人虽然壮烈殉国
却未能留下详细的姓名
让我们以子孙后代的名义
用一行热泪向他们表示最庄严的祭奠

炮火熏染过的土地上
成长起耐寒的种子
热血浇灌的山岭上
开放出红艳艳的山丹丹花
胜利的旗帜遍地飘扬
英雄的颂歌在群山中回响
火热的7月
草木葱茏
山坡上昂首挺胸的树木
多像当年威武不屈的战士

每一年　都会有一些特殊的日子

在庆祝胜利的日子

在烈士殉难的日子

在祭祀亲人的日子

在每一个悲欢离合的时刻

都会记得

为了今天　他们献出了最宝贵的生命

他们是我们共同的亲人

无论身处何方

都要为他们默默地祈祷

历史没有远去

所有的喜怒哀乐

为了今天　也为了昨天

纪念馆里　陈列着当年我国军人使用的武器

步枪的型号远比敌人落后

却不是人人都有

面对机枪大炮

我们的军人手里还拿着大刀

落后就要挨打

是多少生命换来的教训

更加痛心的是

国民政府捉襟见肘的银两

还有不少掉进腐败的黑洞

今天　站在平型关上

蔚蓝的天空下

我们可以慢条斯理地说

胜利　靠勇敢也靠智慧

需要精良的装备

也要有无畏的精神

今天

我们以胜利者的姿态站立在世界东方

我们拥有了今非昔比的先进武器

拥有了更多更多的自豪

越是在此刻

越是要珍惜胜利的来之不易

越是要记住"千里之堤　溃于蚁穴"的古训

让保家卫国　视死如归的气概

注入新时代蓬勃的血液

汇成滔滔黄河永不停息的怒吼

白求恩的手术刀

白求恩

一个加拿大人

是中国人家喻户晓的朋友

大同　五台山　晋察冀边区

到处留下他的足迹

为了抢救八路军的伤员

他长眠于中国大地

从此

这个古老的国度

祭祀的名单上多了一个外国人的名字

母亲多了一个儿子

每个人多了一个弟兄

八十多年了

他的名字　人们依然耳熟能详

炊烟里　有他的味道

路灯下　有他的身影

他的故事

像一条河流

流遍了大大小小的山脚

滋养了一代又一代人的心田

一个夏日的午后

在大同古城的"红色记忆馆"

我看到陈列在那里的

白求恩大夫用过的手术刀

仿佛看见那个忙碌的身影

还在不知疲倦地为士兵们治病疗伤

这些手术刀

放射出铮亮的光芒

这光芒

穿越时空

穿越高山和海洋

穿越浩瀚无垠的宇宙

这些手术刀

能缝补战争的创伤

也能廓清生活的迷茫

大同蓝（外一首）

恒山愚人

你曾经被肆虐的黄尘裹挟
匈奴、鲜卑、羯、氐皆蘸着血色
你曾经被粗砺的黑龙囚禁
武周山上清澈的眼睛也哀伤失神
那时候，我怨气冲天
失魂落魄的心已经跟着南归的大雁到处流浪

我差点就关闭了去往家乡的门扉
思念成疾，好似文瀛湖干涸的河床
子夜的梦里，你总是破空而至
形容枯槁，失眠从此无法治愈

庆幸自己私藏着一份希冀
虽然小如草芥，却比黄金珍贵

那是我归乡的导航和老屋的钥匙
回家的诱惑，至死不渝

挽救我的只能是平城的素颜
治愈我的只能是桑干河的清眸
让我奔跑如风的
只能是文瀛湖和武周山上空的大同蓝

近乡情更怯，我不敢走近你
水天一色处
我怕被你无垠的蓝色吞噬
听不见华严寺的钟声
看不见东小城的烟雨
一轴双城时
我怕被你御河两岸的璀璨击杀
从此厌弃了南海椰风
从此作别了北戴云霓

云冈蓝，北岳蓝，大同蓝
沉淀的时光里
洗净了铅华和怨尤
吹响了春天的鸽哨
深沉的爱，自投罗网
将忠诚两个字镌刻于斯

恒山雪

今年恒山上的雪好大啊
山林皆白，隐没了道路
草叶和蚯蚓藏进厚厚的被子里
饱饮丰盈的乳汁

上山进香的人们啊
轻轻地走吧
听，咯吱咯吱的踩雪声
多像童年的歌谣

今年恒山上的雪好大啊
雾霾逃散，古城燃遍了鹅黄般的温暖
诗人放下焦灼，打开门窗
以酒代祝，以笔代歌
画下郁郁葱葱的古松和一路奔腾的浑河

沉甸甸的大雪啊！
沉甸甸的爱！
一夕醒来
满目，已是山川皆碧
古木逢春

后 记

古都大同，历史悠久；塞上名城，文化灿烂。

其美其魅，让人流连忘返；其蕴其韵，由衷观止赞叹。

大同之美，亦如名城文化特质，复合多元，体验丰赡。

其美在历史悠久、底蕴深厚，穿越"两汉名郡、三代京华、数朝重镇"，游大同就是在阅读波澜壮阔的中华民族融合史。

其美在风光雄阔、景致独特，融入塞上胜景，走近山川湖泊，游大同就是拥抱壮美河山。

其美在文化璀璨、人文荟萃，凝视精美雕像，聆听缤纷乐声，游大同就是赴一场文化盛宴。

其美在五味飘香、美食丰绝，餐馆大快朵颐，街头享受小吃，游大同就是品味包罗万象的大同美食。

其美在天蓝水清、生态优良，仰望大同之蓝，呼吸清爽空气，大同温度、湿度、日照度及海拔高度、纬度，"五度"相得益彰，游大同就是在享受清新浪漫。

正因为大同独特的魅力，一批又一批作家来大同沐清风、享蓝天、赏美景、品文化，吃美食、看大戏，观长城、访红色，游乡村、玩全域，创作了一批优秀的文学作品，这些作品从不同角度描绘了大同的历史之美、文化之美、风景之美、生态之美、民风之美，讲述了大同一街一巷蕴藏的典故，一砖一瓦蕴含的传说。为了更好地宣传大同，山西省作家协会、中共大同市委宣传部和大同市文学艺术界联合会联合将这些优秀作品结集出版。本书在编辑过程中，得到了许多全国、省市作家的鼎力支持，以及相关部门、相关人员的大力帮助，在此一并表示衷心的感谢。

图书在版编目（CIP）数据

　　大同之韵：全国作家写大同作品集 / 山西省作家协会，中共大同市委宣传部，大同市文联编. -- 太原：三晋出版社，2022.10
　　ISBN 978-7-5457-2586-5

　　Ⅰ. ①大…　Ⅱ. ①中…　Ⅲ. ①中国文学－当代文学－作品综合集　Ⅳ. ① I217.1

　　中国版本图书馆 CIP 数据核字（2022）第 195278 号

大同之韵：全国作家写大同作品集

| 编　　　者：山西省作家协会 |
| 　　　　　　中共大同市委宣传部　大同市文联 |
| 责任编辑：薛勇强 |
| 责任印制：李佳音 |
| 出　版　者：山西出版传媒集团・三晋出版社 |
| 地　　　址：太原市建设南路 21 号 |
| 电　　　话：0351- 4956036（总编室） |
| 　　　　　　0351- 4922203（印制部） |
| 网　　　址：http://www.sjcbs.cn |
| 经　销　者：新华书店 |
| 承　印　者：山西海德印务有限公司 |
| 开　　　本：720mm×1020mm　1/16 |
| 印　　　张：48.75 |
| 字　　　数：630 千字 |
| 版　　　次：2023 年 3 月　第 1 版 |
| 印　　　次：2023 年 3 月　第 1 次印刷 |
| 书　　　号：ISBN 978-7-5457-2586-5 |
| 定　　　价：185.00 元 |

如有印装质量问题，请与本社发行部联系　电话：0351-4922268